AF215786

Zu diesem Buch:

Auf der Schwebefähre in Osten wird der ehemalige Kommandant eines Konzentrationslagers von einem früheren Häftling wiedererkannt. Um der Bestrafung zu entgehen, beginnt eine Spirale des Todes.

Die Schwebefähre stellt ein wichtiges Bindeglied über die Oste zum Schlupfwinkel des Verbrechers dar.

Die Kommissare Krüsmann und Hansen tauchen in die Abgründe der menschlichen Seele hinab, Überlebende einer schrecklichen Epoche tauchen auf und lassen nichts unversucht, um ihre früheren Verbrechen nicht an das Licht kommen zu lassen.

Der Roman spielt 1965 im Osteland zwischen Osten und Otterndorf.

Ich bedanke mich bei meiner Frau, die mein größter Fan und gleichzeitig meine strengste Kritikerin ist, für ihre unermessliche Arbeit am Manuskript und die vielen hilfreichen Diskussionen.

PETER ECKMANN, geboren 1947, lebt im Niederelbe-Dreieck in der Nähe von Cuxhaven.
Ingenieur der Verfahrenstechnik, schreibt unter dem Pseudonym Allan Greyfox Wildwest- und Detektivromane.

Dieses Buch ist der zweite Kriminalroman, der in der Heimat des Autors spielt. Er handelt wieder in der Nähe der Oste, deren friedliche Umgebung durch die Entdeckung eines früheren KZ-Kommandanten empfindlich gestört wird.

PETER ECKMANN

FÄHRE INS JENSEITS

Herstellung und Verlag:
BoD – Books on Demand, Norderstedt.
ISBN: 978-3-7448-9480-7
Version: 5

Vorwort

Zur besseren Orientierung für den kundigen Leser wurden Ortsnamen korrekt angegeben. Die Namen der Protagonisten sind dagegen frei erfunden. Zufällige Überstimmungen mit lebenden oder verstorbenen Personen können jedoch nicht ausgeschlossen werden.

Der Bezug zum Konzentrationslager Buchenwald und seinen Personen ist zum Teil nicht korrekt dargestellt, um es der Handlung dieses Romans anzugleichen. Insbesondere der Kommandant ist so nicht historisch richtig. Ich habe mich an den Lebenslauf des KZ-Kommandanten von Auschwitz, Richard Baer, angelehnt.

Fritz Kognatz ist in einigen Zügen an den späteren Zeugen der Nürnberger Prozesse und Europa-Politiker, Eugen Kogon, angelehnt. Dieser ist 1987 im Unterschied zu meinem Nazi-Häftling eines natürlichen Todes gestorben. Bis zu seinem Tode hatte er das heutige Europa entscheidend mitgeprägt.

Die Tätowierung der Häftlingsnummer wurde nur in Auschwitz angewendet, in anderen Konzentrationslagern wurde die Nummer lediglich an der Kleidung befestigt. Der Leser verzeihe mir die historische Ungenauigkeit, eine eintätowierte Nummer auf dem Arm des Fritz Kognatz passt besser in die Handlung.

Die Konzentrationslager wurden mit KL oder auch KZ abgekürzt. KL war die richtige Bezeichnung, mitunter wurde KZ wegen des schärferen Klanges bevorzugt.

Der Autor

Die Personen

Arnold Wolf/Karl Neumann	Ein ehemaliger Lagerkommandant
Fritz Kognatz	Ein früherer Häftling aus Buchenwald
Ilse Schneider	Seine Pflegetochter
Gabriele Husemann	Die Verlobte von Kommissar Hansen
Edwin Frenzel	Der Angestellte und Diener von Arnold Wolf
Emma Husemann	Die Mutter von Gabriele Husemann und Krämersfrau in Neuhaus
Thekla von Borstel	Die Schwester von Emma Husemann
Werner Hansen, Jürgen Krüsmann	Zwei Kriminalbeamte aus Stade
Paul Roth	Ein Besucher aus der Vergangenheit

Die Begegnung

Ein Tag im Juli, 1965. Das Wasser der Oste zieht langsam in Richtung Elbe, bald wird die Strömung einen Moment zur Ruhe kommen, um sich dann vorübergehend zur Quelle der Oste zu bewegen. Die Schwebefähre ist jetzt, an einem Donnerstagnachmittag, wie bei fast jeder Fahrt gut besucht. Die nächste feste Querung über die Oste befindet sich in Hechthausen, dann erst wieder in Bremervörde, dazwischen, und bis zur Mündung, kann man den Fluss nur auf Fähren überqueren. Ein Personenwagen fährt jetzt auf die Gondel, ein ächzendes Geräusch ist der einzige Protest, zu dem die fast sechzig Jahre alte Schwebefähre in der Lage ist. Der Wagen ist ein großer Mercedes 300 SE, der glänzende schwarze Lack ist mit feinem Staub bedeckt. Eine Person sitzt auf dem Fahrersitz, der mit dunkelrotem Leder bezogen ist. Der Mann hinter dem Lenkrad wird in sechs Wochen einundfünfzig

Jahre alt werden, volle graue Haupthaare zieren ein attraktives Gesicht. Sein Ziel ist der Bahnhof in Basbeck, um seine Frau abzuholen, die von einem Besuch bei ihrer Mutter in Hannover zurückkehrt. Der Zug soll in einer halben Stunde in dem kleinen Bahnhof eintreffen.

Der filigrane Fahrkorb aus grün gestrichenen Stahlstreben ist außer mit dem Mercedes, mit einem Lieferwagen, mehreren Radfahrern und einigen Fußgängern belegt. Die Schranke wird geschlossen, der Fährmann startet die Elektromotoren und die Gondel setzt sich langsam in Bewegung. Mit Schrittgeschwindigkeit, fast lautlos, schwebt der Fahrkorb mit dem grün gestrichenen Gestell aus Stahl etwa zwei Meter oberhalb des Wasserspiegels der Oste zum Basbecker Ufer hinüber. Einige Passagiere unterhalten sich miteinander, zwei Jungen toben zwischen den beiden Autos hindurch und handeln sich einen strafenden Blick des Fährmannes ein.

Einer der drei Radfahrer ist ein älterer Herr, etwas über sechzig Jahre alt, mit straff zurückgekämmten, grauen Haaren und einer Brille mit schwarzen Gestell. Er steht mit seinem Fahrrad neben dem Mercedes, zufällig fällt sein Blick in den Innenraum und verweilt einen Moment auf dem Gesicht des Fahrers.

Plötzlich schießen Bilder durch seinen Kopf, Bilder, die er schon lange nicht mehr zugelassen hatte. Und dieser Mann, der sich jetzt einen Meter entfernt von ihm befindet, hatte einen besonders grauenvollen Platz in den Piktogrammen des Schreckens. Jetzt fällt ihm ein, wen er hier vor sich hat. Es ist Arnold Wolf, von Frühjahr 1944 bis Februar 1945 war er der Kommandant des Konzentrationslagers Buchenwald gewesen. Fritz Kognatz sieht noch einmal durch das geöffnete Fenster in den Wagen. Nein, es ist kein Zweifel möglich, dieser Mann ist einer der Dirigenten des Grauens, einer der wenigen Lagerleiter, die nicht von den Siegermächten gefasst und zum Tode verurteilt worden sind.

Der Fahrkorb hat an der Straße nach Basbeck angelegt, die Schranke wird geöffnet, die Fahrgäste setzen sich in Bewegung.

9

Die Motoren werden gestartet und die beiden Autos rollen langsam auf die Straße. Fritz Kognatz will zum Bahnhof Basbeck-Osten, um mit dem Zug nach Otterndorf zu fahren. Er war nach Osten zum Gericht als Zeuge geladen worden und ist jetzt wieder auf dem Weg nach Hause. Während er in die Pedale tritt, um die kleine Steigung der Straße zu überwinden, folgen seine Augen dem schwarzen Wagen. Der Mercedes hält an der Kreuzung mit der Bundesstraße 73 und fährt dann weiter geradeaus. Hat der Lenker mit der dunklen Vergangenheit das gleiche Ziel wie er selbst? Als Fritz Kognatz ebenfalls die Kreuzung erreicht, ist der große Wagen nicht mehr zu sehen.

Am Bahnhof Basbeck-Osten hat er mit dem Rad den Mercedes wieder eingeholt, harmlos parkt der Wagen gegenüber vom Bahnhof. Er blickt auf das Nummernschild und prägt es sich ein. Fritz Kognatz schiebt sein Fahrrad auf den Bahnsteig, gleich soll der Zug kommen, der ihn in sein Zuhause nach Otterndorf bringen wird.

Da ist er wieder! Der frühere Sturmbannführer der Waffen-SS steht auf demselben Bahnsteig wie er und sieht gerade auf die Bahnhofsuhr. Fritz Kognatz beobachtet ihn so unauffällig wie möglich, er will jetzt keinen Fehler begehen. Nein, er hat sich nicht geirrt, je länger er ihn mustert, desto sicherer fühlt er sich.

In der Ferne sind die Umrisse des sich nähernden Zuges zu sehen, sie vergrößern sich langsam, schließlich fährt der Zug mit lautem Brummen und Getöse in den Bahnhof ein. Fitz Kognatz hält sein Fahrrad und achtet auf die Türen, die immer langsamer werdend bis zum Stillstand des Zuges an ihm vorüberziehen. Er öffnet eine Tür und hebt mit der Übung vieler Jahre sein Fahrrad in den Vorraum. Nur einen Moment lässt er den Fremden außer Acht, er tritt wieder an die Tür und sieht den Bahnsteig entlang.

Eine Frau ist ausgestiegen, sie und der Fahrer des Mercedes' begrüßen sich und gehen dann zum Ausgang. Ein Pfiff erschallt, Fritz Kognatz tritt in den Zug zurück, die Türen klappen und der

Zug fährt an. Er betritt das erste Abteil und setzt sich auf den mit dunkelgrünem Kunstleder überzogenen Sitz.

Der Zug verlässt den Bahnhof, unterquert die Brücke der Bundesstraße 495 und nähert sich immer schneller dem beschrankten Bahnübergang mit der Bundesstraße 73. In wenigen Minuten wird der Zug den Bahnhof Warstade erreichen. Das Ziel des Reisenden ist Otterndorf, dort wird er die Bahn verlassen.

Fritz Kognatz sieht aufgewühlt aus dem Fenster, die Begegnung auf der Schwebefähre hat die hintersten Schubladen seines Gedächtnisses geöffnet und Erlebnisse, die er eigentlich für immer vergessen wollte, zutage gefördert. Warstade liegt hinter ihm, der Zug nimmt wieder Fahrt auf, das rhythmische Rattern über die Schienenstöße wird rascher.

Die Landschaft zieht am Fenster vorbei, er nimmt sie nicht wahr, seine Gedanken kreisen um das Konzentrationslager Buchenwald. Es lag in der Nähe von Weimar, auf dem Westhang des Ettersberges. Das KL Buchenwald war sechs entsetzlich lange Jahre sein Martyrium gewesen, dabei hatte er es besser gehabt, als mancher seiner Mithäftlinge. Als unehelicher Sohn einer jüdischen Ärztin und aktiver Gegner des Nationalsozialismus, war seine Verhaftung durch die Gestapo zu erwarten gewesen. Nach seiner dritten Verhaftung im Jahr 1939, er war damals sechsunddreißig Jahre alt, wurde er in das Konzentrationslager in Thüringen deportiert. Unendliche Leiden und unvorstellbare Gräuel waren jeden Tag gegenwärtig. Ab 1943 wurde er auf Empfehlung des Leiters seiner Häftlingsgruppe, („Kapo") als Schreiber für den Leiter der Fleckfieberversuche, Dr. Erwin Ding-Schuler, eingesetzt. Seine frühere journalistische Tätigkeit als Redakteur einer katholischen Zeitung kam ihm dabei zugute. Die folgenden zwei Jahre schrieb er nun dessen medizinische Berichte, die zum Teil erfunden waren. Bei Gelegenheit gab es dann Diskussionen zu politischen und menschlichen Themen mit dem Mediziner. Seine engen Kontakte zu Dr. Ding-Schuler gaben ihm die Möglichkeit, für manchen

Häftling schonendere Bedingungen und mitunter das Überleben zu bewirken. Diese Beeinflussung war nicht einfach, Dr. Ding-Schuler hatte einen schwierigen, wankelmütigen Charakter. Fritz Kognatz musste mit Engelszungen reden und jedes einzelne Wort sorgsam abwägen, um nicht einen plötzlich hervorbrechenden Zorn des Arztes zu riskieren.

Der Bahnhof Höftgrube ist vorüber, auf der linken Seite der Bahnstrecke erheben sich die bewaldeten Hügel der Wingst. Die Tür öffnet sich, eine junge Frau mit zwei Kindern betritt das Abteil. Nun ist es mit der Ruhe und dem Sinnieren vorbei, vielleicht ist das auch gut so, die Erinnerungen an die über zwanzig Jahre zurückliegenden Gräuel belasten ihn immer noch sehr. Mit mildem Lächeln betrachtet er die beiden Kinder, es sind offensichtlich Bruder und Schwester. Der Junge mag vielleicht sechs Jahre alt sein, das Mädchen ist wohl zwei Jahre jünger. Sie blicken interessiert aus dem Fenster, die Mutter beschreibt den beiden Kindern, was draußen vorüberzieht.

Das Mädchen erinnert ihn an seine Pflegetochter, Ilse Schneider, sie lebt seit fünf Jahren bei ihm und ist ihm wie eine leibliche Tochter ans Herz gewachsen.

Das Ende der Hölle von Buchenwald beginnt in den Märztagen des Jahres 1945. Unter den Bewachern der Häftlinge herrscht eine zunehmende Unruhe. Seit einigen Tagen ist in der Ferne Geschützfeuer zu vernehmen, es rührt offensichtlich von den Kämpfen mit den alliierten Truppen her. In ihrem Block befindet sich ein geheimer Radioapparat, es ist ein defektes Gerät von SS-Sturmbannführer Dr. Ding-Schuler, es war einem kundigen Häftling zur Reparatur übergeben worden. Nun ist der Empfänger schon lange repariert, er dient ihnen in der Nacht zum Abhören der Nachrichten der BBC. Der Sprecher gibt in englischer und in deutscher Sprache bekannt, dass die dritte Armee der Amerikaner bereits den Rhein überschritten hat.

Die Unaufmerksamkeit des SS-Wachpersonals, das sich jetzt offensichtlich mehr mit seiner eigenen Rettung, als mit der Bewachung der Gefangenen beschäftigt, macht es möglich, etliche Pistolen, Gewehre und Munition aus dem Waffenlager der SS zu entwenden. Verstecke sind schnell gefunden, nach Monaten und Jahren in den Baracken kennt man jeden Hohlraum, jedes lose Brett, manche Waffe wird einfach vergraben und mit Blättern abgedeckt. Jetzt macht sich die jahrelange Arbeit an einer geheimen Organisation unter den Häftlingen bezahlt. Unbemerkt von den Bewachern bereiten sich die Lagerinsassen auf den Tag X vor, der Tag, an dem die alliierten Streitkräfte sich Buchenwald nähern werden und die verbliebenen Wachsoldaten überrumpelt werden können. Von Häftlingen aus anderen Lagern hat man erfahren, dass die Wachmannschaften unter Umständen niemanden überleben lassen, damit den Siegern keine Zeugen zur Verfügung stehen.

Die SS-Führung ist ganz offensichtlich in heller Aufregung und bereitet sich auf das Verlassen des Lagers vor, sie wollen nicht den Befreiern in die Hände fallen. Daran kann man ganz klar erkennen, dass ihnen das Unrecht ihrer Taten durchaus bewusst ist. Die amerikanischen Soldaten werden beim Anblick der abgezehrten KZ Insassen und der Massengräber vor dem Lager keine Gnade walten lassen, das war den SS-Söldnern klar.

Am 6. April 1945 lässt SS-Sturmbannführer Dr. Ding-Schuler seinen Schreiber Fritz Kognatz zu sich holen. Er sitzt in dem Büro der Krankenstation, in der seine viele Todesopfer fordernden Fleckfieberversuche durchgeführt wurden. Häftlinge wurden mit Fleckfieber infiziert und jeder erdenkliche Impfstoff wurde an ihnen ausprobiert, in der trügerischen Hoffnung, ein Gegenmittel zu finden. Fast eintausend Patienten haben die Versuche nicht überlebt. Sie sind entweder am Fleckfieber selbst oder an den ihnen injizierten Giften gestorben.

Das kleine Büro ist noch unordentlicher als sonst, auch hier zeigt sich die Unrast unter dem Führungspersonal.
„Setz, dich, Kognatz, ich habe eine wichtige Information für Dich." Dr. Ding-Schuler ist noch fahriger als sonst, seine Augen wandern ruhelos hin und her. Sein Schreiber sieht ihn fragend an, was würde er jetzt zu hören bekommen?
„Kognatz, ich habe bei Lagerarzt Schiedlausky eine Liste gesehen, danach sollen achtundvierzig Häftlinge, die als besonders gefährliche Zeugen gelten, noch vor dem Eintreffen der Amerikaner erschossen werden."
Dr. Ding-Schuler greift nervös in seine Jackentasche und gibt seinem Gegenüber eine Liste. „Das ist eine Abschrift, verfahre damit nach Gutdünken." Er nimmt sich eine Zigarette und zündet sie mit bebenden Fingern an. „Du stehst auch auf der Liste, mit Dir habe ich etwas Besonderes vor."
Fritz Kognatz schluckt, er hat immer damit gerechnet, dass er eines Tages im Konzentrationslager sein Leben lassen würde, doch wenn es vorher angekündigt wird, hat es eine besondere Qualität des Schreckens.
„Ich werde dich aus dem Lager schmuggeln, ich habe Vorkehrungen getroffen, dich in mein Haus zu bringen."
Fritz Kognatz mustert den vor ihm sitzenden Arzt. Offenbar sind die stundenlangen Diskussionen mit ihm über Ethik, Moral und Menschlichkeit doch nicht umsonst gewesen. Er sieht dem SS-Arzt nachdenklich in die Augen, dann steht Fritz Kognatz auf und verlässt den Raum.

Die Nachrichten aus dem geheimen Lagerradio berichten von dem Näherrücken der Alliierten, danach ist die 4. Panzerdivision der 3. Armee bereits in der Nähe von Erfurt. Der Widerstand der

Deutschen ist kaum vorhanden, sodass mit einer baldigen Befreiung gerechnet wird.

Am 8. April erscheint ein Lastwagen der Polizei Weimar im Lager, er soll dringend benötigte Instrumente und Impfstoffe für die Kampfgruppe des SS-Standartenführers Schmidt abholen. In eine der Kisten hat sich Fritz Kognatz gezwängt, der Mediziner hat sein Wort gehalten. Nur wenige Minuten benötigt der schwerfällige Lastwagen in das fünf Kilometer entfernte Weimar, sein Ziel ist das Haus des Arztes. Die Kisten werden auf Weisung des Mediziners in der kleinen Garage abgestellt.

Der LKW entfernt sich mit lautem Brummen, dann kehrt Ruhe ein. Nur wenig später knirscht es an der Kiste, der Deckel wird geöffnet, SS-Sturmbannführer Dr. Ding-Schuler sieht seinen Schreiber triumphierend an. „Na, wie hat das geklappt? Sehe dich bei mir nach Kleidung um, ich werde ohnehin nicht alles mitnehmen können." Er hilft seinem Häftling aus der Kiste, dann verabschiedet er sich. „Ich muss los, vielleicht sehen wir uns nie wieder!" Er ist ruhelos wie immer, springt in sein Auto, ein grauer DKW aus dem Bestand des SS-Wachkommandos, und fährt mit quietschenden Reifen davon.

Fritz Kognatz sollte ihn nie wiedersehen. Sehr viel später erfährt er, dass der Arzt von den Amerikanern gefangen genommen wurde und sich am 14. August 1945 in der Haft selbst gerichtet hatte.

Aus dem Wohnzimmer des Arztes kommen Geräusche. Die vielen Jahre in der Haft unter der unberechenbaren Knechtschaft skrupelloser Aufseher haben ihn gelehrt, auf das leiseste Geräusch zu achten. Geräusche, die neue Gräuel erahnen ließen, um ihnen so rechtzeitig aus dem Weg gehen zu können. Nicht, dass er jetzt noch einem Nazi-Schergen in die Hände fiel. Vorsichtig sieht er in das Wohnzimmer. Auf dem Fußboden sitzt ein kleines Mädchen und spricht mit einem Teddy. Von einem Kind wird keine

Gefahr ausgehen, sehr wohl aber von einem möglichen erwachsenen Begleiter. Fritz Kognatz duckt sich hinter den Tisch und wartet ab.

Das Mädchen ist aufgestanden und läuft durch das Haus, es ruft: „Onkel Erwin, wo bist du?" Immer wieder und wieder. Onkel Erwin ist sicher Dr. Erwin Ding-Schuler, ist die Kleine etwa alleine? Er beschließt, das Risiko einzugehen, und erhebt sich aus seinem Versteck. Das Mädchen sieht ihn überrascht an. „Ich heiße Ilse, wie heißt du?" Klare blaue Augen fixieren den mageren Häftling in seiner gestreiften Kleidung."

„Ich heiße Fritz, ich bin ein Freund von Onkel Erwin."

„So." Das Mädchen sieht den seltsamen Gast ohne Scheu an. „Was machst du denn hier?"

„Ich bin zu Besuch hier." Ihm kommt der überstürzte Aufbruch von Dr. Ding-Schuler in den Sinn. „Ich soll auf das Haus aufpassen, solange Onkel Erwin unterwegs ist." Er mustert das kleine Mädchen. „Wo gehörst du denn hin?"

„Meine Eltern wohnen zwei Häuser weiter, mein Papa ist im Krieg, meine Mama ist einkaufen."

„Dann kommt sie sicher bald wieder. Holt sie dich denn hier ab?" Das Mädchen zuckt mit den zierlichen Schultern. „Weiß nicht."

Na, gut. Er wird sich zunächst etwas Anderes zum Anziehen suchen und sich dann nach Essbarem umsehen. Der seit sechs Jahren ständig bohrende Hunger kann hier vielleicht endlich einmal gestillt werden.

Im Schlafzimmer findet er einen Schrank voller Kleidung, Dr. Ding-Schuler hat offenbar viel Geld für gute Garderobe ausgegeben, welche er in der Eile nur zum Teil mitgenommen hat. Die Sachen passen dank einer ähnlichen Größe mit dem SS-Arzt ganz passabel, sie hängen allerdings an seinem ausgemergelten Körper wie an einer Vogelscheuche herab. Seine nächsten Schritte führen ihn in die Küche. Er wirft einen Blick in die Speisekammer. Was für ein Überfluss! Geräucherte Wurst, Schinken und Käse füllen den kleinen Raum bis unter die Decke. Er schneidet sich von dem altbackenen Brot ein paar Scheiben ab und lässt es sich, wie schon seit Ewigkeiten nicht mehr, schmecken. Das trockene Brot und ein Stück Wurst erscheinen ihm, als wären es die köstlichsten Delikatessen. Er darf nicht daran denken, dass die Gefangenen im Lager ständig kurz vor dem Hungertod waren, während hier alles im Überfluss vorhanden ist. Fritz muss aufpassen, dass er nicht zu viel und zu schnell isst, sein Magen ist die reichliche Nahrung nicht gewohnt. Auch muss er auf der Hut sein: In der Umgebung wohnen einige der Nazi-Größen aus dem Lager. Er blickt immer wieder nervös zum Fenster. Er versagt sich den Wein, der ebenfalls in der Speisekammer steht, und trinkt lieber Wasser – er muss einen klaren Kopf behalten.

Die kleine Ilse kommt zu ihm in die Küche. Er mustert sie freundlich. „Möchtest du auch etwas essen?"
Sie nickt. Er schmiert ihr eine Scheibe Brot mit Marmelade und freut sich an ihrem guten Appetit. „Wann will deine Mutter dich denn abholen?"
Das Mädchen zuckt wieder mit den Schultern, leckt sich etwas Marmelade von den Lippen. „Weiß nicht."
Dieselbe unklare Antwort wie vorhin. „Findest du denn alleine nach Hause?"
„Ja."
„Gut, dann werden wir dich nachher, wenn dich bis dahin keiner abgeholt hat, nach Hause bringen." Unbekümmert isst die Kleine das von Fritz Kognatz geschmierte Brot.

Es ist dunkel geworden, von einer Mutter des kleinen Mädchens ist nichts zu sehen. Der ehemalige Häftling sorgt sich um sie. „Wir müssen nachsehen, warum dich niemand holen kommt." Er nimmt die Kleine an die Hand, die einen müden Eindruck macht und schon lange im Bett liegen sollte. „Du musst mir zeigen, wo du wohnst, kannst du das?" Er hält das kleine Mädchen, das höchstens zwei Jahre alt ist, an der Hand und lässt sich von ihr führen. Zielstrebig geht sie zwei Häuser weiter und zeigt auf ein Einfamilienhaus, es ähnelt dem von Dr. Ding-Schuler. „Da wohne ich".

Fritz Kognatz sieht skeptisch zu dem Haus hin, alle Fenster sind dunkel. Er tritt vor die Haustür und klopft mehrere Male, ohne Erfolg. Er drückt die Klinke hinunter, sie ist verschlossen.

„Ich fürchte, du wirst bei mir, im Haus von Onkel Erwin, schlafen müssen." Klaglos ergibt sich das Mädchen in sein Schicksal, sie stapft müde hinter ihrem Begleiter her und lässt sich von ihm in ein Bett im ersten Stock zur Nacht niederlegen. Die Kleine fällt in den Schlaf, kaum dass ihr Kopf das Kissen berührt. Fritz Kognatz legt sich in das Bett im Nebenzimmer. Er liegt lange wach, die Ereignisse des heutigen Tages wirken noch nach. Was wohl seinen zurückgebliebenen Mithäftlingen im Lager passiert sein mag? Was ist mit den fünfundvierzig weiteren Männern auf der Todesliste passiert? Sind die Amerikaner schon eingetroffen?

Am nächsten Morgen ist die kleine Ilse früh auf und weckt ihn. Sofort packt ihn wieder Unruhe. Was mag bis heute passiert sein? Im Wohnzimmer steht ein Radioapparat, dem er nach einigem Suchen einen englischen Sender entlocken kann. Er entnimmt den Nachrichten, dass die 3. Armee inzwischen Erfurt eingenommen hat. Demnach sind die Befreier etwa fünfzig Kilometer entfernt, jeden Tag muss jetzt mit einer Erlösung des Todeslagers gerechnet werden. Ob sich wohl die Häftlinge der Mordliste, die er an das geheime Lagerkomitee weitergegeben hat, in Sicherheit bringen konnten?

Der Tag zieht sich hin, immer wieder sitzt er vor dem Radio und lauscht auf die Nachrichten aus dem Lautsprecher. Das Combat Team 9 nähert sich Weimar. Es gehört zum Kampfkommando der 3. US-Armee von General Patton. Ja, endlich rückt die Freiheit für seine Kameraden in greifbare Nähe! Wenn er ihnen doch nur helfen könnte, hier ist er zur Hilflosigkeit verdammt.

Einen Teil des Tages vertreibt er sich mit Spielen mit der kleinen Ilse. Sie ist aufmerksam und wissbegierig, er versucht ihr manches zu erklären. Wo ihre Mutter nur sein mag? Er nimmt die Kleine wieder bei der Hand und geht auf die Straße. Manche der Häuser in der Nachbarschaft werden offenbar von SS-Personal bewohnt. Für den Mann in dem weiten Anzug und dem kleinen Mädchen interessiert sich niemand, er trägt einen Hut des Doktors, damit man seinen rasierten Schädel nicht bemerkt. Eine geschäftige Unruhe herrscht in manchen Häusern, es scheint, als wenn in letzter Minute für eine Flucht gepackt wird.

Das Haus der Eltern von dem kleinen Mädchen ist immer noch einsam, er sieht auf das Klingelschild. »Schneider« kann er dort lesen. „Heißt du Schneider?", fragt er seine kleine Begleiterin. Sie zuckt mit den Schultern, sie ist noch zu klein, um so etwas zu wissen.

Flugzeuglärm nähert sich, zwei offenbar amerikanische Aufklärungsflugzeuge fliegen über ihnen hinweg. Ein Moment der Freude erfasst ihn, mit der Niederlage dieses schrecklichen Regimes ist jeden Moment zu rechnen. Doch vorerst bleibt ihm nur abzuwarten, außerdem muss er sich um das Mädchen kümmern, das aus einem unklarem Grund alleine gelassen worden ist.

Der Tag geht vorbei, der 10. April bricht an. Selbst innen im Haus ist aus der Ferne Geschützfeuer zu vernehmen. In der Nachbarschaft herrscht Ruhe, einige Häuser sind offenbar verlassen worden. Im direkten Nachbarhaus wohnt noch jemand, eine alte Frau kommt mit einem Korb voll Salat hinter dem Haus hervor. Fritz Kognatz grüßt sie freundlich, die Dame in der bunten Schürze winkt ihn zu sich.

„Junger Mann, suchen Sie etwas?", fragt sie ihn freundlich. Sie hat sich ein Kopftuch umgebunden, graue Haare sehen darunter hervor.

„Ich soll auf das Haus von SS-Sturmbannführer Dr. Ding-Schuler aufpassen, bis er von seiner Reise zurückkehrt."

„Reise, dass ich nicht lache! Von unseren Nachbarn wird niemand mehr zurückkehren. Bald werden die Amerikaner hier das Sagen haben, dann will hier niemand mehr Nazi gewesen sein."

Aha, er ist also an eine Antifaschistin geraten, die jetzt, sozusagen in Hörentfernung der Befreier, sich traut, den Mund zu öffnen. Das mit den neuen Herren wird sich regeln, was ihn jetzt beschäftigt, ist das kleine Mädchen. Was wird aus ihr werden, wenn niemand mehr zurückkehrt? Er wendet sich an die alte Dame. „Kennen Sie das Kind, welches sich jetzt bei mir aufhält?"

„Sicher doch, das ist die Ilse Schneider." Sie nähert sich dem jungen Mann und spricht leise weiter. „Das arme Ding, noch weiß sie nicht, dass sie nicht die Tochter von SS-Hauptscharführer Kurt Schneider und dessen Frau Sybille ist." Sie sieht sich nach beiden Seiten um, als wolle sie sich versichern, dass ihr niemand zuhört. „Sie ist wohl die Tochter von Sybille Schneider, aber der Vater ist ganz jemand anderer."

Sie senkt ihre Stimme nochmals, Fritz Kognatz beugt sich etwas vor und lauscht ihren gedämpften Worten. „Kurt kann erstens keine Kinder zeugen, und ist zweitens seit über drei Jahren an der Front in Russland."

„Wer, vermutet man denn, könnte ihr Vater sein?", fragt der junge Mann genau so leise.

„Vermuten? Der Fall ist sonnenklar." Die alte Dame sieht ihn triumphierend an. „Der leibliche Vater ist Arnold Wolf, die beiden hatten doch früher eine Weile ein Verhältnis miteinander."

Fritz Kognatz ist jetzt ehrlich verblüfft. „Sie meinen, die Kleine ist die Tochter des früheren Lagerkommandanten?", fragt er, lauter als beabsichtigt.

Sie nickt. „Ganz genau, das wissen alle hier. Der betrogene Feldwebel hat davon nichts mitbekommen, der ist ja weit weg."

Fritz Kognatz denkt nach. „Und jetzt? Will die Mutter denn gar nicht wiederkommen? Was soll denn jetzt aus der Kleinen werden?"

Sie zuckt mit den Schultern. „Dr. Ding-Schuler wollte sich wohl um sie kümmern, aber der hat jetzt ganz andere Sorgen. Die Mutter ist verschwunden, was jetzt aus dem Mädchen werden soll, weiß ich auch nicht." Die alte Dame und Fritz Kognatz sehen die Kleine an, die leise vor sich hin singt.

„Das ist nicht leicht für das Mädchen, zurückgelassen zu sein wie eine unerwünschte Katze. Könnten Sie es nicht mit ihr versuchen, oder gibt es noch Verwandte?"

Frau Jensen schüttelt den Kopf. „Die Kleine war nicht vorgesehen, jetzt will niemand etwas von ihr wissen."

Er wendet sich ab, zum Haus von Dr. Ding-Schuler. Es ist für niemanden irgendetwas klar, ihrer aller Zukunft liegt in den Händen der Siegermächte. Er nimmt sich vor, sich zunächst um das Mädchen zu kümmern, wer soll es denn sonst machen? Vielleicht ist die alte Dame bereit, sie für eine Weile aufzunehmen, das wäre eine große Hilfe für ihn. Er wird sie bei der nächsten Gelegenheit zu überreden versuchen.

Es ist der 11. April. Der Geschützdonner der amerikanischen Sherman-Panzer scheint aus allernächster Nähe zu kommen, am Abend hört er Panzer durch Weimar rollen. Hoffentlich haben die Alliierten auf ihrem Vormarsch das etwas abgelegene Lager Buchenwald nicht übersehen, für diesen Fall erblühen in seiner Phantasie die allerschlimmsten Szenarien.

Am 12. April fahren am Morgen immer mehr amerikanische Panzer mit klirrenden Ketten durch Weimar. Anwohner, überwiegend Kinder und junge Leute, laufen ihnen winkend hinterher. Ein Jeep hält an der Kreuzung, die beiden Insassen beugen sich über eine Karte. Laut dem Stander ist es das Fahrzeug eines Bataillonskommandeurs, dort sollte er Information über das Konzentrationslager bekommen können. Fritz Kognatz sammelt seinen Mut zusammen und tritt auf das Fahrzeug zu. „Excuse me, Messieurs. Can you give me some information about the concentration camp at the Ettersberg? "

21

Die beiden Soldaten wirken sehr gestresst, sie geben ihm trotzdem eine beruhigende Antwort. Er erfährt, dass bei der Ankunft der amerikanischen Vorhut die Insassen des Lagers über einhundertzwanzig verbliebene Bewacher - dank eigener Bewaffnung - festgesetzt hatten. Sie hatten die Kontrolle über die Wachtürme übernommen, und bereits vor der Ankunft der Alliierten eine weiße Fahne über dem Eingangstor befestigt.

Der Major salutiert, gibt einen Befehl an seinen Fahrer, dann saust der offene Wagen mit heulendem Motor davon.

Fritz Kognatz sieht ihm nachdenklich hinterher, glücklich über die Frohe Botschaft. Er kann es kaum fassen, Tränen laufen ihm über sein hageres Gesicht. Nun hat das Grauen ein Ende gefunden. Wie viel Leid hat dieses und andere Konzentrationslager über die Insassen gebracht! Zuletzt waren in Buchenwald über einhunderttausend Gefangene inhaftiert, zum großen Teil waren es Deportierte aus den Lagern in Polen und von der Westfront. Von denen waren bestenfalls zwei Drittel auf dem »Todesmarsch« hierher am Leben geblieben, viele waren auf dem Weg tot zusammengebrochen und wurden an Ort und Stelle liegen gelassen. In Buchenwald angekommen, gab es praktisch nichts zu essen, ausbrechende Epidemien und Tod durch völlige Erschöpfung und Hunger dezimierten die Überlebenden nochmals.

Den Rest des Tages verbringt er wieder vor dem Radio, während das Mädchen mit einer Puppe spielt, die sie im Haus gefunden haben. Am Abend hört er, dass der amerikanische Präsident Roosevelt an den Folgen einer Hirnblutung gestorben ist. Fast sofort wurde sein Vertreter, Harry Truman, als neuer Präsident vereidigt. Es herrscht Krieg, da kann man es sich nicht erlauben, lange ohne obersten Anführer zu sein.

Die folgenden Tage und Wochen herrscht ein unglaubliches Durcheinander. Die Fahrzeuge auf den Straßen sind überwiegend dunkelgrüne Trucks und flinke Jeeps. Nach und nach kommen die Einheimischen aus ihren Wohnungen und Verstecken. Die

Essensvorräte in der Speisekammer des Dr. Ding-Schuler sind beinahe aufgebraucht. Was soll er dann machen? Er hat weder eigenes Geld noch eine Arbeit. Dann ist da noch sein Tagebuch. Seit den ersten Tagen im KZ hatte er begonnen, sich heimlich Notizen zu machen. Die über einhundert Seiten Papier hatte er in einem Hohlraum in seiner Baracke versteckt. Diese Aufzeichnungen könnten sich als wichtig erweisen, er muss versuchen, sie sich zu besorgen.

Ilse Schneider wird inzwischen liebevoll von der Nachbarin, »Oma« Jensen, betreut, er sieht sie fast jeden Tag. Er ist froh über die Hilfe der alten Dame, er ahnt bereits, dass er in der nächsten Zeit kaum Gelegenheit haben wird, sich um das kleine Mädchen zu kümmern.

Am Morgen des 20. April macht er sich auf den Weg. Die Entfernung zum Lager auf dem Ettersberg ist nicht weit, er befindet sich jetzt auch in einer erheblich besseren gesundheitlichen Verfassung, als noch vor zwei Wochen, sodass ihm das Marschieren leicht fällt. Als Fritz die Baracken von Weitem erkennt, krampft sich sein Magen zusammen, er hat aber ein Ziel und geht unbeirrt weiter.

Vor dem KZ stehen ein Panzer und mehrere Militärfahrzeuge, auf dem Turm über dem Eingangstor weht neben der Uhr die amerikanische Flagge, ein Anblick, der Fritz aufatmen lässt. Er wird skeptisch angesehen und findet nach einigem Herumfragen den militärischen Leiter, Major Lorenz C. Schmuhl. Der ist freundlich zu ihm und schickt ihn zu seinem Sergeanten. Dem schwarzen Riesen erklärt er sein Anliegen, sein Hauptproblem ist das Fehlen jeglicher Ausweispapiere. Der Sergeant sieht ihn an, ergreift seinen linken Arm und schiebt den Ärmel der Jacke nach oben. Seine Häftlingsnummer! Die sechs eintätowierten Ziffern waren ihm so selbstverständlich geworden, dass er nicht daran gedacht hatte. Sergeant Wilkens entblößt eine Reihe glänzend weißer Zähne. „Okay, you are a concentration camp prisoner, no doubt!" Er ruft einen Soldaten von der Wache herein. „Jeff, please join him and help, if required. He might be very helpful for us." Jeff, bitte begleite und helfe ihm, falls nötig. Er mag für uns von Nutzen sein. Er sieht Fritz Kognatz noch hinterher, der seinem amerikanischen Begleiter den Weg weist.

Als der Blick des ehemaligen Häftlings auf die Baracken fällt, die immer noch von vielen Insassen bewohnt sind, packt ihn das Entsetzen. Nur langsam dämmert ihm die Erkenntnis, dass diese Leute frei sind, sie haben nur zurzeit keine andere geeignete Unterkunft.

Zielstrebig geht er auf den Block 50 zu, der sechs Jahre sein Quartier gewesen ist. Rasch findet er das lose Brett unter der Baracke und tatsächlich – seine wertvollen Aufzeichnungen sind noch alle vorhanden. Eng beschriebene Blätter, etwas über einhundert an der Zahl, entnimmt er dem Hohlraum. Ehemalige Häftlinge scharen sich um ihn.

„Was hast du denn da?" Nur wenige kennen sein Geheimnis.

„Das ist ein Tagebuch, ich hoffe, dass ich, damit und mit eurer Hilfe manchen von unseren Bewachern ins Gefängnis oder an den Galgen schicken kann."

Fröhliches Lachen erhält er als Antwort. „Wir sind dabei!", rufen ihm ein paar zu.

Er kehrt mit dem Wachmann und seinen wertvollen Notizen zur Kommandantur zurück. Der schwarze Sergeant wirft einen neugierigen Blick auf die vielen Seiten, er kann kein Deutsch, die vielen Namen und die Kalenderdaten wecken jedoch seine Aufmerksamkeit. Er ruft seinen Vorgesetzten zu sich. „Major! Please come and have a look at this!"

Offizier Schmuhl kommt aus dem Nebenraum. Der etwa vierzigjährige Mann mit dem goldenen Stern auf der Schulter nimmt das Tagebuch in die Hand. Er blättert zwischen den einzelnen Seiten hin und her, verweilt mitunter länger bei einzelnen Absätzen. Schließlich sieht er zu Fritz Kognatz hoch. „Bitte excuse mein bad German, my parents sind Deutsch, Ich lernte etwas from them."

Etwas umständlich erklärt er dem staunenden ehemaligen Häftling, dass er das Tagebuch für einen »Treasure« hält, für einen Schatz. „Zusammen mit your statement, we will get them!"

Fitz Kognatz wird gebeten, seine jetzige Adresse anzugeben. „I am sure, that a colleague of mine, Captain Colton from the Psychological Warfare Division, wird Sie suchen auf." Er studiert den Stapel Papiere in seiner Hand und blickt dann sein Gegenüber an. „Can we bitte das behalten, wir möchten photograph it? You will get it back, I promise you!" Sie werden es zurückerhalten, versprochen!

Fritz Kognatz sieht ihn überrascht an und nickt zustimmend. Er hatte nicht erwartet, dass die Alliierten sich mit der Verfolgung der Nazis abgeben würden, diese Bemerkung lässt ihn Hoffnung schöpfen, dass die Verbrecher, entgegen seinen bisherigen Befürchtungen, doch noch bestraft werden könnten. Er sieht dem Major in die Augen: „I can imagine, that a lot of the prisoners want to be witnesses, aren't you?" Meinen Sie nicht, dass viele der Häftlinge als Zeuge agieren wollen?

Major Schmuhl nickt. „I beg you, we will do what we can under these circumstances." Ich versichere Ihnen, dass wir alles machen werden, was unter diesen Umständen möglich ist.

Die nächsten Wochen werden schwierig, für alle Bewohner von Weimar und Umgebung. Fritz Kognatz hilft mit, in der erheblich durch Bomben beschädigten Innenstadt aufzuräumen und Trümmer zu beseitigen. Dafür wird vom Morgen bis zum Abend gearbeitet. Es ist eine harte Arbeit, aber in keiner Hinsicht vergleichbar mit der Schinderei in Buchenwald. Wer nicht mehr kann, ruht sich einen Moment aus, ohne befürchten zu müssen, bis zur Bewusstlosigkeit geschlagen oder sogar erschlagen zu werden. Die Stimmung ist gut, gelegentlich werden sogar Scherze gemacht. Am frühen Nachmittag gibt es etwas zu essen. Die Militärregierung hat gemeinsam mit den Anwohnern eine Gulaschsuppe zubereitet, die nun mit Genuss zu sich genommen wird.

Die kleine Ilse sieht er jeden Abend, sie wird von Frau Jensen versorgt, und braucht keinen Hunger zu leiden. Zum einen bringt der Garten etwas hervor, zum anderen ist der Schwager Landwirt in Ohrdruf und gibt seiner Schwägerin und dem kleinen Mädchen gerne etwas ab.

Es ist Anfang Juni, ein amerikanischer Jeep hält vor dem Grundstück des Dr. Ding-Schuler in Weimar am Sperlingsweg, ein Offizier mit den Schulterklappen eines Captain steigt vom Beifahrersitz und klopft an die Tür. Fritz Kognatz öffnet und lässt den Mann herein.

Der spricht nur englisch, trotzdem ist die Verständigung kein Problem, der ehemalige Häftling ist sehr sprachgewandt. Der Offizier stellt sich als Major Colton, als Mitarbeiter der »Psychological Warfare Division« heraus. Der Chef der Abteilung, General Robert A. McClure, beabsichtigt, nach dem beendeten Krieg daraus eine »Information Control Division« zu bilden. Es ist geplant, alle Medien wie Radio, Presse, Film, Theater und Musik neu zu organisieren.

Das Ziel ist es, die politische Ausrichtung der Deutschen im Sinne der Siegermächte und des Potsdamer Abkommens zu beeinflussen. Dazu gehören die komplette Entmilitarisierung, Entnazifizierung und die Errichtung einer funktionierenden Demokratie. Es soll eine Umerziehung für das deutsche Volk geben, dazu ist es erforderlich, dass alle Medien wie Presse mit Zeitungen und Büchern, Kino und Radio Inhalte im Sinne der Militärregierung verbreiten. Am Anfang wollen die Siegermächte die Kontrolle besitzen, später sollen dann die Lizenzen an sorgfältig ausgewählte Deutsche vergeben werden.

„You, Mr. Kognatz, could be a valuable member of this new division." Sie, Herr Kognatz, könnten ein wertvolles Mitglied dieser Abteilung sein.

Der ehemalige Häftling ist nicht wenig überrascht. „Wie sind Sie auf mich gekommen?"

Der Amerikaner antwortet sinngemäß, dass Kognatz' Tagebuch aus Buchenwald eine unschätzbare Quelle für den Staatsanwalt der Amerikaner sein wird. Sie haben Erkundigungen über ihn eingeholt und gefunden, dass er zehn Jahre bei einer katholischen Zeitung Redakteur gewesen ist. Deswegen und wegen der freiheitlichen Gesinnung, die auf jeder Seite des Tagebuches zu bemerken ist, hält man ihn für sehr geeignet.

Der Captain greift in seine Aktentasche und holt den dicken Stapel heraus, der Fritz Kognatz so bekannt ist. „Thank your für your notes, we made a complete photocopy of it."

Bewegt hält er sein Tagebuch in der Hand. Das heimliche Notieren der Grausamkeiten dieser Unmenschen ist nicht umsonst gewesen. Nun endlich geht es an die Aufarbeitung der Verbrechen und die Umformung und Neuausrichtung aller Deutschen und er darf daran mitwirken.

„We will inform you, please be prepared to travel."

Es ist klar, dass er dafür umziehen muss, das Haus von Dr. Ding-Schuler wird früher oder später ohnehin vom amerikanischen Militär konfisziert werden. „Where will be my new location?" Wo wird mein neuer Standort sein?

„In Bad Homburg, close to Frankfurt."

Das ist ungefähr zweihundert Kilometer von hier entfernt. Als Fritz gerade darüber nachdenkt, wie er ohne Geld dorthin kommen soll, sagt der Captain, als hätte er seine Gedanken erraten: „Don't worry about the costs, you will get a military ticket from us." Der Amerikaner grinst.

Die Fahrkarte wird gottlob von der Militärverwaltung bezahlt. Es gibt nicht viel zu packen für Fritz Kognatz. Er sammelt lediglich ein paar Kleidungsstücke aus dem Vorrat von Dr. Ding-Schuler in einer Tasche zusammen. Einen Nassrasierer hat er im Küchenschrank gefunden, sonst würde er jetzt bereits wie ein Landstreicher aussehen. Seine neue Stellung, der er mit Aufregung entgegensieht, will er gut gepflegt beginnen. Nun muss er sich noch um Ilse kümmern.

Am nächsten Tag besucht er Frau Jensen. Die kleine Ilse Schneider freut sich, ihn zu sehen, und setzt sich auf seinen Schoß.

„Ich werde euch verlassen müssen, denn ich habe Arbeit bei den Amerikanern bekommen." Er sieht das Mädchen an. „Wie geht es Dir hier, bist Du nicht zu viel alleine?"

Frau Jensen hat eine Neuigkeit für ihn. „Das wird sich vielleicht eher ändern, als mir lieb ist. Heute ist ein Vertreter der neuen Verwaltung bei mir gewesen, um sich das Haus anzusehen, zu Ihnen wird auch noch jemand kommen. Es sind zigtausend Umsiedler aus unseren früheren Ostgebieten, wie Schlesien und Ostpreußen, auf dem Weg hierher. Jedes Quäntchen Wohnraum wird für die Unterbringung der Flüchtlinge benötigt."

Die kleine Ilse blickt hoch. „Vielleicht kommt dann jemand zum Spielen für mich!"

Die alte Frau seufzt. „Ich kann dich zwar verstehen, aber es bringt viel Unruhe und Unbequemlichkeit für meine alten Jahre." Sie streicht dem Mädchen über die Haare. „Ich bekomme einen kleinen Kostenausgleich von der Behörde, dann komm ich auf jeden Fall mit der Kleinen zurecht."

Eine Woche später findet Fritz Kognatz in seinem Briefkasten ein Schreiben der Amerikaner vor. Nun ist es soweit, es enthält die Anschrift seines neuen Arbeitgebers, eine Adresse in Bad Homburg, sowie eine Militärfahrkarte auf seinen Namen. Mit Herzklopfen sieht er auf das gelbe Papier, nun ist es soweit, ein neuer Lebensabschnitt beginnt. Es ist alles gepackt, was er benötigt, er wird morgen Weimar verlassen und hoffentlich die schrecklichen Erinnerungen hinter sich lassen.

Seine nächsten Schritte führen ihn zu seiner Nachbarin. Sie ist nicht mehr alleine, eine Familie aus Trüttenau in Ostpreußen ist gestern eingetroffen. Es sind fünf Erwachsene und sieben Kinder, die die Zimmer des kleinen Hauses füllen. Frau Jensen schläft nun in dem Abstellraum, da ihr Schlafzimmer von den Flüchtlingen besser genutzt werden kann. Ilse hat sich rasch mit den Kindern angefreundet, zwei von ihnen sind fast in ihrem Alter.

Frau Jensen erzählt ihm, dass der ursprüngliche Flüchtlingstreck aus vier Familien bestand, von denen fast eine ganze Familie von sowjetischen Soldaten erschossen wurde, weitere zwei Mitglieder haben die Strapazen der Flucht nicht überlebt. Zorn auf die Menschen, die das zu verantworten haben, erfüllt ihn.

Die Fahrt von Weimar nach Bad Homburg verläuft problemlos, von vielen Halts einmal abgesehen. Der Zugverkehr arbeitet jetzt, zwei Monate nach der Kapitulation, noch nicht ohne Störungen. In Bad Homburg angekommen, muss er sich zuerst orientieren. Sein Ziel ist eine Villa an der Kaiser Friedrich Promenade. Sie war vor dem Krieg bis zur Annexion durch die Nazis jüdisches Eigentum gewesen. Die unrechtmäßigen Besitzer sind über alle Berge und nun residiert in dem verwinkelten Gebäude die Planungsgruppe für Medienkontrolle in der amerikanisch besetzten Zone, geleitet von Brigadegeneral Robert McClure.

Bad Homburg liegt hübsch am Rande des Taunus', in der Ferne kann er die Häuser von Frankfurt erkennen.

Seine Kollegen sind zu etwa zwei Drittel Amerikaner, der Rest ist ein buntes Völkergemisch aus Engländern, Franzosen, Holländern und auch Deutschen. Einer der ersten, dem er über den Weg läuft, ist Major Colton, heute ist er in Zivil, beinahe hätte er ihn nicht erkannt.

„Hello, Fritz. It's so nice, to see you!" Er fordert ihn auf, mitzukommen, und gibt ihm einen raschen Überblick über die einzelnen Bereiche im Haus. Der Chef, Robert „Bob" McClure ist heute nicht im Haus. „You will see him faster, than you would like to!" Du wirst ihn schneller sehen, als Dir lieb ist. Er lacht freundlich.

Hier wird es ihm gefallen, da ist er sich sicher. Die geschäftige Stimmung im ganzen Haus wirkt beinahe fröhlich und ermuntert zur eifrigen Mitarbeit.

Die nächsten Tage sind mit viel Organisation und Bürokratie angefüllt. Die Sekretärin der Abteilung ist die Frau von Major Colton, eine Brünette mit einer Bubikopf-Frisur und einer überdimensional großen Brille. Eine Wohnung zu bekommen ist einfacher, als er erwartet hat, komplizierter ist es, einen Ausweis zu erhalten. Er hat, wie auch viele andere Überlebende, so wie Flüchtlinge aus den Ostgebieten und Kriegsheimkehrer, keinerlei Papiere. Deshalb wurde beschlossen, dass eigene Angaben über die Identität genügen, für die man jedoch zwei Zeugen angeben muss. Bei Kriegsgefangenen genügte der Entlassungsschein des Militärgefängnisses, gegen dessen Vorlage man später bei der örtlichen Behörde einen Personalausweis erhalten konnte. Er hat weder einen Entlassungsschein noch zwei Zeugen. Es stellt sich heraus, dass die Registratur des Konzentrationslagers Buchenwald noch unbeschädigt ist. Mit Hilfe der tätowierten Häftlingsnummer auf seinem linken Arm und dieser Kartei erhält er von der Verwaltung in Bad Homburg einen Personalausweis. Wer hätte gedacht, dass die verhasste Nummer auf seinem Arm ihm einmal von Nutzen sein würde? Nach über sechs Jahren hält er den ersten Beweis in Händen, dass es ihn gibt.

Bad Homburg als Stadt gefällt ihm gut, im Gegensatz zu Weimar ist sie durch den Krieg kaum in Mitleidenschaft gezogen worden. Es gibt lediglich eine schmale Schneise der Zerstörung, die unter anderem das Kurhaus getroffen hat. Er spricht seine amerikanischen Kollegen darauf an und erhält nur Achselzucken. „Sorry, Fritz. We believe, it was an error of an airplane crew, Bad Homburg has never been a target for the bombing command." Tut mir leid, Fritz. Es handelte sich wohl um einen Irrtum des Piloten, Bad Homburg war nie ein Ziel für die Bomberstaffeln gewesen.
Seine Tätigkeit erweist sich, wie er erwartet hatte, als sehr interessant. Er arbeitet mit fünf Amerikanern an dem Aufbau von neuen Zeitungen, dafür müssen Chefredakteure ausgewählt und Themen vorgegeben werden. Die amerikanische Heeresgruppenpresse

hat bereits einige Zeitungen herausgebracht, die inzwischen an deutsche Herausgeber übertragen worden sind. Die Ausgaben enthalten viele Informationen über den Verbleib der ganz großen Nazis, wie Hitler, Göbbels, Himmler und manch andere, die inzwischen nicht mehr leben.

Aber allzu viele der früheren Mitläufer sind noch am Leben und sind nicht verurteilt worden. Was ist alleine aus den achttausend SS-Soldaten, der Wachmannschaft von Buchenwald, geworden? Ohne ihre allzu eifrige Mitarbeit wäre ein Terrorsystem wie das der Nazis nicht möglich gewesen. Fritz Kognatz beschließt, sein Tagebuch mit Hilfe seiner Erinnerungen zu einer Dokumentation über die SS zu verarbeiten. Er spricht mit seinem direkten Vorgesetzten, Major Colton, darüber. „What do you think about that? I may need to travel, to interview some of my former fellow prisoners." Wie denken Sie darüber? Ich möchte reisen, um meine früheren Mitgefangenen zu befragen.

Sein Vorgesetzter ist Feuer und Flamme. „Very good idea! I will support you, wherever it might be necessary." Sehr gute Idee, ich werde Sie nach Kräften unterstützen.

So beginnt Fritz Kognatz zu schreiben, es wird ein umfangreiches Buch, das Standardwerk über die SS und den Überwachungsstaat im Zeichen des Hakenkreuzes.

Es bleibt nicht allein bei der Niederschrift dieses Buches, noch während seiner Arbeit daran, wird er als Zeuge der Anklage bei den Nürnberger Prozessen verpflichtet. Am 20. November 1945 beginnt das erste der Verfahren gegen vierundzwanzig Hauptkriegsverbrecher und sechs verbrecherische Organisationen des »Dritten Reiches«. Nach fast einem Jahr Verhandlungsdauer werden am 1. Oktober 1946 zwölf Angeklagte zum Tode verurteilt und hingerichtet.

Bis 1949 werden in Nürnberg zwölf weitere Prozesse gegen deutsche Ärzte, Juristen, Industrielle, SS- und Polizeiführer, Militärs, Minister, Beamte und Diplomaten geführt. Von 177 Angeklagten werden 142 zu Haftstrafen oder zum Tode verurteilt. Neben den Nürnberger Prozessen finden in den anderen Besatzungszonen vergleichbare Verhandlungen gegen Kriegsverbrecher statt.

Fritz Kognatz verfolgt die Prozesse mit hohem Interesse, aber mit steigender Verbitterung. Die Anzahl der Angeklagten und noch weniger die kleine Menge der Verurteilten stehen in keinem realen Verhältnis zu der echten Anzahl der Schuldigen, denen man wirklich den Prozess machen müsste. In Hameln zum Beispiel, dem Gefängnis für Kriegsverbrecher in der britischen Besatzungszone, werden etwa zweihundert Personen gehängt. Man hat vielleicht gegen einige hundert den Prozess geführt und noch weniger verurteilt, außerdem gab es Anfang der Fünfzigerjahre eine Welle von Begnadigungen. Viele der zu lebenslangen Haftstrafen Verurteilte, wurden dabei bereits nach wenigen Jahren in die Freiheit entlassen. Fritz Kognatz versteht die Welt nicht mehr. Alleine in Buchenwald hat es achttausend Bewacher der Waffen-SS gegeben, von denen mindestens jeder Zweite mit dem Tode hätte bestraft werden müssen. Selbst bei vorsichtiger Schätzung hätte es hunderttausende Prozesse geben müssen. Doch das war nach dem Krieg nicht mehr zu leisten, es fehlte an Augenzeugen sowie an unbelasteten Ermittlern und Richtern, nicht zuletzt an Gefängnissen.

Anfang der 50er Jahre ist Fritz Kognatz nahe daran, in Depression und Schwermut zu verfallen. Sein Buch hat er beendet, es wird einmal zu mehr als eine halbe Million Exemplaren verkauft werden. Das einzige, was ihn jetzt aufmuntert, ist der Schriftwechsel mit Frau Jensen und ihren Nachrichten über Ilse Schneider. Sie leben beide noch in Weimar, das Mädchen ist jetzt zur Schule gekommen und schreibt unbekümmerte Briefe an den Mann, der ihr ein paar Tage lang geholfen hatte, das Fehlen der Eltern zu vergessen. Krakelige, mit ungelenker Hand gefertigte Zeichnungen beleben viele ihrer kurzen Nachrichten. Von Frau Jensen gibt es mitunter Erklärungen und Beschreibungen über die politische

Entwicklung in ihrer Umgebung. Wie zum Beispiel über die Folgen der Potsdamer Konferenz auf ihr Umfeld. Dort wurde die Teilung Deutschlands beschlossen. Die Gebiete östlich der Oder-Neiße Linie wurden Polen zugesprochen, die Sowjetunion erhielt das Gebiet im Wesentlichen östlich der Elbe bis an die neue polnische Grenze im Tausch gegen die Hälfte von Berlin, dass sie erobert hatten.

Fritz Kognatz sieht die Entwicklung mit Sorge. Gut, die Deutschen haben den Krieg angefangen und haben ihn verloren, aber die ihm als sicher erscheinende Diktatur der Sowjets im östlichen Teil von Deutschland bereitet ihm Unbehagen. Eine Diktatur durch eine andere zu ersetzen, scheint ihm verhängnisvoll, er hat Mitleid mit den Bewohnern der künftigen sowjetisch besetzten Zone.

Thüringen und das übrige Ostdeutschland werden am 1. Juli 1945 von den Amerikanern an die sowjetische Militärverwaltung übergeben. Im Mai 1949 wird die Bundesrepublik Deutschland gegründet, im Oktober desselben Jahres die DDR. Ilse Schneider kommt mit fast sieben Jahren, Anfang 1950, in Weimar zur Schule.

Sein Buch ist fertiggestellt und verkauft sich gut, die Arbeit an dem Aufbau eines unabhängigen Zeitungssystems ist ebenfalls erfolgreich beendet, 1955 wird die Information Control Division aufgelöst. Fritz Kognatz findet eine neue Tätigkeit als Redakteur bei einer Hamburger Tageszeitung. Den Wunsch, die Kriegsverbrecher der Nazizeit mit ihren Unterstützern und Helfern zu bestrafen, hat er fallen gelassen. Er muss entmutigt erkennen, dass viele Schuldige inzwischen wieder in Amt und Würden sind, oder ins Ausland geflohen sind, und kaum noch jemand Interesse an einer weiteren Aufarbeitung zeigt. Desillusioniert und zurückgezogen übt er seine tägliche Arbeit aus.

Im Mai 1960 erhält er einen der selten gewordenen Briefe von Ilse Schneider. Frau Jensen ist gestorben, achtundsiebzig ist die alte

Dame geworden. Ilse Schneider hat keine weiteren Angehörigen und ist deshalb in eine Art Internat umgesiedelt worden.

Die Kleine – sie ist sicher gar nicht mehr so klein, wie er sie in Erinnerung hat - hat gerade ihren siebzehnten Geburtstag gefeiert, wird die Schule verlassen und eine Lehre beginnen. Sie ist erstaunlich kritisch, und äußert in ihrem Schreiben Besorgnis über die weitere Entwicklung in der sowjetisch besetzten Zone. Ihr politisches Interesse kann sie kaum von ihm haben, obwohl sie ähnliche Überlegungen äußert, wie sie ihn selbst seit Längerem beschäftigen. Sie befürchtet, dass die DDR-Führung wohl bald das letzte verbliebene Schlupfloch, die Grenze zwischen dem sowjetisch besetzten Sektor in Ostberlin, und dem Westberliner Sektor, schließen wird. Mit über viertausend Flüchtlingen pro Woche blutet die DDR aus, ein Ende dieses für die Regierung der DDR unhaltbaren Zustandes ist für jeden nüchtern denkenden Menschen erkennbar.

In Fritz Kognatz entsteht ein Plan, der sein Leben und das von Ilse Schneider völlig verändern wird. „Komme zu mir! Ich hole dich aus Ostberlin ab, dann fahren wir zu mir nach Otterndorf."

Der Plan ist noch nicht ausgereift, es ist bis jetzt nur ein Gedanke, ein Gedanke, der ein paar Wochen später sehr konkrete Formen annimmt. Er hatte nach vier Jahren bei der Hamburger Presse die Möglichkeit akzeptiert, an einer kleinen Zeitung in Otterndorf die Stelle eines Redakteurs anzunehmen. Bei der Gelegenheit ist er in ein eigenes, kleines Haus gezogen. Der neue Wohnsitz ist groß genug für ihn, für das Mädchen Ilse und vielleicht eine vollständige Familie.

Zwei Monate später ist es soweit, sie haben sich in Ostberlin an der Ecke Oranienstraße mit der Kochstraße verabredet, der Treffpunkt liegt unmittelbar hinter der Zonengrenze im Ostsektor der Stadt. Ob sie pünktlich sein wird? Fritz Kognatz ist auf jeden Fall zu früh am vereinbarten Treffpunkt. Er sitzt auf einer kleinen Mauer, es ist wohl der Rest eines Hauses, sieht in eine Zeitung und wartet. Die Zeitung ist von heute, er kennt sie noch nicht, findet aber nicht die Ruhe, darin zu lesen. Stattdessen beobachtet er die vielen Menschen, die an ihm vorbei in Richtung Westen strömen. Es sind viele unterwegs, mit mehr oder weniger großem Gepäck. Er ist sich sicher, dass es alles Personen sind, die den Osten für immer verlassen wollen. Bei über fünfhundert Flüchtlingen pro Tag ist jede Straße nach Westberlin ein Weg in die Freiheit. Er achtet auf ein siebzehnjähriges Mädchen mit braunen Haaren und einer roten Tasche. Sie hatte in einer der letzten Briefe ein Foto von sich beigefügt, sodass er nicht raten muss. Er ist jetzt siebenundfünfzig Jahre alt und hat sich nur wenig geändert, die Haare sind etwas grau geworden.

Da kommt sie! Sie erkennen sich beide sofort, obwohl sie sich seit fünfzehn Jahren nicht mehr gesehen haben. Ilse Schneider ist schlank, ihre Haare sind kurz geschnitten und umrahmen ein frisches Gesicht. Groß ist sie geworden! Es fehlen noch zwanzig Zentimeter, dann wäre sie gleich groß wie er. Sie fallen sich in die Arme und drücken sich.

Ilse hebt ihren Kopf und sieht Fritz Kognatz an. „Und? Hättest du mich ohne Foto wiedererkannt?" Sie lächelt.

Er schüttelt den Kopf. „Nein. Als ich dich zuletzt gesehen habe, konntest du gerade sprechen und laufen." Er blickt zu ihrer Tasche. „Lass uns jetzt zusehen, dass wir nach Westberlin kommen. Ich habe für morgen Nachmittag zwei Plätze in der PanAm nach Hamburg gebucht, wir haben also reichlich Zeit." Er blickt sich unsicher um. „Hier fühle ich mich nicht wohl, solange ich dich nicht in Sicherheit weiß."

Mit raschen Schritten gehen sie in Richtung Westen, gemeinsam mit vielen anderen Fußgängern, die alle dasselbe Ziel haben: die Freiheit.

Ein Bus bringt sie zu einem kleinen Hotel im Stadtteil Schöneberg, nicht weit vom Flughafen entfernt. Das Hotel ist einfach und nur mit dem Nötigsten ausgestattet, dafür ist es preiswert.

Am folgenden Morgen frühstücken sie ausgiebig, sie haben sich viel zu erzählen. „Welchen Beruf möchtest du später einmal ausüben?", fragt er seine junge Begleiterin.

„Ich arbeite gerne im Freien, ich hatte deshalb an eine Lehre als Gärtnerin gedacht. Was hältst du davon?"

„Möchtest du nicht irgendetwas studieren?"

Ilse schüttelt energisch den Kopf. „Nein. Ich bin schon froh, dass ich die Mittlere Reife geschafft habe."

„Gut, das ist auch in Ordnung. Ich bin mir sicher, dass wir in deiner neuen Umgebung etwas Passendes finden werden."

Der Betrieb im Flughafen Tempelhof ist unglaublich. Nicht zuletzt sind es die Flüchtlinge aus der DDR, die Berlin nur auf dem Luftwege verlassen können. Der vor vierzig Jahren als einer der größten Flughäfen der Welt angelegte Komplex ist inzwischen an seine Grenzen gestoßen.

Fritz Kognatz und seine junge Begleiterin sind froh, als sich das Düsenflugzeug, eine Douglas DC-8, endlich in die Luft erhebt, nun kann ihnen nichts mehr passieren. Hamburg ist schnell erreicht, mit Bus und Bahn und zuletzt mit der Regionalbahn haben sie nach einer kleinen Odyssee ihre neue Heimat erreicht. Es ist Otterndorf an der Niederelbe, die Sonne nähert sich bereits dem Horizont, als sie auf dem Bahnhof aussteigen.

Die Bremsen des Zuges quietschen, zuerst leise, dann lauter, bis der Zug am Otterndorfer Bahnhof mit einem Ruck zum Stehen kommt. Fritz Kognatz schreckt hoch, ist er etwa eingeschlafen? Nein, das wohl nicht, aber er hat geträumt. Geträumt von einer Vergangenheit, die zeitweise so schrecklich war, dass er sie für immer aus seinem Gedächtnis streichen wollte. Das stellte sich leider als nicht möglich heraus, zu tiefe Spuren haben die Toten und die Gepeinigten in seiner Erinnerung hinterlassen.

Er springt hoch, ergreift im Vorraum sein Fahrrad und steigt aus dem Zug. Keinen Moment zu früh, er hat gerade mit seinem Fahrrad den Bahnsteig erreicht, da ertönt der Pfiff aus der Pfeife des Stationsvorstehers. Zu seinem kleinen Haus in der Sackstraße sind es gerade siebenhundert Meter, die Strecke legt er mit dem Fahrrad rasch zurück. Heute ist ihm nicht nach schnellem Radeln, er schiebt sein Fahrrad und erinnert sich an den Tag vor ziemlich genau fünf Jahren. Genau diese Strecke ist er damals mit Ilse Schneider vom Bahnhof zu seinem vor einem Jahr gekauften Haus gegangen.

Der Weg vom Bahnhof führt ihn die Medemstraße entlang. Er hält die Tasche des Mädchens, sie ist nicht sonderlich schwer, den kurzen Weg bis nach Hause kann er sie leicht tragen. Ilse mustert neugierig die ihr unbekannte Umgebung. Ihr gefallen die Fachwerkhäuser, die die Straßen säumen, Überbleibsel einer ruhigeren und beschaulicheren Zeit. Als sie die Holzbrücke über die Medem erreichen, stößt sie einen Ruf der Überraschung aus. Langsam strömt das Wasser in Richtung Elbe, die letzten Strahlen der Sonnen glitzern auf der Oberfläche und werfen helle Reflexe an die alten Häuser, die sich malerisch am Fluss erheben.

„Hier ist es schön! Hier gefällt es mir!"

Fritz Kognatz schmunzelt, ja Otterndorf ist hübsch. Gerade diese Stelle, an der die hölzerne Brücke über den kleinen Fluss führt, gefällt nicht nur ihm besonders gut. „Das freut mich. Vielleicht findest du eine ruhigere Zukunft in dieser kleinen Stadt." Das hofft er auch für sich. Die Arbeit in Hamburg war stressig und aufreibend gewesen, seine geschundene und für immer gezeichnete Seele lechzte nach Ruhe. Deshalb ist er vor einem Jahr aus dem hektischen Hamburg hierher an die Medem gewechselt. Er hatte etwas Geld zurückgelegt, außerdem erwies sich der Verkauf seines Buches als eine ständig sprudelnde Einnahmequelle. So konnte er sich das kleine, strohgedeckte Fachwerkhaus in der Sackstraße kaufen, es reichte sogar für eine Renovierung des alten Gebäudes.

Die Arbeit bei der lokalen Zeitung war nicht neu für ihn. Es gab in der kleinen Stadt nicht weniger Arbeit, stattdessen aber mehr Ruhe und weniger Aufregung.

Nach ein paar hundert Metern haben sie sein neues Zuhause erreicht. Hellblau sind die Fensterrahmen und die Haustür gestrichen, jetzt, am Nachmittag, liegt die Hausfront im Schatten. Am Vormittag dagegen, wenn es die Sonne gut meint, scheinen die Sonnenstrahlen durch die Fenster und erfüllen sein kleines Haus mit fröhlichem Schein.

Ilse ist aufgeregt, mit großen Augen führt Fritz sie durch sein kleines und auch ihr künftiges Zuhause. Im Erdgeschoss befindet sich ein Wohnzimmer, eine blau gestrichene Tür führt in den Garten hinaus. Außerdem gibt es hier unten eine Küche, ein Badezimmer und seinen Schlafraum. Das Obergeschoss ist erst teilweise fertiggestellt, lediglich ein Arbeitsraum ist vorläufig eingerichtet, zwei weitere kleine Räume warten auf ihre Überarbeitung. In einem dieser beiden Räume steht ein frisch bezogenes Bett.

„Seitdem ich weiß, dass du kommen wirst, habe ich das Bett angeschafft, nun müssen wir noch die zwei Zimmer fertigstellen."

Ilses Augen sagen genug, sie strahlen vor Freude. „Ja, das stelle ich mir wunderbar vor, am Morgen können wir dann im Garten gemeinsam frühstücken."

„Ja, das wird bestimmt sehr schön, wir dürfen aber nicht übersehen, dass es noch viel Arbeit bedeutet, bis alles fertig ist.

Das ist jetzt fünf Jahre her, seitdem wohnt Ilse bei ihm und es kommt ihm vor, als wenn sie seine Tochter wäre. Zweiundzwanzig Jahre ist sie jetzt, ein blühendes Geschöpf mit einer kaum einzudämmenden, immerwährenden guten Laune. Seitdem sie in

Otterndorf lebt, hat sie eine Anstellung in einer Gärtnerei an der Bundesstraße gefunden, zuerst als Lehrling, später als Gesellin.

Er steht auf der Medembrücke, lehnt sich an das Geländer und sieht nachdenklich in das langsam vorbeiziehende Wasser. Heute Nachmittag, als er den ehemaligen Lagerleiter von Buchenwald wiedererkannt hat, hat sich ein dunkler Schatten vor die Sonne geschoben, die sein Leben seit einigen Jahren so wohltuend erwärmt. Immer wieder sieht er das Gesicht von SS-Sturmbannführer Arnold Wolf vor sich. Das Gesicht hat gelacht, es hat die Frau angelächelt, die der Mann am Zug in Basbeck in die Arme genommen hat. Alle die schrecklichen Erinnerungen brechen hervor. Niemals darf so ein diabolischer Verbrecher solche Gefühle haben, diese Unmenschen müssen bis ans Ende aller Tage in der Hölle schmoren. Keine Hölle, und sei sie noch so furchtbar, kann die Schrecken in den Konzentrationslagern erreichen. Alles, was er bewirken kann, ist bestenfalls eine lebenslange Haft für den Lagerleiter Arnold Wolf.

Ja, Ilse, seine Pflegetochter. Hatte ihm nicht die Nachbarin in Weimar, Frau Jensen, erzählt, dass die kleine Ilse eigentlich die Tochter eben dieses Arnold Wolf sein soll? Es ist ein unvorstellbarer Gedanke, dass dieses lebensfrohe, gutherzige Wesen dessen leibliche Tochter sein soll. Sollte er ihr sagen, wer ihr Vater ist? Er schüttelt unmerklich den Kopf. Besser nicht, niemandem wäre mit so einer Information geholfen, schon gar nicht ihr selbst. In ihren Papieren ist sie die Tochter von Sybille und Kurt Schneider. Ihr amtlicher Vater, ein SS-Hauptscharführer oder Feldwebel, ist 1946 in russischer Kriegsgefangenschaft ums Leben gekommen. Die Spur der Mutter verliert sich nach 1945. Sie ist nach seinen letzten Recherchen mit einem der Nazigrößen aus Weimar in Richtung Argentinien verschwunden, seitdem gibt es kein Lebenszeichen mehr von ihr, möglicherweise lebt sie nicht mehr. Unbegreiflich für ihn hat sie ihre kleine Tochter einfach zurückgelassen. Sie passte wohl nicht in das von ihr gewählte neue Leben. Der Arzt Dr. Ding-Schuler wollte sich wohl des Mädchens annehmen, aber als sich die Alliierten Weimar näherten, war ihm das Hemd näher als die Hose.

Mit dunklen Gedanken im Kopf schiebt er das Fahrrad weiter in Richtung Marktplatz und dann in die Sackstraße hinein.

Ilse Schneider ist noch nicht zu Hause. Das kann vorkommen, sie arbeitet mitunter länger. Fritz Kognatz brüht sich einen Kaffee auf und setzt sich mit einer Tasse auf die Terrasse im Garten. Nachdenklich schlürft er das aromatische Getränk und überlegt. Wie soll er jetzt vorgehen? Es sind zwei Fragen, die ihn beschäftigen. Er muss zweifelsfrei beweisen, dass dieser Mann wirklich der Lagerleiter Arnold Wolf ist, zum anderen muss er ihm mindestens einen Mord von den vielen, die er beobachtet hat, ebenso einwandfrei nachweisen. Ein Beleg könnten seine Aufzeichnungen sein, aber das genügt nicht. Er braucht mindestens einen weiteren Zeugen, der die Identität und die Verbrechen des Arnold Wolf bestätigt. Eigentlich ist es die Aufgabe des Staatsanwalts, diese Beweise zu erbringen. Das Problem ist, dass die Morde über zwanzig Jahre zurückliegen. Einen lebenden Augenzeugen zu finden, schätzt er als schwierig ein.

Als ersten Schritt holt er sich ein Blatt Papier und einen Stift. Die erste Notiz ist das Kennzeichen an dem schwarzen Mercedes, OTT-R-121. Gleich morgen wird er den Halter und Eigentümer zu ermitteln versuchen. Er kaut auf dem Bleistift und überlegt. Ab und zu schreibt er einen Namen auf, es sind Namen von ehemaligen Häftlingen, die ihm, beziehungsweise dem Staatsanwalt, hilfreich sein könnten. Eine halbe Stunde später ist die Liste auf über dreißig Personen angewachsen. Er blickt nachdenklich darauf, bis jetzt war es einfach, schwierig wird es sein, die neuen Aufenthaltsorte in Erfahrung zu bringen. Mancher wird gestorben sein, andere sind vielleicht unbekannt verzogen.

Die Kommissare

Ihr Schatz hat in zwei Wochen Geburtstag. Gabriele Husemann ist zum wiederholten Mal zu dem Jagdgeschäft in der Stockhausstraße unterwegs. Der Verkäufer hatte ihr versprochen, ihr preiswert eine kleine Taschenpistole zu beschaffen.

Sie hatte viel Zeit und Geduld gebraucht, um ihrem Freund Werner Hansen, ohne dass er hellhörig wurde, abzuluchsen, worüber er sich zu seinem Geburtstag freuen würde. Sie hatte nach gelegentlichen Fragen, verteilt zwischen mehreren Küssen, herausgefunden, dass er historische Waffen sammelt. Zwei hat er bisher erst, eine Parabellum von Luger, und einen Peacemaker von Colt. Weil sie sich das nicht merken kann, hat sie sich die Bezeichnungen aufgeschrieben. Der nette Verkäufer bei Waffen-Schmidt hat ihr versprochen, ihr für wenig Geld eine winzige Pistole, einen Deringer, zu besorgen. Zweimal war sie schon umsonst in dem kleinen Laden in dem Eckhaus Am Backeltrog gewesen, heute sollte es wohl klappen.

Vor ihr ist ein Kunde im Laden. Er scheint ein Jäger zu sein, er lässt sich gerade von Herrn Schmidt zwei Flinten zeigen. Wohlwollend fallen die Blicke vom Kunden und vom Verkäufer auf die attraktive junge Frau mit der roten Mähne.

Herr Schmidt sieht sie an. „Ich habe etwas für Sie", und blickt dann zu seinem Kunden. „Macht es Ihnen etwas aus, einen Moment zu warten? Ich hole nur eine Waffe aus dem Schrank in meinem Lager."

„Kein Problem, ich werde ein wenig mit der Flinte spielen." Er nimmt die Waffe, hält sie in Augenhöhe und visiert über das Korn. Nebenher versucht er unauffällig, einen Blick auf die hübsche junge Frau neben sich zu werfen.

Der Waffenhändler erscheint mit einer kleinen Schachtel und stellt sie vor Gabi auf den Ladentisch. „Wenn Sie mal schauen möchten, ich werde derweil meinen anderen Kunden weiter bedienen."

Gabriele Husemann öffnet den Behälter, der vielleicht halb so groß wie ein Schuhkarton ist. Das erste, was sie sieht, ist ein Tuch. Darin ist eine kleine Waffe eingewickelt, die höchstens zehn Zentimeter lang ist. Sie ist jetzt doch überrascht, so klein hatte sie die Waffe nicht erwartet. Aber sie ist hübsch, aus vernickeltem Stahl, mit einer kleinen Ziselierung, die wird ihrem Freund bestimmt gefallen. „Was soll sie denn kosten?"

Der Waffenhändler räuspert sich. „Ich dachte an einhundertzwanzig Mark."

„Oh", sie schluckt, „das ist mehr, als ich erwartet hatte. Haben Sie nicht etwas von unter einhundert Mark gesagt?"

„Ja, das ist richtig. Dafür ist diese hier ein besonders schönes Stück."

Die junge Frau sieht sich wieder die Waffe an, nimmt sie dann in die Hand.

Der andere Kunde sieht ihr über die Schulter und blickt dann den Händler an. „Ich habe zuhause noch eine ähnliche Pistole, die kann ich Ihnen für sechzig Mark lassen." Sie spürt seinen warmen Atem an ihrem Hals und dreht sich zu dem Kunden um. „Das ist schon ein deutlicher Unterschied. Ich müsste mir die Waffe in den nächsten Tagen ansehen können."

Der Händler Schmidt blickt etwas verärgert seinen Kunden an. „Sie wollen mich wohl als Händler verlieren, was?"

„Nun stellen Sie sich nicht so an, Sie verdienen an mir doch genug." Er wendet sich an Gabi. „Ich kann Sie jetzt gleich zu mir mitnehmen, ich wohne in der Goebenstraße, das ist nur einen Katzensprung von hier entfernt."

Huch! Das geht der jungen Frau jetzt doch ein wenig zu schnell, außerdem ist ihr der Kunde irgendwie unangenehm. Sie hat während ihrer Zeit als erzwungener Prostituierte auf dem Strich an der Reeperbahn einen siebten Sinn für Männer erworben. Und dieser siebte Sinn meldet sich jetzt. Auf der anderen Seite sind sechzig Mark nicht viel Geld.

„Ich könnte Sie anschließend nach Hause bringen", ergänzt der Kunde, als er ihr Zögern bemerkt.

„Gut, ich sehe mir die Waffe mal an." Sie blickt Herrn Schmidt an. „Wir sehen uns bestimmt noch mal, Sie verlieren mich nicht als Kunde."

Der Händler nickt. „Das ist schon in Ordnung. Wenn Ihnen die Waffe von Herrn Seling nicht gefällt – mein Angebot kennen Sie."

Der eben erwähnte Herr Seling zeigt auf eine der beiden Flinten.

„Ich werde diese hier nehmen, ich komme in den nächsten Tagen wieder vorbei und hole sie ab. Außerdem benötige ich noch Munition, wenn Sie mir fünfhundert Schuss Kaliber 12 besorgen mögen?"

Der Waffenhändler nickt. „Natürlich, Sie können sich auf mich verlassen."

Der Kunde geht hinaus und hält Gabriele galant die Ladentür auf.

„Mein Wagen ist der weiße Kadett auf der anderen Straßenseite, wenn Sie schon vorgehen mögen?"

Das kleine Auto hat in wenigen Minuten die Goebenstraße erreicht. Etwas besorgt mustert Gabriele Husemann den Fahrer. Er ist etwa fünfzig Jahre alt, hat einen kleinen Bauch und eine beginnende Glatze am Hinterkopf. Der typische Freier, stellt sie erschrocken fest, mahnt sich aber zur Ruhe und schilt sich für das Vorurteil.

Herr Seling plaudert mit ihr und sieht bei jeder Gelegenheit zu ihr hinüber. „Die Waffe habe ich mal vor zehn Jahren aus Amerika mitgebracht, seitdem liegt sie bei mir herum. Ein Deringer ist außer zum Ansehen kaum zu gebrauchen, für die Jagd eignet sich besser ein kurzläufiger Revolver."

„Aha." Seine junge Mitfahrerin kennt sich damit nicht aus. „Ich möchte nur meinem Freund eine Freude bereiten."

Der Fahrer mustert sie wieder sehr eindringlich und lässt einen Blick über ihre gute Figur gleiten. „Sie haben doch ganz andere Möglichkeiten, ihm Freude zu bereiten."

Die Anspielung war offensichtlich. Noch so einen Ausrutscher, und sie würde auf der Stelle aussteigen. Doch jetzt haben sie seine Wohnung erreicht, es ist ein kleines Häuschen in der Nähe der Umgehungsstraße. Die ist nicht zu sehen, etwas Verkehrslärm dringt jedoch herüber. Herr Seling öffnet die Tür an ihrer Seite und schließt dann den Wagen ab.

„So, meine Liebe, wir sind da. Einen kleinen Moment noch, ich muss die Waffe vom Dachboden holen." Keuchend steigt der etwas dickliche Mann die steile Holztreppe nach oben. Gabriele Husemann sieht sich um. Unten ist eine kleine Wohnung, viele kleine Teppiche liegen auf einem Boden aus hellen Dielen. Auf den Fensterbänken stehen mehrere Topfblumen in gutem Zustand.

Herr Seling kommt mit einem hellen Leinenbeutel von oben. „Kommen Sie doch bitte in die Stube, dort ist mehr Licht."

Sie setzen sich beide an einen kleinen Tisch am Fenster, dann holt er aus dem Beutel die Waffe heraus, sie ist in braunes Ölpapier eingewickelt. Dabei sitzt er dicht neben ihr und versucht möglichst unauffällig, ihren Busen mit dem Ellenbogen zu berühren. Gabriele Husemann rückt genauso unauffällig ein paar Zentimeter zur Seite.

Die Waffe liegt jetzt frei, stolz präsentiert er sie seinem Gast. „Na, wie gefällt sie Ihnen?"

Der kleine Deringer glänzt matt von Öl, er ist ebenfalls vernickelt und ist der Waffe in dem Laden von Herrn Schmidt sehr ähnlich.

„Was für ein Kaliber ist es denn?" Fräulein Husemann hat gehört, dass diese Angabe wichtig ist.

„Aha, das klingt ja sehr fachkundig." Herr Seling lacht leise. „Das Kaliber ist .41 Zoll Randfeuer, das war zu der Zeit üblich."

Gut, wenn er das sagt, die junge Frau kann nichts damit anfangen.

„Ich möchte jetzt bezahlen, wenn Sie nichts dagegen haben." Ihr wird die Nähe des Mannes zunehmend unangenehm. „Sind Sie verheiratet?" Diese Frage soll ihn ein wenig zurückhalten.

„Ja, warum fragen Sie?"

„Ach, nur so. Wo ist ihre Frau denn?"

„Sie arbeitet in Hamburg und kommt immer spät nach Hause."

„Aha. Wie viel wollen Sie für den Deringer haben? Bleibt es bei den sechzig Mark?"

„Ja, ich denke, das war so vereinbart." Er sieht ihr in die grünen Augen. „Für einen Kuss würde ich noch zwanzig Mark ablassen." Sein Blick sagt ihr genug, er möchte sicher noch mehr als nur einen Kuss von ihr.

„Nein, nein! Sechzig Mark ist gut." Nervös fummelt sie ihr Portemonnaie aus der Umhängetasche und blättert ihm sechzig Mark hin. „So, bitte. Jetzt möchte ich gerne die Waffe mitnehmen."

Herr Seling nimmt das Geld an sich, sichtlich enttäuscht. „Ich würde noch mehr nachlassen, das hängt ganz von Ihrem Entgegenkommen ab."

Soweit kommt es noch! Kann man ihr ihre frühere Beschäftigung etwa ansehen? Das wäre schlimm. Wahrscheinlich ist sie aber nur an einen alten Lüstling geraten, der sich an jede hübsche Frau heranmacht.

„Soll ich Sie noch ein Stück mit dem Auto bringen?"

„Nein, nein, ich gehe zu Fuß." Sie will nur fort von diesem Mann, bevor sie ihm nicht mehr ausweichen kann. Sie hat auf der Reeperbahn so manchen Kniff gelernt, um sich gegen allzu aufdringliche Männer zur Wehr zu setzen, sie ist auch nicht schwächlich, aber wenn ein Mann wirklich etwas von ihr will, hat sie dem nur wenig entgegenzusetzen.

Gabrieble Husemann fühlt sich deutlich wohler, als sie wieder auf dem Bürgersteig steht, sie hält den Beutel mit der Waffe in der Hand. Wie geht es jetzt in das Zentrum, zur Großen Schmiedestraße? Instinktiv geht sie in die richtige Richtung, in der Thuner Straße findet sie eine Haltestelle für einen Bus. Sie muss etwas warten und beobachtet nervös die Straße in der Richtung, aus der sie eben gekommen ist. Beruhigt stellt sie fest, dass dieser aufdringliche Mensch sie nicht verfolgt.

Der weiß-rote Bus der KVG mit dem laut lärmendem Motor bringt sie rasch zum Pferdemarkt. Ab hier hat sie nur noch einen kurzen Fußweg zu der gemeinsamen Wohnung mit ihrem Freund zurückzulegen, dem Kriminalkommissar Werner Hansen.

Ihr Freund ist bereits zu Hause, der Einkauf der Waffe hatte länger gedauert, als sie bedacht hatte. Bevor er sie in den Arm nimmt, muss sie den Beutel verschwinden lassen. Gerade rechtzeitig versteckt sie ihr Geschenk auf ihrer Seite des Kleiderschrankes.

Etwas außer Atem kehrt sie in den Flur zurück. Werner wartet schon auf sie, glücklich nehmen sie sich in die Arme und genießen ihre Zweisamkeit.

Etwas spöttisch hebt er den Kopf. „Wo treibst du dich die letzte Zeit eigentlich herum?" Er sieht ihr tief in ihre grünen Augen. „Du bist mir doch nicht etwa untreu?" Er lächelt sie an. „Sag, ist da jemand, von dem du mir noch nichts erzählt hast?"

Natürlich ist da niemand, er will sie nur auf den Arm nehmen. Oder ist da doch noch mehr? Er weiß, dass sie eineinhalb Jahre am Spielbudenplatz in Hamburg für einen zwielichtigen Zuhälter anschaffen musste, der auch vor Mord nicht zurückschreckte. Schließlich hatte er selbst bei dessen Verhaftung mitgewirkt. Aber seitdem ist sie ihm treu, natürlich. Nur mitunter spuken noch seltsame Gedanken durch seinen Kopf. Ob sie sich nicht doch einmal einem anderen Mann zuwenden würde?

Sie sieht ihm in die Augen, sie weiß, was er jetzt denkt. Immer und immer wieder haben sie darüber diskutiert. „Werner! Es ist vorbei, ein für alle Mal. Ich liebe nur dich." Zur Unterstützung ihrer Behauptung gibt es einen langen Kuss.

„Mal etwas anderes. Soll ich für deinen Geburtstag noch eine Torte backen?", fragt sie ihren Verlobten.

„Das wäre prima! Ich kaufe noch etwas Kuchen, dann haben wir genug zu essen."

„Wen hast du eigentlich alles eingeladen?"

„Jürgen kommt auf jeden Fall. Kann sein, dass er noch eine Freundin mitbringt."

„Eine Freundin? Ist die neu? Davon weiß ich ja gar nichts!"

„Ich weiß auch erst seit zwei Tagen davon."

„Da bin ich mal gespannt. Wenn er sie zu deinem Geburtstag mitbringt, ist es vielleicht etwas Ernstes."

„Das denke ich auch, ich wünsche es ihm, er ist schon so lange alleine."

Der Geburtstag ist an einem Freitag. Gabi ist früher aufgestanden und bereitet den Geburtstagstisch vor. Von seiner Mutter ist ein Päckchen gekommen, das liegt jetzt neben dem Deringer, den sie in Geschenkpapier eingepackt hat. Was er wohl zu ihrem Präsent sagen wird? Sie zündet eine Kerze an und ruft ihn. Er kommt aus dem Badezimmer und nimmt sie in den Arm, mit einem Auge versucht er die Gegenstände auf dem Gabentisch zu erkennen.

„Alles Gute zum Geburtstag, Werner!"

Er riecht gut, Gabi mag ihn gar wieder loslassen, andererseits möchte sie jetzt endlich seine Reaktion auf die kleine Waffe sehen. Werner packt zuerst das Päckchen seiner Mutter aus. Es ist, wie fast jedes Jahr, Unterwäsche und ein Zehnmarkschein. Gabriele ist schon ganz unruhig, nur um sie zu foppen, hat er das Päckchen der Mutter zuerst geöffnet, wo er doch schon weiß, was darin verborgen ist. Doch dann greift er nach ihrem kleinen Geschenk. Er wiegt es in der Hand, für die Größe ist es auffallend schwer.

„Nun mach schon, ich möchte wissen, ob ich das Richtige ausgesucht habe!"

Lächelnd wickelt Werner Hansen das Geschenk aus. Als er das ölgetränkte Papier sieht, bekommt er schon große Augen. Als ihm am Schluss die kleine Waffe in die Hand gleitet, ist er für einen Moment sprachlos. Er legt sie beiseite und nimmt seine Süße in den Arm. „Das ist ein wunderbares Geschenk, ich bin ehrlich überrascht." Er greift wieder nach der kleinen Waffe und besieht sie von allen Seiten. „Wirklich prima, sie ist so gut wie neu. Du hast dich dafür doch hoffentlich nicht in Schulden gestürzt."

Gabriele schmunzelt. „Nein, das nicht, es war jedoch nicht einfach, sie zu beschaffen." Sie erinnert sich kurz an den schmierigen Verkäufer.

Werner Hansen nickt. „Deshalb warst du die letzte Zeit mitunter unterwegs, jetzt wird es mir klar. Und ich Esel habe deine Treue infrage gestellt!"

„Ich sollte eigentlich beleidigt sein, wegen deiner ständigen Verdächtigungen."

Werner nimmt seine Verlobte wieder in den Arm. „Sei mir bitte nicht böse. Ich lerne nur langsam, dass ich das große Los mit dir gezogen habe."

Es ist Sonntag, am frühen Nachmittag. Der Kaffeetisch ist für vier Personen gedeckt, Gabi zündet gerade zwei Kerzen an. Es klingelt an der Tür, Werner ruft: „Das ist für mich!", und geht eilig öffnen. Es ist der erwartete Besuch. Jürgen Krüsmann, sein Chef, Freund und Kollege, begrüßt ihn mit einem kräftigen Händedruck. „Vielen Dank für die Einladung und die besten Glückwünsche zum Geburtstag." Er holt einen Strauß Blumen hinter seinem Rücken hervor und mustert seinen Kollegen. „Wie alt bist du denn geworden?"

„Vierundzwanzig."

„Ich lach mich tot, ich könnte fast dein Großvater sein." Er dreht sich nach hinten. „Darf ich dir meine Freundin vorstellen? Anna von Rönn."

Er zieht eine Frau, die sich schüchtern hinter ihm versteckt, hervor. Sie ist schlank und hat eine blonde Dauerwellenfrisur. Werner Hansen schätzt sie auf Anfang fünfzig.

Freundlich gibt sie ihm eine zarte Hand. „Es freut mich sehr, Sie endlich kennenlernen zu können, Jürgen hat mir schon viel von Ihnen erzählt. Ich hatte Sie nicht so jung erwartet." Sie lacht Werner an.

„Nun ist ja gut, wie lange wollt ihr noch auf meinem Alter rumhacken?"

Gabriele kommt aus der Küche, sie hatte gerade Kaffee aufgebrüht. Die beiden Frauen begrüßen sich freundlich.

Am Kaffeetisch bedankt sich Werner Hansen für den netten Besuch. „Den Kuchen hat mein Schatz gebacken, die Kekse sind schnöde gekauft. Ich freue mich, dass Ihr gekommen seid, und wünsche allseits guten Appetit."

Werner präsentiert stolz das Geschenk seiner Verlobten. Die kleine Waffe, die Gabi besorgt hat, wird ausgiebig bestaunt. Nach dem Kaffee unterhält sich die Geburtstagsgesellschaft, eine muntere Plauderei beginnt.

Werner holt eine Flasche Genever aus dem Wohnzimmerschrank. „Möchte jemand zur Feier des Tages einen Likör?"

Es melden sich alle, die Flasche mit der roten Flüssigkeit geht einmal um den Tisch. „Ich schlage vor, dass wir uns duzen, jetzt wo wir so nett beisammensitzen, ist das doch angebracht, oder?" Das »du« betrifft eigentlich nur die Freundin von Jürgen Krüsmann, sie stimmt gerne zu.

Der alte Kommissar wendet sich an die rothaarige Freundin seines Kollegen: „Bist du noch bei der Portland in Hemmoor beschäftigt?"

„Ja, ich bin seit März dieses Jahres in der Maschinenbuchhaltung tätig. Seitdem ich hier bei Werner in Stade wohne, denken wir allerdings darüber nach, ob ich mir vielleicht hier in der Nähe eine Stellung suchen sollte. Ich habe Einzelhandelsverkäuferin gelernt, da sollte sich etwas finden."

„Die Fahrt mit der Bahn geht ja noch, der lange Fußweg von Warstade ins Werk ist jedoch lästig, besonders wenn es regnet", ergänzt ihr Freund.

Jürgen Krüsmann erzählt, wie er seine Freundin kennengelernt hat. Sie ist Verkäuferin in der Buchhandlung in der Holzstraße, da war es bei seiner ausgeprägten Lesefreude unausweichlich, dass sie sich eines Tages begegnen würden.

„Ich sollte ihm ein frühes Werk von Raymond Chandler besorgen, das war schwierig, weil es eigentlich vergriffen war", erinnert sich Anna von Rönn.

„Sie hat es natürlich hinbekommen", freut sich Jürgen und drückt ihr die Hand.

„Wie habt ihr euch denn kennengelernt?", möchte diese wissen und blickt Gabriele an. Die wird kurz blass und räuspert sich. Den dunklen Fleck in ihrer Vergangenheit wollte sie jetzt nicht ausbreiten.

Werner hilft ihr aus. „Jürgen und ich hatten einen Mordfall aufzuklären, der sich in der Nähe des Zementwerkes abgespielt hat, das war in diesem Frühjahr gewesen."

Die junge Frau schiebt eine kleine Hand unter seinem Arm hindurch. „Ja, und dann haben wir uns nicht mehr losgelassen."

„Ja, so ist es bei jungen Leuten." Frau von Rönn sieht Gabriele an. „Ich bin seit acht Jahren Witwe, da kann es eine Weile dauern, bis man wieder eine Beziehung eingeht." Sie gräbt eine Hand in Jürgens silbergrauen Haarschopf und strahlt ihn an. „Aber man soll die Hoffnung nie aufgeben."

Jürgen lacht und genießt ihre Zuneigung. Werner Hansen mustert seinen Kollegen, er freut sich an dessen spätem Glück. Vor über zwanzig Jahren, im Zweiten Weltkrieg, als er in Frankreich gegen die anrückenden Amerikaner kämpfen musste, hatte Jürgen seine Frau und eines seiner beiden Kinder verloren, die Verwundung an seinem Bein war noch das kleinere Übel. Nun ist er seit einem Vierteljahr Werners erster Vorgesetzter nach dessen Ausbildung zum Kriminalkommissar. Zuerst hatte der ehrgeizige junge Mann sich über die Versetzung in das kleine Stade geärgert, aber Jürgen hat sich für ihn als Glücksfall erwiesen. Er ist kein besonders gewissenhafter Spurensucher, dafür verfügt er über einen siebten Sinn, der ihn selten im Stich lässt. Hoffentlich kann er von dieser erstaunlichen Begabung etwas übernehmen. Er selbst scheint über diese Gabe nicht zu verfügen, dafür ist er ein penibler Sammler von Informationen, der auch den kleinsten Hinweis nicht übersieht und ihn zuzuordnen versteht.

Jürgen sieht sich am Tisch um. „Habe ich schon mal erzählt, was mein junger Kollege für ein Gesicht gemacht hat, als er seine spätere Freundin kennengelernt hat?"
Seine Freundin Anna schüttelt den Kopf. Gabi kennt es natürlich, sie weiß nur nicht, welche Teile davon nun erzählt werden sollen. Sie weiß nicht so recht, ob sie das hören möchte, ihr fallen einige ihr unangenehme Begebenheiten wieder ein.
Jürgen schmunzelt und beginnt zu erzählen. „Wir waren gerade in der Zementfabrik angekommen und hatten einen Raum zugewiesen bekommen, in dem wir arbeiten konnten. Ich wollte grade gehen, da öffnete sich die Tür zum Nebenraum und unsere rothaarige Freundin kam herein. Überrascht hat sie Werner angesehen."
Gabi Husemann lächelt. „Ich wollte eigentlich auf den Flur und hatte mich in der Tür geirrt. Nun saß da jemand und sah mich überrascht an."
Jürgen lächelt bei der Erinnerung daran. „Ich war eigentlich schon draußen und habe noch etwas gezögert. Werners Gesicht war göttlich. Er sah aus, als wäre ihm eine Märchenfee erschienen. Ich bin dann gegangen, ich hatte das Gefühl, ich würde stören."
Gabriele nickt. „Werner erweckte bei mir den Eindruck, als hätte er noch nie eine Frau gesehen." Ihr nettes Äußeres bedeutet ihr wenig. Im Gegenteil, es hatte sie schon in manche unangenehme Situation gebracht.
Gabi und Anna lachen über die Anekdote, die sein Kollege gerade erzählt hat. Ja, seine Gabi, die Begegnung mit ihr war ihr beider Glück gewesen. Sie war in den Fall mit dem Toten in der Tongrube verstrickt. Tiefer, als den beiden Kommissaren zunächst klar war. Am Ende hat sich doch alles zum Guten gewendet, nun denken sie bereits über eine Heirat nach.

Der nette Nachmittag vergeht wie im Fluge. Ihr Besuch verabschiedet sich, dann sind sie allein. Gabi wäscht das Geschirr ab und ihr Liebster bietet sich zum Abtrocknen an.

Gabriele Husemann sieht nachdenklich ihren Freund an, sie lässt ihre Hände auf die Spüle sinken. „Als Anna wissen wollte, wie wir uns kennengelernt haben, habe ich einen Riesenschreck bekommen."

„Ja, das habe ich bemerkt. Deshalb habe ich das Thema etwas abgebogen, es soll niemand wissen, was du früher machen musstest."
Sie kuschelt sich an ihn. „Das ist so lieb von dir!"
Werner nickt zur Bestätigung und lächelt sie hintergründig an, legt das Handtuch beiseite und bugsiert sie ins Schlafzimmer. Abwaschen können sie auch später noch.

Spurensuche

Am nächsten Tag nach dem Zusammentreffen mit dem Lagerkommandanten von Buchenwald, telefoniert Fritz Kognatz von seiner Arbeitsstelle aus mit einem Freund bei der Kraftfahrzeugzulassungsstelle in Otterndorf. Dort sind alle Kennzeichen mit der Bezeichnung »OTT« registriert. Normalerweise sind solche Informationen nicht so einfach zugänglich, Herr Bansiehn aus dem Kreishaus Am großen Specken ist ein guter Bekannter von ihm, seitdem den Redakteur eine Reportage vor sieben Jahren hierher in die malerische Kreisstadt an der Medem geführt hatte. Es geht jetzt nur um den Halter eines Personenwagens, das ist keine große Sache. Glaubt er.

„Hast du was zum Schreiben dabei?", fragt ihn sein Bekannter.
„Ich sitze in meinem Büro, fang schon an." Er kann es kaum abwarten, die halbe Nacht hat er wach gelegen und das Martyrium vor über zwanzig Jahren immer wieder aufs Neue erlebt.
„Gut. Der Besitzer des PKW mit dem Kennzeichen OTT-R-121 heißt Karl Neumann, er wohnt in Osten in der Fährstraße 3."

Fritz Kognatz glaubt, sich verhört zu haben. „Karl Neumann? Das kann nicht sein. Hast du dich vielleicht geirrt?"

„Nein, ich kann ja lesen. Wir übernehmen natürlich nur die Daten, die wir im Personalausweis finden. Ist der Ausweis falsch, dann ist unsere Information falsch."

Fritz Kognatz ist wie vor den Kopf geschlagen. Jetzt wird ihm niemand glauben, ein Karl Neumann war nie Lagerkommandant gewesen. „Ich bin sicher, dass hier ein Fehler vorliegt, was muss ich denn jetzt machen?"

„Du musst dich an die Behörde wenden, die den Ausweis ausgestellt hat. Die wiederum kann man dir bei dem zuständigen Büro der Gemeinde des Wohnsitzes nennen, in diesem Fall ist es das Kirchspiel Osten."

„Vielen Dank für deine Mühe." Er wollte noch mehr sagen, sich bei seinem Freund ausgiebiger bedanken, doch jetzt überschlagen sich seine Gedanken. Wie kann es angehen, dass diese Verbrecher immer einen Ausweg finden? Es muss sich um einen falschen Namen handeln, da ist er sich völlig sicher. Die Staatsanwaltschaft, die seine Anzeige aufnehmen soll, müsste das überprüfen. Vielleicht wird er gleich von vorherein abgewimmelt, weil seine Anzeige wenig korrekt erscheint. Er beschließt, als Vorleistung wenigstens einen Beleg für die wahre Identität des Karl Neumann zu finden, um eine allzu rasche Ablehnung seiner Anzeige zu vermeiden. Oder irrt er sich vielleicht? Er ist sich zu 100 Prozent sicher, aber ein Fehler wäre peinlich. Er beschließt, ein paar Tage Urlaub zu nehmen und der wahren Identität des Karl Neumann auf den Grund zu gehen.

Ein weiterer Anruf verbindet ihn mit dem Gemeindebüro in Osten. Es meldet sich die Stimme einer offenbar jungen Frau.

„Können Sie mir angeben, bei welcher Behörde der Personalausweis von einem Karl Neumann, wohnhaft bei Ihnen in der Fährstraße 3, ausgestellt worden ist?"

Am anderen Ende des Telefons ist es einen Moment still. „Warum wollen Sie das wissen?", hört er nach einem Moment des Nachdenkens. „Wir dürfen diese Informationen nicht ohne Weiteres herausgeben."

Das hatte er befürchtet, nun muss er entweder mit der Wahrheit herausrücken oder sich eine gute Ausrede einfallen lassen. „Bei dem Herrn Neumann handelt es sich wahrscheinlich um einen Kriegsverbrecher der Nazizeit, wobei der Name falsch ist, er müsste eigentlich Wolf heißen."

„Äh, wissen Sie, wir dürfen diese persönlichen Daten nur gegen eine entsprechende Beglaubigung herausgeben."

Das kann ja heiter werden, vielleicht muss er diesen Teil der Arbeit doch der Polizei überlassen. Nein, dann bleibt seine Anzeige vielleicht bereits in den Anfängen stecken. Er entschließt sich für einen direkten Angriff. „So eine Beglaubigung gibt es nur bei einem begründeten Anfangsverdacht, der mutmaßliche Verbrecher selbst wird mir kaum die Erlaubnis erteilen. Es gibt noch zigtausende überlebende Verbrecher des braunen Unrechtsstaates, wenn einem bei den ersten Fragen schon Steine in den Weg gelegt werden, dann werden diese Schurken nie zur Rechenschaft gezogen."

Wieder herrscht einen Moment Stille im Hörer. Die Frau räuspert sich. „Gut, irgendwo haben Sie Recht, die Information ist auch nicht sehr persönlich, ich werde einmal eine Ausnahme machen."

Fritz Kognatz hört Schritte, dann ein Rascheln am Telefon. „Der Ausweis von Karl Neumann ist von der Einwohnerbehörde in Hamburg, Ortsamt Barmbek, ausgestellt worden. Dort müsste man Ihnen sagen können, welche Papiere dazu vorgelegen haben."

Sie räuspert sich wieder. „Ich empfehle Ihnen, sich mit einer der Generalstaatsanwaltschaften der zehn deutschen Hauptstädte in Verbindung zu setzen. Bei jeder dieser Staatsanwaltschaften sollte ein Dezernat für die Verfolgung der Verbrechen während der Gewaltherrschaft der Nationalsozialisten eingerichtet sein. Jedes dieser Dezernate ist für ein bestimmtes Gebiet zuständig."

„Ach, das ist ja interessant. Wissen Sie, wer für Buchenwald zuständig ist?"

„Nein, das tut mir leid. Ich betreue nur eine kleine Gemeinde, das ist reiner Zufall, dass ich das mit den Dezernaten weiß. Ich schlage vor, Sie erkundigen sich in Hamburg, wenn Sie wegen des Ausweises dort sind."

„Ja, vielen Dank, das ist eine ausgezeichnete Idee, Sie haben mir wirklich sehr geholfen."

Fritz Kognatz sitzt nach dem Telefonat am Schreibtisch und grübelt über die mögliche weitere Vorgehensweise nach. Er gewinnt allmählich den Eindruck, dass es eine Sisyphusarbeit werden wird, diesen Verbrecher zu entlarven. Es ist über zwanzig Jahre her, es müssen Zeugen ermittelt und möglichst Unterlagen gefunden werden. Zudem aus einer Zeit, in der wegen der Wirren des Zweiten Weltkrieges viele Unterlagen verbrannt, verschüttet oder absichtlich vernichtet worden sind. Viele Zeugen sind nicht mehr am Leben oder unauffindbar ausgewandert. Trotzdem, er will noch den Schritt zur Behörde nach Hamburg unternehmen, und sich danach entscheiden, wie und ob er weiter vorgehen sollte.

Das Einwohnermeldeamt des Stadtteiles Barmbek ist schnell gefunden, es ist nur wenige Schritte vom Bahnhof entfernt. Nach einigem Herumfragen hat Fritz Kognatz die Meldebehörde gefunden. Zwei andere Kunden sind vor ihm an der Reihe, schließlich betritt er das Büro und nimmt auf dem wackeligen Holzstuhl Platz. Ein etwa fünfzigjähriger Beamter sieht ihn durch eine Brille mit einem dunklen Kassengestell an. „Sie wünschen bitte?"

„Ich möchte die Identität eines Mannes überprüfen, den ich für einen Kriegsverbrecher des Naziregimes halte." Der Mann richtet sich in seinem Stuhl auf. „Oha, das ist eine schwere Anschuldigung, die Sie da äußern, mit möglicherweise schwerwiegenden Konsequenzen."

„Das ist mir bewusst. Seien Sie versichert, dass ich nicht leichtfertig vorgehe, ich denke schon eine Weile darüber nach." Fritz Kognatz steht auf und legt seine Jacke ab. Er knöpft seine linke Manschette auf und schiebt den Ärmel bis über den Ellenbogen hoch. Deutlich ist nahe der linken Ellenbeuge die sechsstellige Registrierungsnummer zu erkennen. „Sehen Sie das hier? Ich war von 1939 bis 1945 Häftling im Konzentrationslager Buchenwald. Der Mann, den ich vor ein paar Tagen gesehen habe, war dort von Mai 1944 bis zum 1. Februar 1945 Lagerkommandant. Er heißt Arnold Wolf, der Mann, den ich für ihn halte, nennt sich Karl Neumann. Das ist ganz sicher ein falscher Name, deswegen bin ich hier bei Ihnen, denn von dieser Behörde wurde sein Personalausweis ausgestellt."

Der Beamte, er heißt laut dem kleinen Schildchen, das neben dem schwarzen Telefon steht, Obersekretär Büchner, sieht mit großen Augen auf die dunkle Tätowierung. „Wenn das stimmt, dann sind Sie einem dicken Fisch auf der Spur. Ich werde Ihnen nach Möglichkeit weiterhelfen."

Fritz Kognatz atmet tief aus, die Hürde wäre genommen. Wieder hat ihm die verhasste KZ- Nummer weiter geholfen. Der freundliche Beamte geht in das nebenan liegende Archiv und kommt nach ein paar Minuten mit einem Ordner zurück. „So, dann wollen wir mal sehen, was unsere Akten dazu sagen." Er blättert aufmerksam in dem Ordner. „Aha, hier. Im Januar 1946 hat uns ein Entlassungsschein aus sowjetischer Kriegsgefangenschaft auf den Namen Karl Neumann vorgelegen." Er öffnet die Klemmung des Ordners und legt dem verblüfften Exhäftling einen grauen, etwas zerknitterten Zettel hin. Neben kyrillischer Schrift und einem verblassten Stempel ist deutlich in Druckbuchstaben eines Bleistiftes der Name Karl Neumann zu sehen.

„Das muss falsch sein, denn der Lagerleiter, den ich meine, kann nicht in russischer Gefangenschaft gewesen sein." Er hält den Zettel hoch und bewegt ihn im Licht. „Dass der Name in Bleistift geschrieben ist, ist natürlich seltsam, da sind Änderungen leicht möglich."

Herr Büchner nimmt das Dokument und heftet es wieder ab. „Das ist leider gar nicht so selten. Gerade die Entlassungsscheine der russischen Kriegsgefangenenlager sind häufig mit Bleistift geschrieben. Wenn Sie recht haben, ist der Entlassungsschein vielleicht gefälscht. So wie ich das weiß, konnte man so einen Beleg hier in Hamburg auf dem schwarzen Markt bekommen." Er sieht sein deutlich erblasstes Gegenüber an. „Ich schlage vor, Sie überlassen alles Weitere der Staatsanwaltschaft in Hamburg. Ich werde mir eine Notiz anlegen, dass dieser Schein möglicherweise gefälscht ist. Verlassen Sie sich auf unsere Verwaltung." Er lacht. „Ich weiß, der Ruf der Beamten ist nicht der beste. Wir mögen langsam sein, am Schluss geht jedoch alles seinen Gang."

Fritz Kognatz nickt, nicht ganz überzeugt. Aber was hat er sonst für Möglichkeiten? Sein Einfluss ist begrenzt.

Obersekretär Büchner lächelt ihm aufmunternd zu. „Kopf hoch. Ich schreibe ihnen die Adresse des zuständigen Staatsanwaltes auf, an den können Sie sich wegen Ihres Verdachtes wenden."

Wenige Minuten später steht Fritz Kognatz auf der Poppenhusenstraße und wendet sich zur Stadtbahn. Er hat etwas erreicht, er sieht aber Schwierigkeiten auf sich zu kommen und teilt den Optimismus des Beamten nicht.

Einen Tag später sitzt er bis tief in die Nacht an seinem Schreibtisch und formuliert ein Schreiben an die Staatsanwaltschaft Hamburg. Es enthält seine eigenen Daten sowie seine Häftlingsnummer. Er weist auf den falschen Namen »Karl Neumann« hin, er listet auch alle Mithäftlinge und einige Personen der Lagerverwaltung auf, in der Hoffnung, dass jemand von ihnen als Zeuge zur Verfügung stehen könnte. Am nächsten Tag geht Kognatz mit dem dicken Brief zur Post. Mit gemischten Gefühlen lässt er ihn am Schalter frankieren.

Fast vier Wochen sind vergangen, als Fritz Kognatz ein Schreiben aus Hamburg in seinem Briefkasten findet. Mit zitternden Fingern öffnet er den Umschlag, mehrere Seiten eines Schreibens mit dem Briefkopf der Generalstaatsanwaltschaft in Hamburg kommen zum Vorschein. Er muss sich setzen, plötzlich kommen wieder diese schrecklichen Erinnerungen hoch, ein Bildersturm mit ausgemergelten Leichen, Totenschädeln und Knochen auf großen Haufen. Asche von menschlichen Körpern, vor Angst und Schmerzen verzerrte Gesichter wirbeln durch seinen Kopf. Er sammelt sich und konzentriert sich auf den Text.

„Sehr geehrter Herr Kognatz! Wir bedanken uns für ihre Aufmerksamkeit und geben Ihnen hier unsere Ermittlungsergebnisse bekannt."

Diese Standardformulierung lässt bereits Unbehagen in ihm aufsteigen. Mit zunehmender Beklemmung liest er weiter. Dem Schreiben nach ist Karl Neumann der korrekte Name. Ein Arnold Wolf dagegen ist nicht mehr am Leben, laut der Angabe von Zeugen soll er 1955 in Argentinien einem Herzschlag erlegen sein.

Fritz Kognatz versteht die Welt nicht mehr. Er sitzt mit einem flauen Gefühl im Magen und schwer atmend auf dem Stuhl am Küchentisch, seine Gedanken überschlagen sich. Wie kann das angehen? Er hatte vermutet, dass die Nachforschungen im Sande verlaufen könnten, aber ein derart falsches Ergebnis? Wie ist das möglich? Ein Gedanke keimt in ihm und nimmt immer mehr Gestalt an. Kann es nicht sein, dass der Bearbeiter dieses Vorganges vielleicht selbst eine braune Vergangenheit hat und jetzt nur versucht, einen früheren Gesinnungsgenossen zu schützen? Es gibt Zigtausende, die unerkannt wieder in Lohn und Brot sind, oder sogar an verantwortungsvoller Position. Gerade im Bereich der Justiz konnten viele ihre früheren Tätigkeiten unerkannt weiterführen. Ja, nur so kann es sein, das ist für ihn eine plausible Erklärung. Die Frage, die sich daraus ergibt, ist die, wie er jetzt weiter vorgehen soll, aufgeben wird er auf keinen Fall. Vielleicht ist jetzt auch der passende Moment gekommen, Ilse Schneider etwas über ihre Eltern zu erzählen.

Am Abend sitzt er in der Küche, er sieht sie am Fenster vorbeigehen, als sie ihr Fahrrad in den Schuppen im Garten stellt.
Sie kommt herein und umarmt ihn kurz, wie jeden Feierabend. Sie mustert ihn, sie kennen sich jetzt lange genug, dass der Eine des Anderen Stimmungen erfasst. Heute wirkt er besonders bedrückt, mehr als sonst.
„Was ist mit dir, Fritz? Warum ziehst du so ein Gesicht?"
Er atmet schwer aus und schiebt ihr das Schreiben hin, dass immer noch auf dem Tisch liegt. Er hat im Laufe des Tages immer wieder darin gelesen und gehofft, zwischen den Zeilen eine positive Nachricht zu erkennen. „Ich hatte dir erzählt, dass ich einen SS-Mann von früher getroffen habe. Nun hatte ich Anzeige erstattet, das ist jetzt das Ergebnis."
Ilse Schneider liest sich das Schreiben durch, dabei entsteht eine Zornesfalte auf ihrer Stirn. „Das ist natürlich in keiner Weise das, was du erwartet hast."
„Nein, natürlich nicht. Was mich stutzig macht, ist die eigentlich unerwartet rasche Antwort. Wenn sie die erwähnten Nachforschungen tatsächlich durchgeführt haben, hätte es viel länger dauern müssen. Ich sage dir, bei der Staatsanwaltschaft in Hamburg steckt ein Gesinnungsgenosse, der jetzt wahrscheinlich annimmt, er hätte den unbequemen Entdecker zum Schweigen gebracht."
„Und wenn du dich irrst? Vielleicht gibt die Staatsanwaltschaft nur weiter, was sie hat. Sie haben nach dem Namen gesucht, und in Argentinien ist er gefunden worden. Was willst du jetzt machen?"
„Egal, ob der Staatsanwalt sauber ist oder nicht, dort werde ich nichts mehr erreichen. Ich lasse mich aber auf keinen Fall entmutigen. Ich habe schon darüber nachgedacht. Ich werde den Mann mit den Mitteln bloßstellen, die mir zur Verfügung stehen. Ich bin Redakteur einer zwar nur lokalen Zeitung, ich habe aber gute

Kontakte zu meiner früheren Arbeitsstelle in Hamburg, dort wird man mir auch helfen."

Er sieht seine Pflegetochter an. „Hast du dich je gefragt, wer deine Eltern waren?"

Ilse Schneider schüttelt ihre dunklen Haare. „Nein. Ich weiß nur, dass ich die Tochter von Sybille und Kurt Schneider bin, ist das nicht richtig?"

„Das ist nur teilweise richtig. Wenn es dich interessiert, kann ich es dir sagen, aber nur, wenn du es wirklich möchtest, es könnte für dich vielleicht ein Schock sein."

„Wenn du es schon so formulierst, möchte ich es natürlich auf jeden Fall erfahren. Was ich bisher weiß, ist auch nicht so toll, Mutter und Vater haben sich davongemacht und mich zurückgelassen. Was soll schon passieren? Ich bin jetzt alt genug, wenn du etwas über meine Herkunft weißt, möchte ich es schon wissen."

Fritz Kognatz beginnt zu erzählen: „Geboren bist du als Tochter von Sybille Schneider, der Frau des Hauptscharführers Kurt Schneider, am 3. April 1943. Der in der Geburtsurkunde angegebene Vater befand sich zum Zeitpunkt deiner Geburt - und auch der deiner Zeugung - in Russland. Er ist nicht mehr zurückgekehrt, er ist kurz nach der deutschen Niederlage in russischer Gefangenschaft gestorben."

„Er kann also nicht mein Vater sein, wer war es denn?" Ilse Schneider hängt an den Lippen ihres Pflegevaters. Sein Gesicht lässt sie Unangenehmes ahnen, aber nun will sie es wissen. Fritz Kognatz legt seine Hand auf die ihre. „Ich habe meine Kenntnisse von Frau Jensen, der damaligen Nachbarin in Weimar. Sie hat mir erzählt, dass deine Mutter im Sommer 1942 eine Affäre mit dem späteren Lagerkommandanten Arnold Wolf gehabt hat."

Nun ist es raus, die Nachricht ist bei Ilse angekommen, sie kaut noch darauf herum. Sie ist blass geworden und blickt auf ihren Schoß. Nach einer Weile erhebt sie ihr Gesicht und sieht ihren Pflegevater an. „So richtig tolle Eltern habe ich nicht, wie? Die Mutter hurt in der Gegend herum und lässt ihr kleines Kind in

Ungewissheit zurück, mein Vater ist ein unmenschlicher SS-Verbrecher. Na ja, ein Hauptscharführer beziehungsweise Feldwebel wäre auch kaum besser gewesen." Sie weint leise, Tränen laufen ihr die Wangen hinunter.

Fritz Kognatz reicht ihr ein Taschentuch. „Hier bitte, es tut mir leid."

„Das muss dir nicht leidtun, ich bin froh, dass ich jetzt Bescheid weiß, auch wenn es schmerzt."

Ihr Pflegevater steht auf. „Ich werde dir etwas zeigen, es könnte dich vielleicht interessieren."

Sie hört ihn die Treppe hinauf stapfen, ein paar Minuten später kommt er mit einem Pappkarton zurück. „Das sind meine Notizen, die ich während des Aufenthaltes in Buchenwald niedergeschrieben habe."

Ilse Schneider blickt in den Karton. Ein dicker Stapel eng beschriebener, schon etwas vergilbter Seiten liegt darin. Sie greift hinein und nimmt ein paar Blätter heraus. Ihr Pflegevater hatte jedes Detail festgehalten: Was und wie viel gab es zu essen, wer hatte was zu wem gesagt. Jeder einzelne Tag ist mit Notizen versehen, wer hat wen geschlagen, wer wurde von wem gefoltert, wer hat wen erschossen und warum. Alle dazu gehörenden Namen sind penibel notiert worden. „Mein Gott, ein Tagebuch des Schreckens!"

Fritz Kognatz nickt müde dazu, die Erinnerungen von damals brechen wieder hervor und quälen seine geplagte Seele, die sich nie von diesen Ereignissen erholt hat. „Du kannst es lesen, wenn du willst, oder auch ganz an dich nehmen, ich werde nie wieder hineinsehen."

„Das kann ich gut verstehen", antwortet die junge Frau fast tonlos. Sie hält die Blätter mit spitzen Fingern, als wären sie vergiftet. „Ich möchte es mir gerne durchlesen, auch wenn es mir sicher schwerfallen wird."

In den nächsten Tagen grübelt Fritz Kognatz über die weiteren Schritte nach. Er wird einen Artikel in der kleinen Zeitung herausbringen, die immerhin die Region zwischen Cuxhaven und der Oste abdeckt. Gestern hat er mit einem früheren Kollegen in Hamburg gesprochen, den konnte er für die geplante Enttarnung ebenfalls interessieren. Mit beiden Zeitungen hat er die Möglichkeit, eine Empörung unter den Lesern zu entfachen, die von den Staatsanwaltschaften nicht ignoriert werden kann. Ein anderer Gedanke entwickelt sich bei ihm, der aus der verständnisvollen Neigung nach Rache und Vergeltung geboren ist. Er bekommt zunehmend Gefallen daran, den Verbrecher vor der Veröffentlichung aufzusuchen und ihn mit seiner Vergangenheit zu konfrontieren. Er stellt es sich sehr plastisch vor, wie er Arnold Wolf aus seinem Leben aufschreckt und er um seine Zukunft zittert. Um eine Todesstrafe muss er sich jedoch keine Sorgen machen. Der Tod durch den Strang, wie es zum Beispiel bei den Kriegsverbrechern in Landsberg oder in Hameln üblich war, erschien ihm immer schon zu human. Es dauert nur wenige Sekunden bis zum Tode, wenige Sekunden der Todesangst. Verglichen mit den tausenden Opfern, die nicht nur minutenlang, sondern bisweilen jahrelang täglich um ihr Leben fürchten mussten, ist das viel zu wenig. Eine lange Haftstrafe, die sie jeden Tag aufs Neue an ihre Verbrechen erinnern würde, wäre wirkungsvoller.

Diese Reaktion auf die zu erwartende lebenslange Strafe will er bei Arnold Wolf genießen. Er will seinen Schrecken spüren, wenn er ihm offenbart, dass er ihn erkannt hat. Er malt sich schon aus, wie er bei ihm aufkreuzt, mit der Todesliste, die er auch an die Staatsanwaltschaft in Hamburg geschickt hatte. Sie enthält die Namen aller Personen, deren Ermordung durch den Lagerkommandanten er selbst beobachtet hatte. Die Namen der jeweiligen Zeugen, soweit er nicht alleine war, sind mit aufgeführt. Es sind fünf Tote, bei deren Ermordung er Augenzeuge war, insgesamt dürften es noch viel mehr sein. Und genau diese Liste wird er ihm vorlegen, er malt sich schon das Gesicht von Arnold Wolf aus, wie er erblasst und erschrocken auf das Blatt Papier starren wird. Ja, so wird es durchführen, ein paar Tage später wird dann seine Vergangenheit, wie vorgesehen, in den beiden Zeitungen veröffentlicht.

Ein Plan scheitert

Fritz Kognatz hat inzwischen herausgefunden, wo Arnold Wolf seine Zeit verbringt. Er hat ein Geschäft für Sämereien und Düngemittel in der Fährstraße 6A in Osten, dort im Büro hält er sich die meiste Zeit des Tages auf. Nach Geschäftsschluss ist er dann überwiegend in dem Haus in der Fährstraße 3 zu finden, dort lebt er mit seiner Frau zusammen.

Fritz Kognatz hat sich einen Tag freigenommen, um den ehemaligen Lagerleiter zu beobachten und eine geeignete Möglichkeit für eine Konfrontation auszuwählen. Ilse Schneider hat er nach dem Abendessen davon erzählt. „Ich werde morgen nach Osten fahren und den ehemaligen Lagerleiter aufsuchen. Ich will ihm erzählen, dass ich ihn erkannt habe und es öffentlich machen werde."

Seine Pflegetochter sieht ihn mit großen Augen an. „Sei bloß vorsichtig, oder glaubst du, er kann dir nichts mehr tun? Diesen Menschen bedeutet doch ein Tod gar nichts."

„Du hast recht, aber ich habe es mir vorgenommen. Es bedeutet mir viel, sein Gesicht bei meiner Mitteilung zu beobachten."

„Ich drücke dir die Daumen und wünsche dir Erfolg, du hast ihn verdient."

Am nächsten Vormittag fährt er mit der Bahn von Otterndorf nach Basbeck und dann weiter mit seinem Fahrrad zur Fähre an der Oste. Es geht ständig leicht abwärts, sodass er den Weg rasch zurücklegen kann. An der Fähre steht bereits eine Schlange von Fahrzeugen. Die Schwebefähre ist seit 1909 in Betrieb, geplant von Bürgern und Stadtvätern aus Osten. Seit der Inbetriebnahme hat sie sich schon lange bezahlt gemacht, doch dem ständig wachsenden Verkehr wird sie bald nicht mehr gewachsen sein. Er hat gehört, dass sich eine größere und stärkere Gondel in der Planung befindet, um dem zunehmenden Verkehr und den ständig größer werdenden Lastwagen gerecht zu werden.

Vier Minuten dauert die Überfahrt, nahezu lautlos schwebt die Gondel in dem grün gestrichenen Stahlgerüst unermüdlich von einem Ufer an das andere. Jetzt ist Fritz Kognatz an der Reihe, er schiebt das Fahrrad zusammen mit vier anderen Fahrradfahrern auf die Gondel. Die Fußgänger stehen fast alle auf der kleinen Plattform und schwatzen miteinander. Dicht gedrängt stehen zwei kleine Lieferwagen und ein Personenwagen auf der vierzehn Meter langen Gondel. Die Schranke wird vom Fährmann geschlossen, dann tritt er an sein kleines Steuerpult und startet die beiden Elektromotoren, die hoch oben in dreißig Meter Höhe ihre Arbeit beginnen. Beinahe gemütlich, mit etwa einem halben Meter pro Sekunde, bewegt sich der Fahrkorb vorwärts, um mit einem kaum zu bemerkenden Ruck wieder zum Stillstand zu kommen. Der Fährmann hebt die Schranke hoch, die Motoren der Autos werden gestartet und die Fahrgäste setzen sich in den Ort Osten in Bewegung.

Gemächlich schiebt Fritz Kognatz sein Fahrrad, ihm ist nicht nach raschem Fahren, er hat sein Ziel ohnehin gleich erreicht. Sein Herz klopft, gleich wird er dem Herrn über Leben und Tod von insgesamt 260.000 Häftlingen, sie sich jemals im Konzentrationslager Buchenwald aufgehalten haben, von Angesicht zu Angesicht gegenüberstehen. Ob er ihn wiedererkennen wird? Das ist kaum anzunehmen, er hat die Häftlinge kaum eines Blickes gewürdigt, sie hatten ihn nie interessiert, sie waren nur lästige Arbeitskräfte, oder gesichts- und seelenlose Wesen, die über kurz oder lang in den Verbrennungsöfen im Keller des Krematoriums landen würden.

Er schiebt sein Fahrrad am Rande des Kopfsteinpflasters der Fährstraße entlang. Laut poltern die Räder der Autos beim Vorbeifah-
ren über das Pflaster, leise klappern zwei Fahrräder vorbei. Jetzt
hat er die Fährstraße Nummer 2 erreicht, auf der anderen Seite
kann er das Haus mit der Nummer 3, das Haus des Naziverbrechers, erkennen. Es liegt friedlich da, dunkler Schiefer bedeckt das
Dach, rot ist der Putz und kontrastiert hübsch mit der gelben Ein-
fassung der Fenster. Es strömt Frieden und Ruhe aus, wie auch
der ganze Ort friedlich und ausgeglichen erscheint. Fußgänger
kommen ihm entgegen, es ist eine Gruppe von Hausfrauen, die
mit gefüllten Körben offenbar vom Einkauf zurückkehren. Laut
scherzen sie miteinander. Jetzt sind sie vorbei, ihr fröhliches Lachen hallt noch in seinen Ohren. Es ist für ihn kaum vorstellbar,
dass inmitten dieser gut gelaunten Menschen ein Ungeheuer sein
Zuhause gefunden hat.
Jetzt hat er auf seiner Seite die Fährstraße 6A erreicht, etwas zu-
rückgesetzt steht hier eine alte Scheune. Ein Lieferwagen steht in
der Einfahrt, zwei Männer tragen einige Säcke durch das Tor in
den kühlen Schatten des alten Gebäudes. Er lehnt sein Fahrrad an
die Wand des Nachbarhauses und sieht sich um. Die Frontseite
der Scheune ziert eine große Tafel, »**Karl Neumann, Düngemittel und Sämereien**«, steht dort in schwarzen Buchstaben auf weißem Grund. Gespannt tritt er durch das offene Tor an der Front
in das Innere. Sein Herz klopft, er traut sich kaum zu atmen,
würde er gleich dem Peiniger so vieler begegnen? In der Scheune
sieht es aus, wie in vielen anderen Lagern. Im hinteren Teil sieht
er viele Kisten und Säcke liegen, kleine Teile liegen auf staubigen
Regalen. Schwaches Licht fällt durch mehrere kleine Fenster an
den Seiten, unterstützt von ein paar Lampen in einem Drahtkäfig,
die ein gelbes Licht verbreiten. Ein hölzerner, langer Tisch trennt
den Verkaufsraum vom hinteren Teil ab. Die beiden Männer, die
ihm schon draußen begegnet waren, sind immer noch dabei, den
Inhalt des Transporters in den Tiefen der Scheune zu verstauen.
Ein weiterer Mann sitzt an einem Tisch im Hintergrund, eine

Lampe gibt ihm etwas Licht. Nun steht er auf und kommt zu ihm. Kurz spürt Fritz Kognatz schmerzhaft seinen Magen, dann atmet er entspannt aus. Nein, es ist nicht Karl Neumann, beziehungsweise Arnold Wolf, es wird wohl ein Angestellter sein.

„Wie kann ich Ihnen helfen?" Die Stimme ist freundlich, es ist nur eine eingeübte Freundlichkeit, die Augen blicken leblos und uninteressiert. Fritz Kognatz kennt diesen Blick, er ist ihm tausendfach bei den Bewachern in Buchenwald begegnet.

„Ich interessiere mich für Hornspäne, können Sie mir damit aushelfen?"

„Natürlich." Er lächelt gekünstelt. „Wir haben es in verschiedenen Verpackungsformen, mit fünf, zehn oder zwanzig Kilogramm im Sack. Wie hätten Sie es denn gerne?"

„Ich wollte nur wissen, wie teuer es ist, ich bin jetzt nur mit meinem Fahrrad da, damit kann ich es nicht transportieren."

Das Interesse des Angestellten schwindet sichtlich. Mit Kunden, die nur Preise wissen wollen, ist vorerst kein Geschäft zu machen. Er schlägt missmutig einen Ordner auf und blättert darin herum.

„Eine Tüte mit 5 kg kostet 1,30 DM, den 25 kg Sack kann ich Ihnen für 5,70 DM verkaufen. Ist Ihnen damit gedient?"

„Danke, sehr freundlich. Ich werde bei der nächsten Tour mit meinem Auto hierher kommen und einen 25 kg Sack kaufen" Er besitzt keinen Wagen, das muss der Angestellte nicht wissen. „Ach ja, da fällt mir noch etwas ein. Ihr Chef ist ein Karl Neumann, ist das richtig?"

Der Mann nickt. „Das ist richtig. Warum wollen Sie das wissen?" Seine dunklen Augen sehen Fritz Kognatz prüfend an.

„Ich kenne einen Karl Neumann aus Frankfurt, aber das wäre jetzt wohl Zufall."

„Allerdings. Mein Chef kommt aus Hamburg."

„Ist er denn anwesend, ich hätte noch eine Frage wegen Mengenrabatten."

„Ich erwarte ihn erst zum Feierabend, er ist heute bei unserem Großhändler in Bremen."

Fitz Kognatz wendet sich ab. Erstens hat er erfahren, was er wissen wollte, zweitens ist ihm der Blick des ungeschlachten Mannes unangenehm. Er weckt unangenehme Bilder aus lange vergangenen Zeiten in ihm. Er nimmt sein Fahrrad und schiebt es zum Ostedeich zurück. Er wird hier warten, er will diesen Karl Neumann heute noch sehen, nach Möglichkeit auch noch sprechen.

Das Wetter ist noch gut, graue Wolken schieben sich immer häufiger vor die Sonne, er setzt sich in das Grass auf dem Deich neben der Fähre und lässt seine Gedanken schweifen. Der Artikel, der in der Zeitung aus Otterndorf erscheinen soll, ist fertig. Eine Durchschrift für seinen alten Bekannten bei der Hamburger Tageszeitung ist ebenfalls fertig, er muss den Brief nur noch zur Post bringen. Jetzt will er sich noch an dem Erschrecken weiden, wenn er dem Verbrecher offenbart, dass er erkannt worden ist.

Ein paar Schritte entfernt zieht die Fähre ihre Bahn, hin und her, immer wieder, unermüdlich. Auf dem Wasser der Oste spiegeln sich die grünen Streben. Unruhig zappelnd, immer wieder zerrissen, begleitet die Spiegelung das Original.

Auf den Zufahrtsstraßen zu beiden Seiten stauen sich die Fahrzeuge. Die Fußgänger und Radfahrer bilden auf beiden Seiten in der Nähe der Schranken kleine Gruppen. Fritz Kognatz beobachtet nur scheinbar gelassen das geschäftige Treiben. Die Vorstellung, dass er heute einen der Verbrecher der Nazizeit zur Rede stellen will, hält seine Gedanken in Bewegung. Das Auto des Arnold Wolf kann er nicht verpassen, jedes der Fahrzeuge fährt nur wenige Meter von ihm entfernt vorbei. Er kommt ganz sicher über die Fähre, er könnte auch die Ostebrücke bei Hechthausen verwenden, das wäre jedoch ein Umweg.

Der kleine Zeiger der Uhr hat die fünf bereits überschritten, Fritz Kognatz blickt immer öfter zu der Warteschlange auf der Basbecker Seite hinüber. Da! Ein großer, schwarzer Mercedes ist jetzt durch die Lücke im Deich zu erkennen. Er wendet seine Augen nicht davon ab. Er ist es! Es ist ein Modell 300 SE, auch das Kennzeichen ist richtig. Er steht auf, hebt sein Fahrrad auf und schiebt es langsam zur Fährstraße. Die Schwebefähre gleitet noch zweimal hin und her, dann verlässt der Mercedes die Gondel. Langsam rollt er auf dem Kopfsteinpflaster hinter einem anderen Personenwagen hinterher, sodass ihm Fritz Kognatz leicht folgen kann. Am Haus Fährstraße 3 biegt er in die Auffahrt und parkt das Auto neben dem Haus.

Der Mann mit dem Fahrrad ist nur zwanzig Schritte von ihm entfernt. Hoch gespannt, mit klopfendem Herzen, beobachtet er jede Bewegung. Die Fahrertür wird geöffnet, ein Kopf mit vollem, grauem Haar kommt zum Vorschein, dann steigt Karl Neumann aus.

Fritz Kognatz ist starr vor Anspannung, alles um ihn herum versinkt in einem Nebel, sein Interesse gilt jetzt ausschließlich diesem Mann. Er ist es, er hat sich nicht getäuscht. Er sieht immer noch gut aus, lediglich sein Haar ist grau geworden und einige Falten lassen die vergangenen zwanzig Jahre erkennen. Jetzt öffnet er die hintere linke Tür des Autos und holt eine Jacke heraus. Sein Beobachter verfolgt alle Gesten, bei jeder wird er sich sicherer, dass dieser Mann einmal der Lagerleiter vom Konzentrationslager Buchenwald war. Er ist versucht, sofort dem Mann hinterher zu stürzen, ihn an der Jacke zu fassen und ihm ins Gesicht zu schreien: Du erbärmliches Schwein! Du entkommst uns nicht, auch du musst für Deine Untaten büßen!

Er schluckt und zwingt sich zum besonnenen Handeln. Niemandem ist gedient, wenn er sich jetzt so erregt, im Gegenteil, mit klarer Argumentation und selbstbewusstem Auftreten wird er den Verbrecher stärker beeindrucken können. So wartet er ein paar Minuten, geht an die Tür und klingelt. Ein Moment verrinnt, er überlegt, ob er nochmals klingelt, da hört er Schritte an der Tür. Ein Schlüssel dreht sich im Schloss, dann blickt ihn Arnold Wolf an.

„Guten Tag. Was wünschen Sie?"

Kein Erkennen, nur übliche Höflichkeit. Das Herz von Fritz Kognatz schlägt ihm förmlich bis zum Hals, er spürt, wie seine Hände zittern. „Mein Name ist Kognatz. Kann ich Sie einen Moment sprechen?"

Der Mann wirkt abweisend, er verbirgt sich etwas hinter der nur halb geöffneten Tür. „Worum geht es denn?"

„Ich möchte Sie sprechen, zum Thema Ettersberg."

Der Mann hinter der Tür verändert kaum eine Miene, es kommt seinem Besucher vor, als wenn er ihn vielleicht etwas intensiver beobachtet. „Kommen Sie herein."

Arnold Wolf dreht sich um und geht wortlos voraus. Seine Schritte führen ihn in eine Art Arbeitszimmer. Am Fenster steht ein großer Schreibtisch, zwei Schränke aus dunklem Holz stehen gegenüber an der Wand, sie enthalten offenbar Akten. Tüllgardinen hängen vor den beiden Fenstern und erlauben einen Blick in den gepflegten Garten.

Arnold Wolf setzt sich in den Sessel am Schreibtisch, dreht sich zu seinem Besucher und zeigt auf den einzigen weiteren Stuhl im Raum. Fritz Kognatz ist in hoch gespannter Verfassung, so müssen sich Jäger fühlen, die die lange verfolgte Bestie eingeholt haben, die nun vor ihnen steht und die Zähne fletscht. „Sie sind Arnold Wolf, der Lagerkommandant von Buchenwald in der Zeit von Mai 1944 bis zum 1. Februar 1945."

Sein Gegenüber sieht ihn ausdruckslos an. „Sie irren sich, ich bin Karl Neumann. Mit diesem Mann habe ich nichts zu tun." Er dreht sich zu seinem Schreibtisch und holt ein silbernes Etui hervor. „Möchten Sie vielleicht eine Zigarre? Das beruhigt, ich sehe Ihnen doch an, wie aufgeregt Sie sind."

Fritz Kognatz bringt kein Wort hervor. Er schüttelt den Kopf, er muss sich zusammenreißen, um nicht aufzuspringen und den Mann zu würgen. Bisher hat er klar die schlechteren Karten, der Karl Neumann, oder besser Arnold Wolf, hat sich perfekt unter Kontrolle. Er räuspert sich. „Seien Sie sich nicht so sicher, es sind nicht alle Zeugen tot. Es bedarf nur etwas Arbeit, dann wird man sie überführen."

Arnold Wolf hat eine Zigarre entzündet und zieht jetzt daran, erste Rauchwolken umhüllen ihn. „Gut, wenn Sie meinen, ich kann Sie nicht aufhalten." Ungerührt bläst er eine weitere Rauchwolke aus.

Fritz Kognatz kann es kaum fassen. So was von abgebrüht! Er schluckt und sammelt sich einen Moment, seine sonst so klaren Gedanken beginnen wieder einen chaotischen Amoklauf. „Bedenken Sie, dass ich Redakteur bei der hiesigen Zeitung in Otterndorf bin. Dort und in einer Hamburger Tageszeitung werde ich in den nächsten Tagen einen Bericht über Sie herausbringen, den niemand übersehen kann. Spätestens dann wird man auf Sie aufmerksam und wird in ihrer Vergangenheit wühlen."

Jetzt scheint Arnold Wolf nicht mehr ganz so sicher zu sein, er denkt einen Moment nach. Er gibt sich einen Ruck, setzt sich grade hin und sieht Fritz Kognatz herablassend an. „Ich sage Ihnen, Sie täuschen sich. Wenn Sie das tun, werde ich eine Verleumdungsklage gegen Sie veranlassen. Ich bin Geschäftsmann und kann es mir nicht erlauben, dass mir eine SS-Vergangenheit angedichtet wird. Er legt seine Zigarre auf einen Aschenbecher. „Jetzt habe ich genug von Ihnen. Verlassen Sie bitte mein Haus!"

Etwas hilflos erhebt sich Fritz Kognatz, er taumelt beinahe zur Tür. Ohne Gruß geht er zu seinem Fahrrad und schiebt es tief in Gedanken versunken in Richtung Fähre. Er atmet schwer und versucht sein aufgewühltes Inneres zu beruhigen. Er hatte erwartet, dass sich der ehemalige Lagerleiter nicht sofort zu erkennen geben würde, aber so eine völlige, ja arrogante Ablehnung, hatte er nicht erwartet.

Auf der Fähre ist nicht mehr viel Betrieb, es ist zu erkennen, dass der Berufsverkehr vorüber ist. Er radelt langsam zum Basbecker Bahnhof und wartet am Bahnhof auf den Zug in Richtung Otterndorf.

Arnold Wolf sieht seinem Besucher hinterher, wie er das Haus verlässt. Er ist beileibe nicht so ruhig, wie er es diesem Juden glauben machen wollte. Wenn es tatsächlich rauskommt, was er vor zwanzig Jahren gemacht hat, dann ist sein Schicksal besiegelt. Er hat von ähnlichen Fällen gehört, das wurde immer mit langen Strafen geahndet, manche Täter verstarben während des Gefängnisaufenthaltes oder waren als haftunfähig eingestuft worden. Er muss etwas tun, er kann und will auf keinen Fall zulassen, dass sein Leben in die Öffentlichkeit gezerrt wird. Dabei hat bisher alles so schön geklappt…

In Buchenwald hatte er ein gutes Leben gehabt. Zusätzlich zu seinem Sold als Obersturmführer und Lagerleiter gab es noch zahlreiche illegale Geldquellen, die sich fast ausschließlich auf die Wertsachen gründeten, die den Häftlingen abgenommen wurden. Auch die den Leichen entnommenen Goldzähne ließen sich zu sehr viel Geld machen. Die Kontrolle darüber hatte ausschließlich die Lager-SS, er war der Kommandant und damit der unbeschränkte Herrscher über Leben und Tod in dieser Enklave des Schreckens.
Ein Trick, auf den er besonders stolz war, war es, die Häftlinge nach Hause an ihre Angehörigen schreiben zu lassen. Er ließ sie mitteilen, dass sie für eine Gebühr von 150 Mark nach Hause kommen könnten. Er hatte nicht im Traum daran gedacht, irgendjemand zu entlassen, dafür war diese »Entlassungsgebühr« eine kräftig sprudelnde Geldquelle geworden.
Ende Januar 1945 hatte er sich bei einer überhasteten Flucht in einen Luftschutzbunker den linken Fußknöchel gebrochen, woraufhin er zur Heilung auf ein Gut des Wirtschafts- und Verwaltungshauptamtes (WVHA) in Österreich gebracht wurde.
Nach dem Krieg wurde er zweimal von den Alliierten aufgegriffen und verhaftet, es gelang ihm beide Male zu fliehen. Die Gelegenheit, sich einen falschen Namen zuzulegen, ergab sich bei seiner polizeilichen Abmeldung aus Nabburg in der Pfalz, wo er unter

seinem echten Namen zuletzt auf einem Bauernhof tätig gewesen war. Den mit einem Bleistift vorgenommenen Eintrag seines Abmeldescheins radierte er aus und trug stattdessen den Falschnamen Karl Neumann, geboren am 11. September 1909 in Niederau bei Düren, ein.

Im Dezember 1945 gelangte er nach Hamburg, wo er sich auf dem Schwarzmarkt einen Entlassungsschein aus sowjetischer Kriegsgefangenschaft auf seinen Falschnamen besorgte und sich unter diesem Pseudonym polizeilich anmeldete. Von Anfang 1946 bis zum Sommer desselben Jahres arbeitete er bei einem Bauern in der Nähe von Hamburg.

Ab Sommer 1946 war er auf dem Gut Bismarcks im Sachsenwald fast durchgehend als Forstarbeiter, Holzverkäufer und Hausmeister beschäftigt. Dort hatte er später seinen jetzigen Mitarbeiter und ergebenen Diener Edwin Frenzel kennengelernt. Er war SS-Rottenführer im KZ Bergen-Belsen gewesen, wurde jedoch nach dem Krieg von den Engländern aufgegriffen und zu fünfzehn Jahren Haft verurteilt. Eine Amnestiewelle begann 1951 und entließ seinen jetzigen Mitarbeiter ein Jahr später aus dem Gefängnis in Celle. Der Weg zum Sachsenwald war nicht weit, sie begegneten sich im Sommer 1953. Seitdem hat er sich dem ehemaligen Hauptsturmführer angeschlossen und ist ihm bedingungslos ergeben.

Sein größtes Glück war die Bekanntschaft mit der reichen Witwe Elvira von Wiedenthal, mit der er nun seit neun Jahren verheiratet ist. Er schmunzelt vor sich hin, ja, er konnte schon immer gut mit Frauen. Er sah gut aus und konnte sehr charmant sein. Seine Frau war vermögend und erlaubte ihm, ein sorgenfreies Leben führen zu können.

Sein Mitarbeiter und Faktotum Edwin Frenzel lebt auf dem Dachboden eines kleinen Hauses, ebenfalls in Osten, in der Straße Hinter den Höfen. Er ist nicht nur sein Angestellter und zu allem bereiter Diener, er dient ihm mitunter auch als Gärtner oder

Chauffeur. Jetzt muss er ihm bei dem Problem mit diesem Exhäftling helfen. Alles hat so gut geklappt, jetzt kommt so ein Mistjude daher und zerstört alles! Auf keinen Fall darf seine Frau etwas davon mitbekommen, sie hat die Hand auf dem Geld und würde in so einem Fall nicht zögern, sich von ihm zu trennen.

Er springt in seine Jacke und ruft im Flur nach oben. „Ich muss mal kurz zu Edwin, bin gleich zurück!" Leise hört er eine Antwort. Seine Frau kennt das schon, seine gelegentlichen Besuche bei seinem Leibeigenen sind so etwas wie Normalität.

Edwin ist zu Hause, wie fast immer. Er steht an einer Werkbank in einem baufälligen Schuppen neben dem Haus, in dem er wohnt und drechselt mit verbissener Miene an einem Stuhlbein. Er blickt hoch und sieht seinen Chef neugierig an. „Hallo, Sturmbannführer!"

Arnold Wolf zieht die Augenbrauen zusammen. „Nenn mich nicht immer so, irgendwann hört es mal jemand!"

Edwin Frenzel winkt ab. „Ach was, hier hört es doch keiner."

„Und wenn doch? Nein, lass es sein." Dann kommt er zur Sache. „Heute war jemand bei mir, der kennt mich noch aus Buchenwald und will mich auffliegen lassen."

„War das so'n Typ mit Brille und Fahrrad? Der war heute bei mir und wollte wissen, was Hornspäne kosten. Ich habe mir gleich gedacht, dass das nicht stimmte."

„Ja, allerdings. Hat er sonst noch etwas gesagt?"

„Nein, er sagt, er kennt einen Karl Neumann aus Frankfurt, aber das war wohl Quatsch."

„Ja, das war nur ein Vorwand. So, warum ich hier bin. Du musst so bald wie möglich diesen Mann verschwinden lassen, möglich noch heute Nacht. Mit seiner geplanten Veröffentlichung gefährdet er nicht nur meine Zukunft, du bist dann auch mit dran."

Edwin Frenzel nickt. Menschenleben zählen nicht viel für ihn, als Aufseher im KZ Dachau und später in Bergen-Belsen galt er als einer der gewissenlosesten unter den Gewissenlosen. Arnold Wolf hatte ihn im Herbst 1958 als Gehilfen angestellt, seitdem war ihm ein bedingungsloser Knecht und skrupelloser Erfüller aller Anordnungen. „Was soll ich machen, Sturmbann-, äh, Chef?"

„Du kannst mein Auto nehmen. Er wohnt in Otterndorf, fahre dort hin und passe ihn am Bahnhof ab. Finde raus, wo er wohnt, und komme dann wieder her, wir können dann gemeinsam einen Plan entwerfen. Es muss schnell gehen, er ist schon auf dem Weg zum Bahnhof in Basbeck."

Edwin Frenzel legt sein Werkzeug beiseite und zieht eine Jacke an, dann folgt er seinem Arbeitgeber, der mit schnellen Schritten zu seinem Haus geht. Vor der Tür bittet er sein Faktotum zu warten. „Einen Moment", ruft er ihm zu und kommt wenige Minuten später mit dem Wagenschlüssel zurück.

Edwin Frenzel ist mit dem Mercedes vertraut, er startet den Wagen, setzt zurück und lenkt zur Fähre. Er muss dort nicht lange warten, er ist das einzige Fahrzeug, zehn Minuten später hat er die Bundesstraße erreicht und lässt den großen Wagen schnell in Richtung Otterndorf fahren.

In einer knappen halben Stunde hat er den Bahnhof der Medemstadt erreicht, er parkt rückwärts ein und löscht die Beleuchtung. Er steckt sich eine Zigarette an und wartet. Der Zug wird erst in einer halben Stunde eintreffen, bis dahin wird er ein wenig entspannen. Und wenn der Mann nun nicht in Otterndorf aussteigt, sondern vielleicht bis nach Altenbruch fährt? Na gut, das ist nicht sehr wahrscheinlich. Falls doch, wird er dem Zug bis nach Altenbruch oder sogar bis nach Cuxhaven folgen. Die Zigarette ist aufgeraucht, er wartet noch einen Moment, steigt aus und schlendert zum Bahnhof hinüber. Immer wieder sieht er auf die Uhr, doch dann ist es soweit. In der Ferne sind in der beginnenden Dunkelheit die Lichter des Zuges zu erkennen. Mit viel Getöse fährt er ein, wenige Türen öffnen sich und eine Handvoll Fahrgäste steigt aus. Einer von ihnen hebt ein Fahrrad heraus, es ist der Mann, auf den er gewartet hat. Er eilt zum Wagen, steigt ein und lässt den Motor an. Keinen Moment zu früh, wie ein Schatten rollt das Fahrrad an ihm vorbei. Langsam lässt er den Wagen mit eingeschaltetem Standlicht hinterher fahren. Der Mann mit dem Rad biegt in die Medemstraße ein. Er wird doch nicht über die kleine, hölzerne Fußgängerbrücke fahren? Dort kann er ihm mit dem Auto nicht folgen. Wie erwartet, verschwindet das graue Fahrrad zwischen den weiß gestrichenen Geländern. Edwin Frenzel biegt rasch in die Mühlenstraße ein und jagt mit dem Wagen zur Bundesstraße. Dort biegt er rechts ab und hält an dem Platz vor der Kirche. Die Bundesstraße ist fast leer, kaum ein Fahrzeug ist jetzt noch unterwegs. Und wenn der Mann nun mit dem Fahrrad durch den Stadtpark fährt? Das ist möglich, aber jetzt bei beginnender Dunkelheit kaum anzunehmen. Trotzdem, er gibt etwas Gas und lässt den Wagen langsam die Bundesstraße in Richtung Osten rollen, jetzt sollte er den Fahrradfahrer wiederfinden können. Und richtig, zwei Minuten später taucht das Rad wieder auf, gemächlich tritt Fritz Kognatz in die Pedale. Er ahnt nicht die Gefahr, in der er sich befindet, biegt in die Sackstraße ein und radelt langsam bis zu seinem Haus. Dort steigt er ab und schiebt das Rad hinter das Gebäude.

Sein Verfolger hat den Wagen am Beginn der Straße abgestellt. Als das Rad in der Hofeinfahrt verschwindet, stellt er den Motor ab und schaltet auch das Standlicht aus. Es ist jetzt fast dunkel, unbemerkt nähert er sich dem Haus und beobachtet es. Durch die Gardinen, die nur teilweise zugezogen sind, kann er das Innere beobachten. Er sieht den Mann in die Küche kommen, er bereitet sich etwas Abendessen. Aus einer Tür kommt eine junge Frau, sie sprechen miteinander. Mist, eine weitere Person im Haus wird sein Vorhaben erschweren! Eine halbe Stunde später sieht er die Frau wieder verschwinden, sie ist wohl nach oben gegangen. Von der anderen Straßenseite blickt er hoch, richtig, dort brennt Licht. Edwin Frenzel lehnt sich an eine Hauswand und wartet ab. Eine Weile später wird oben das Licht gelöscht, das Obergeschoss liegt jetzt im Dunkeln, nur im Erdgeschoss ist es noch hell. Doch auch das letzte Licht wird bald ausgeschaltet, jetzt ist das Haus, wie auch der Rest der Straße, in Dunkelheit gehüllt.

Edwin Frenzel beginnt bereits an einem Plan zu arbeiten. Er sollte den Mann im Schlaf überraschen und erwürgen. Das ist fast lautlos und hinterlässt keine Blutflecken, wie zum Beispiel mit einem Messer. Einen Schuss würde die junge Frau im Obergeschoss alarmieren, das kommt nicht in Frage. Als weitere Erschwernis muss er ohne Geräusch ins Haus gelangen, aus dem Auto holt er eine Taschenlampe und untersucht das alte Gebäude. Die Tür zur Straße wirkt stabil, sie hat jedoch nur ein einfaches Buntbartschloss, das ist schon mal leicht zu öffnen. Seine nächsten Schritte führen ihn hinter das Haus. Der Schein seiner Lampe fällt auf eine hölzerne Veranda mit einem weißen Tisch und zwei Stühlen.

Er leuchtet die Rückseite des Hauses ab, seine Aufmerksamkeit gilt einem offenen Fenster oder einer nicht verschlossenen Tür. Beides kann er nicht finden, also wird er doch durch die Haustür an der Straße eindringen.

Sein Chef hatte ihn angewiesen, zur weiteren Besprechung zurückzukommen, also steigt er in den Wagen und fährt nach Basbeck zurück. Es herrscht Stille an der Fähre, die Gondel ruht auf der Ostener Seite, gespenstisch vom schwachen Licht des Mondes beleuchtet. Er hat nicht die Absicht, den Fährmann zu wecken, der würde sich später an genau diese Überfahrt erinnern können, er weiß eine bessere Lösung. Flussabwärts ist ein Bootssteg, dort liegen immer ein paar Ruderboote, die sich unbemerkt verwenden lassen. Er bindet eines der Boote los, stößt sich ab und greift nach den Riemen. Geschickt rudert er die achtzig Meter bis zum anderen Ufer, vertäut das Boot und hat mit wenigen Schritten das Haus seines Chefs erreicht.

Der hat auf ihn gewartet und öffnet nun die Tür. „Ich warte schon eine Weile auf dich. Was hast du herausgefunden?", flüstert er.

Edwin Frenzel berichtet ihm von seinen Beobachtungen und äußert auch erste Überlegungen für einen Plan. „Es ist jetzt 1:00

Uhr, ich wollte gleich wieder zurück. Ich hatte vor, mit einem Dietrich durch die Vordertür einzusteigen und den Mann im Schlaf zu erwürgen."

„Meinst du nicht, dass Erschlagen nicht noch sicherer wäre?", gibt sein Chef zu bedenken. „Nachher wehrt er sich noch oder ruft laut um Hilfe. Wenn du ihn erschlägst, ist sofort Ruhe."

Sein Vasall nickt. „Ich glaube, du hast recht, ich werde mir einen Hammer mitnehmen."

„Was willst du mit dem Toten anfangen, hast du dir schon etwas ausgedacht?"

Jetzt lächelt Edwin. „Mach dir darüber keine Sorgen. Ich werde ihn vergraben, den findet kein Mensch."

„Na gut, du wirst das schon machen." Arnold Wolf ist beruhigt. Sein Mitarbeiter ist sehr geschickt, in jeder Hinsicht. Seine Skrupellosigkeit ist ihm nicht zum ersten Mal von großem Nutzen. Er würde es auch selbst erledigen, aber warum soll er sich die Finger schmutzig machen, der ehemalige SS-Wachsoldat wird daran noch ein bestialisches Vergnügen finden.

Edwin Frenzel eilt in seine kleine Werkstatt, er packt ein Bund Dietriche, einen Hammer und eine Axt in einen Leinenbeutel, er ergreift noch einen Spaten und eilt damit zur Oste. Das kleine Holzboot trägt ihn zum anderen Ufer zurück, er bindet es wieder fest. Leise dümpelt es im Strom der Oste, es sieht aus, als sei es nie benutzt worden. Der schwarze Mercedes fährt ihn wieder nach Otterndorf. Jetzt in der Nacht ist kein Verkehr mehr, es ist 2:00 Uhr, als er den Wagen in der Sackstraße abstellt. Er entnimmt dem Leinenbeutel die Dietriche und den Hammer, aus dem Kofferraum holt er die Taschenlampe, dann geht er leise los.

Es ist dunkel, der Mond wirft zwischen einzelnen Wolken hindurch ein schwaches Licht auf die schlafende Stadt.

An dem Strohdachhaus mit der bei Tageslicht blauen Tür hält er inne. Mit einer Hand fasst er die Taschenlampe, mit der anderen fummelt er mit einem Dietrich in dem einfachen Schloss herum. Nach wenigen Sekunden hat er den Riegel zu fassen und schiebt ihn zurück, die Tür ist offen. Er orientiert sich kurz, die Anordnung der Räume hatte er sich bei seiner ersten Beobachtung bereits gemerkt. Das Licht seiner kleinen Lampe wirft helle Flecke auf eine gemütlich eingerichtete Wohnung, schnell hat er das Schlafzimmer gefunden. Der Hausherr schläft tief und fest, leise tritt er in die Nähe des Kopfendes, mit dem Hammer in der Hand. Er greift den Stiel mit festem Griff, der Lichtstrahl fällt auf das schlafende Gesicht, dann schlägt er zu. Er weiß, wie fest er schlagen muss und wohin, damit der Betroffene sofort tot ist und andererseits nicht Blut und Gehirn austritt und das Bett einsauen würde.

Zack! Ein dumpfer Schlag ist alles, was zu hören ist. Für einen kurzen Moment öffnet der eben noch Schlafende die Augen, sie blicken kurz erschrocken irgendwohin, dann erblasst der Glanz, Fritz Kognatz ist tot.

Ohne zu verweilen, zerrt der SS-Mann den Toten aus dem Bett. Er hat keine Mühe, den mageren Mann über die Schulter zu werfen. Mit wenigen Schritten ist er an der Tür, die Straße liegt immer noch still und leblos, er zieht die Haustür zu und geht mit schnellen Schritten zu der Limousine. Ein Handgriff, die Kofferraumklappe springt auf, einen Moment später liegt die Leiche in dem dunklen Gepäckraum. Edwin Frenzel startet den Wagen und lässt ihn leise anrollen, an der Bundesstraße gibt er Gas, Richtung Hemmoor. Sein Ziel ist der Abzweig nach Ahrensflucht, kurz vor Hemmoor auf der linken Seite. An der kleinen Straße, dem Schwarzen Weg, liegt rechter Hand der Abraum der Zementfabrik. Erde, Sand und Steine, die die Kreidelager bedeckten, sind hierher transportiert und abgekippt worden. Das Gelände gehört der Portland Cement, es ist unzugänglich und mit Sträuchern und Unkraut bewachsen.

Edwin Frenzel biegt nach links ab, die Scheinwerfer leuchten auf einen sandigen Weg, den er jetzt etwa einen halben Kilometer weit befährt. Dann biegt er in einen kleinen, besonders im Dunkeln kaum erkennbaren Weg, ein, ein paar Meter weiter stoppt er und

steigt aus. Jetzt kommen der Spaten und die Axt zum Einsatz, mit
der Taschenlampe sucht er sich eine geeignete Stelle für ein Grab
und beginnt eine längliche Grube auszuheben. Wurzeln kappt er
mit der Axt, dann beendet er sein Werk, etwa einen halben Meter
ist die Kuhle tief. Er wischt sich den Schweiß von der Stirn und
wendet sich zum Auto. Dort hebt er die Leiche aus dem Kofferraum und trägt sie zu dem Grab, er legt sie hinein. Die Taschenlampe hält er mit den Zähnen, das Licht gleitet dabei über den
Toten. Der linke Ärmel des Schlafanzugs ist hochgerutscht und
lässt ein paar dunkle Ziffern erkennen. Edwin Frenzel erstarrt einen Moment und richtet die Lampe auf den linken Arm. Er kennt
diese sechsstelligen Zahlen, es ist die Nummer, die jedem Häftling
bei der Aufnahme in das Lager eintätowiert wurde. Verdammt, da
kann er gleich einen Personalausweis neben das Grab legen! Er zögert nicht lange, er holt sich die Axt aus dem Kofferraum, mit ein
paar Hieben hat er den Arm am Oberarm abgetrennt. Etwas Blut
fließt und sickert in den Boden der Grube. Er holt den Teppich
des Kofferraumes und wickelt den Arm darin ein. Er wird morgen
ein Feuer im Garten von seinem Chef anfachen, der alte Zaun soll
verbrannt werden, dabei wird er den Arm mit verbrennen. Lei-
chenteile brennen nicht gut, das hat er in den Jahren in den Konzentrationslagern gelernt, mit dem Holz zusammen wird es gehen.
Die Teppichrolle kommt zurück in den Wagen. Zuletzt schiebt er
mit dem Spaten die ausgehobene Erde in das Loch zurück und
kontrolliert im Schein der Lampe das Ergebnis. Die frische Erde
wird in den nächsten Tagen nicht mehr zu erkennen sein, hier
kommt ohnehin kein Mensch her. Zufrieden wendet er sich ab
und steigt in den Mercedes. Er startet den Motor und fährt zum
Sandweg zurück. Was sein Chef wohl dazu sagen wird? Die Idee
mit dem Abraumgelände ist doch erste Sahne. Seine Gedanken
sind bereits am nächsten Tag, versehentlich fährt er in die falsche
Richtung. Anstatt zur Bundesstraße führt ihn die Fahrt in die
Richtung des kleinen Ortes. Auf der schmalen Straße kann er
nicht wenden, schon gar nicht im Dunkeln, in Ahrensflucht wird

es klappen, das ist nur ein kurzes Stück weiter. Er hebt seinen Blick von dem hellen Fleck der Scheinwerfer vor ihm einen Moment in die Höhe, jetzt erst bemerkt er das Andreaskreuz. Verdammt, hier ist ein Bahnübergang!

Es ist ein kleiner, unbedeutender Übergang, der keine Schranke besitzt. Eine kleine rote Lampe wirft einen blassen Schein in die Nacht, stark gedämpft durch Staub und viele Spinnweben. Das Licht der nahenden Lokomotive beleuchtet kaum die Schienen, es ist mehr ein Positionslicht. Der Lokomotivführer sieht das schwarze Auto vor ihm viel zu spät und bremst so stark er kann. Eintausend Tonnen Wagen hinter der Lok schieben den Zug noch hundert Meter weiter und verformen den schönen Wagen zu einem Haufen Blech.

Der Bahnübergang

Der Lokomotivführer hat sich zu Tode erschrocken, durch den Stoß ist er nach vorne gegen die Scheibe geschleudert worden und hat sich einige blaue Flecken und Prellungen geholt. Der Zug hinter ihm ist ein Güterzug mit menschenleeren Wagen, er ist der einzige Lebende weit und breit. Seine Sorge gilt den Insassen im Auto vor ihm, im Licht der Scheinwerfer erkennt er nur ein zerknautschtes Bündel Blech. Stöhnend klettert er aus dem Führerstand. Die Tür der Diesellok klemmt etwas, ein kräftiger Tritt lockert sie, sodass er sie öffnen kann. Er springt in das Gleisbett und stößt einen Schmerzensschrei aus, mit seinem rechten Sprunggelenk stimmt etwas nicht. Ein Blick auf das Wrack bestätigt seine Vermutung. Es ist nur eine Person darin, der Fahrer. Sein Körper ist zwischen Blech und Lenkrad eingeklemmt, er hat den Unfall offenbar nicht überlebt.

Lokführer Hintelmann muss jetzt seine Dienststelle informieren, die kümmert sich um einen Bergungstrupp, die Feuerwehr und die Sperrung der Strecke. Zuallererst muss er die Unfallstelle absichern, eilig humpelt er zu seiner Lok zurück. Er öffnet eine Klappe und entnimmt dem Werkzeugfach zwei Lampen, eine stellt er vorne auf, die andere soll an das Ende des Zuges. Er leuchtet wieder mit der Taschenlampe zu der Person im Auto. Die ist bestimmt tot, so wie sie aussieht. Das Lenkrad ist tief in die Brust eingedrungen, Blut ist aus Mund, Nase und Ohren gelaufen.

Schimpfend und jammernd humpelt er nach hinten. Bei dem schwachen Licht des Mondes ist es mühsam, immer wieder stolpert er über eine Bahnschwelle oder einen herumliegenden Stein des Schotterbettes. Er stellt die zweite Lampe am Ende des Zuges auf und hinkt mit dem schmerzenden Bein so schnell er kann, in den kleinen Ort zurück, den er eben passiert hatte. Gleich am ersten Haus schlägt er mit den Händen gegen die Tür. „Unfall, Unfall!", ruft er laut.

Einen Moment später wird die Tür geöffnet, ein noch sehr verschlafen wirkender Mann steht in der Öffnung.

„Haben Sie ein Telefon? Ich muss mal telefonieren. Es ist ein Notfall!"

Der Mann nickt und geht zurück ins Haus, der Lokomotivführer folgt ihm zum Telefon. Die Nummer der Notfallzentrale hat er im Kopf, es meldet sich sofort jemand.

„Ich habe am unbeschrankten Bahnübergang an Kilometer 87 ein Auto überfahren. Feuerwehr und Rettungswagen müssen kommen, alles andere wie üblich. Der Fahrer des Personenwagens scheint mir tot zu sein, aber das soll der Arzt beurteilen." Er blickt kurz abwesend zu dem Hausbewohner hin, der aufmerksam lauscht, und spricht weiter. „Hintelmann ist mein Name, Zugnummer G1473." Er nickt zu der Antwort aus dem Hörer. „Ja, die Lichter habe ich schon aufgestellt." Er legt den Hörer auf und sieht dann den Mann an. „Gibt es hier einen Arzt? Der könnte sich den Fahrer des Wagens schon mal ansehen."

Der Mann im Schlafanzug schüttelt den Kopf. „Nein, es ist nur ein kleiner Ort, wir müssen auf den Rettungswagen warten."

Nach zwanzig Minuten trifft ein Arzt ein, er stellt sein Auto am Bahnübergang ab und sieht sich den Mann im Personenwagen an. Er fühlt den Puls und leuchtet mit einer kleinen Lampe in die Augen. Ein Mann der eben eingetroffenen Feuerwehr tritt hinter ihn.

Der Mediziner schüttelt den Kopf. „Da ist nichts mehr zu machen. Ich schlage vor, wir lassen es wie es ist, auf dem Betriebshof in Stade kann der Tote geborgen werden."

Ein zweiter Blick des Arztes gilt dem Lokführer und dessen Fuß, doch der lacht nur. „Unkraut vergeht nicht. Ich lasse mir von meiner Frau einen kalten Wickel darum machen, dann ist die Schwellung bald vorbei."

„Na, gut. Behalten Sie es im Auge, nicht, dass sich ein Bruch dahinter verbirgt."

Der Lokführer winkt ab. „Keine Sorge, Doktor, Unkraut vergeht nicht."

Zwei Stunden später, im Osten zeigt sich bereits ein grauer Schimmer am Himmel, trifft aus Stade ein Bergezug mit einem Kran ein. Vier Männer von der Feuerwehr aus Hemmoor helfen mit, und bald ist das Autowrack auf dem mitgeführten Güterwagen abgelegt. Wenig später fährt der Bauwagen in den beginnenden Morgen nach Stade zurück.

Der Güterzug ist noch fahrbereit und wird von Lokführer Hintelmann mit gedrosseltem Tempo nach Stade gefahren. Die beschädigte Lok wird gegen eine andere ausgetauscht und wenig später kann er die Fahrt zum Ziel nach Maschen bei Hamburg fortsetzen.

Der nächste Tag, Mittag ist gerade vorbei, das Telefon klingelt bei Kommissar Krüsmann, es meldet sich die Zentrale. „Ja, ich nehme an", antwortet er und drückt auf den weißen Knopf.

Es ist eine aufgeregte Stimme am anderen Ende. „Hallo! Wir haben etwas gefunden, Sie müssen schnell kommen!"

Der erfahrene Kommissar merkt sofort, dass hier etwas Wichtiges vorliegt. „Guter Mann, beruhigen Sie sich, immer eins nach dem anderen. Wer sind Sie und woher rufen Sie an?" Er winkt seinem jungen Kollegen vom benachbarten Schreibtisch heran und reicht ihm die Zusatzhörmuschel. „Werner, hör' dir das auch an, das könnte uns beide interessieren."

Der junge Kommissar nickt und lauscht in das graue Teil an seinem Ohr.

„Mein Name ist Jakobson, ich bin der Leiter der Eisenbahnwerkstatt hier in Stade am Bahnhof. Vergangene Nacht gab es einen Zusammenstoß mit einem Güterzug und einem Personenwagen. Wir haben eben das völlig zerstörte Wrack des Autos vom Güterwagen gehoben und den Toten befreit." Die Stimme wird leise und bricht ab, der Mann räuspert sich und fährt fort. „Entschuldigen Sie, wir haben nicht oft mit Leichen zu tun. Der Tote ist zur Gerichtsmedizin gebracht worden, dort soll noch ein Arzt dazu kommen. Aber warum ich anrufe", er macht eine Pause, die beiden Kommissare hören, wie er sich schnäuzt. „Wir haben eben den Kofferraum geöffnet, dort ist etwas drin, das müssen Sie sich ansehen."

„Was ist es denn?" Kommissar Krüsmann hat Mühe, der leiser werdenden Stimme zu folgen.

„In der Matte aus dem Kofferraum ist etwas eingewickelt, daran ist Blut." Jetzt bricht die Stimme ganz ab.

„Hallo, Herr Jakobson? Hören Sie mich? Fassen Sie nichts an und lassen Sie alles, wie es ist, wir kommen sofort." Er ist sich nicht sicher, ob der Mann das noch mitbekommen hat. Dann sieht Kommissar Krüsmann seinen Kollegen an. „Kannst du mitkommen, oder hast du andere wichtige Arbeit? Ich hätte dich gerne dabei."

Werner Hansen schüttelt nachdrücklich den Kopf. „Der Diebstahl kann warten, ich will auch wissen, was es mit dem merkwürdigen Fund auf sich hat." Erstens arbeitet er gerne mit seinem erfahrenen Kollegen zusammen, zweitens weiß er, dass Kommissar

Krüsmann ihn wegen seines beschädigten Beines gerne dabei hat. Sein Chef spricht nicht darüber, er ist mitunter dadurch eingeschränkt und freut sich dann über die Hilfe seines jungen und sportlichen Kollegen.

Wenige Minuten später fahren sie in ihrem Dienstwagen, Werner sitzt am Steuer, und sausen das kurze Stück zum Reparaturwerk hinter dem Bahnhof Stade. Werner hat gerade gehalten, da kommt jemand auf sie zu. Ein älterer Herr, vielleicht Anfang sechzig, er humpelt etwas. Jürgen Krüsmann steigt aus und humpelt ihm entgegen. Zwei Invaliden begrüßen sich, sie warten noch auf den jungen Kommissar.

„Krüsmann, Kriminalhauptkommissar, das ist mein Kollege, Kommissar Hansen. Ich nehme an, Sie sind Herr Jakobson?"

Der Angesprochene nickt. „Ja. Das ist schön, dass Sie so schnell kommen konnten, folgen Sie mir bitte zur Werkstatt."

In der Halle steht der Mercedes, die linke Seite ist bis fast zur Mitte eingedrückt. Zwei der Säulen und ein Teil des Daches sind mit einem Winkelschleifer herausgetrennt worden. Herr Jakobson bemerkt den Blick des Kommissars. „Wir mussten den Toten befreien, das ging nicht anders. Was ich Ihnen zeigen möchte, ist hier hinten." Er geht zur offenen Kofferraumklappe. „Hier bitte, wenn Sie einmal hineinsehen wollen?"

Der Kommissar bückt sich zu dem verbogenen Heckteil des Autos, sein junger Kollege sieht ihm neugierig über die Schulter.

„Wir haben die Klappe mit einem Brecheisen geöffnet, sie war völlig verklemmt", erläutert der Werkstattmeister.

Der Blick der beiden Polizisten fällt auf die dunkelgraue Matte, die normalerweise den Boden des Kofferraumes bedeckt. Jetzt ist sie aufgerollt, die Rolle ist vielleicht einen Fuß dick. Sie ist so lang, wie der Kofferraum breit ist. Das Heck des Wagens ist nur wenig beschädigt, lediglich etwas verformt. Aus dem einen Ende der Rolle ist etwas dunkelrote Flüssigkeit gelaufen, die nun eingetrocknet ist.

„Tja. Was sagst du dazu, Werner?" Kommissar Krüsmann fordert seinen jungen Kollegen immer wieder auf, sich eigene Gedanken zu machen. Er hat von der Polizeischule viel mitgebracht und zieht schon messerscharfe Schlüsse, nun soll er sich in der Praxis bewähren. Einen Mordfall haben sie bisher gemeinsam gelöst, sein junger Kollege hatte ihm dabei viel Freude bereitet.

„Ja, also." Werner reibt sich das Kinn, seine blauen Augen wandern an der Rolle entlang. „Es könnte Farbe sein, ich bin aber sicher, dass es Blut ist."

„Warum glaubst du das?" Kommissar Krüsmann lässt seinen jungen Kollegen schwitzen.

„Es ist der Farbton, außerdem scheint es mir geronnen und nicht getrocknet zu sein." Er tupft mit dem Finger auf eine Stelle. „Es könnte Menschenblut oder auch Tierblut sein, vielleicht ist in der Rolle nur ein überfahrenes Reh."

Kommissar Krüsmann schmunzelt, wieder merkt er, dass sein junger Kollege einer der besten seines Jahrgangs war. „Wie sollten wir jetzt vorgehen?"

„Ich schlage vor, wir beide heben das Bündel aus dem Wagen und rollen es vorsichtig auseinander."

So geschieht es. Ein Kommissar packt an jedem Ende, damit gegebenenfalls nichts durcheinander fällt.

„Für ein Reh ist es recht leicht", bemerkt der alte Hase.

„Na gut, vielleicht ist es nur ein Karnickel", korrigiert sich der junge Kommissar mit einem Lächeln.

Werner Hansen bückt sich zum Boden und öffnet langsam die Rolle. Gespannt verfolgt der erfahrene Kommissar den Vorgang, der Leiter der Werkstatt und noch zwei Mechaniker stehen neugierig im Hintergrund.

Der letzte Teil der Matte fällt nach unten. Totenstille setzt ein, entsetzt starren fünf Augenpaare auf die Matte. Ein Arm liegt dort, blutverschmiert.

Kommissar Krüsmann fasst sich zuerst. „Niemand berührt etwas, nicht das Auto und schon gar nicht die Matte mit dem Arm!" Er wendet sich an seinen Kollegen. „Werner, rufst du bitte die Spurensicherung, sie sollen auch einen Arzt schicken, damit er gleich hier vor Ort den Arm begutachten kann."

Einer der Mechaniker hat das mitbekommen, er beugt sich zu seinem Kollegen und flüstert: „Vielleicht kann er den Arm gleich wiederbeleben." Beide Männer kichern leise.

Kommissar Krüsmann ist das nicht verborgen geblieben, er mustert die beiden scharf. „Wenn es nur der Arm wäre, ist der Witz gerade eben akzeptabel. Vergessen Sie nicht, dass sich wahrscheinlich ein toter Mensch dahinter verbirgt!"

Die beiden Gesellen schweigen und sehen betreten zu Boden.

Der Leiter der Werkstatt kommt und winkt dem jungen Kommissar. „Folgen Sie mir bitte ins Büro."

Fünf Minuten später bücken sich wieder beide Kommissare über den grausigen Fund.

„Wie sieht es aus, Jürgen, hast du noch etwas entdeckt?", wendet sich Werner an seinen Chef.

Der weist mit dem Finger in die Nähe der Ellenbeuge des abgetrennten Armes. „Siehst du das? Das sieht aus wie eine Zahl, eine Nummer oder so etwas. Das werden wir uns in der Pathologie ganz genau ansehen."

Zwei Kollegen von der Spurensicherung werden hereingeführt und melden sich bei den beiden Kommissaren. Jürgen Krüsmann führt jetzt das Kommando und setzt sie auf das Auto an. „Untersucht die Reifen auf Spuren von Erde, ebenso den Kofferraum. Ihr kennt das Programm, Fingerabdrücke und so weiter."

Die Kollegen haben gerade eine Kiste aus ihrem Auto geholt, da trifft der Pathologe ein. Er winkt Kommissar Krüsmann zu, die beiden begrüßen sich freundlich.

„Hallo, Doktor. Ich möchte dir meinen Kollegen vorstellen, Kommissar Werner Hansen."

Doktor Messmer ist ebenfalls ein alter Hase. Er und Kommissar Krüsmann kennen sich seit fast sechs Jahren. Freundlich drückt

der Arzt dem jungen Mann die Hand. „Es freut mich Sie kennenzulernen. Schade, dass es immer so schaurige Gelegenheiten sind,
bei denen wir uns treffen." Er stellt seine Tasche ab und hockt sich
vor den Arm. „Mannomann, ich denke, dass ich mich langsam an
alle diese Funde gewöhnt haben sollte, aber es erschreckt mich immer wieder aufs Neue."

„Was sind das für merkwürdige Ziffern, da in der Nähe der Ellenbeuge?", möchte der junge Kommissar wissen.

„Hm." Der Arzt gräbt in seiner Tasche und fördert eine Lupe hervor, durch die er gewissenhaft die blauschwarzen Ziffern untersucht. „Es ist eine Nummer, die Tätowierung ist schon viele Jahre
alt. Er blickt die beiden Kommissare an, die aufmerksam jede Bewegung verfolgen. „Ich kann mich täuschen, es scheint mir die
Registrierungsnummer eines KZ-Häftlings zu sein. Genaueres
kann ich euch erst später sagen, ich muss noch einen Kollegen befragen."

„Ach!" Kommissar Hansen hat eine Idee. „Wenn wir die alten Unterlagen des Konzentrationslagers finden, dann wissen wir, zu
wem dieser Arm gehört?"

„Ja, das denke ich auch. Das Problem ist, dass viele Aufzeichnungen nicht mehr existieren." Er untersucht mit der Lupe die Trennstelle am Oberarm. „Der Mann, der den Arm abgetrennt hat, war
ein brutaler Schlächter, das war entweder eine Axt oder ein ange-
schliffener Spaten." Er erhebt sich. „Das war's fürs Erste, ich un-
tersuche den Arm noch genau in meinem Institut. Frühestens
übermorgen erhaltet ihr einen Bericht."

Werner Hansen hilft dem Arzt, den Arm wieder einzupacken,
beide tragen sie den blutigen Fund zu dem Wagen des Doktors.

„Sie beide scheinen mir ein perfektes Gespann zu sein, oder
nicht?", wendet sich der Arzt an seinen Helfer. Werner Hansen
lächelt. „Ja, ich arbeite gern mit Jürgen zusammen, ich denke, ich
kann viel von ihm lernen."

„Ja, das ist wahr. Ich wünsche ihnen beiden viel Erfolg bei der
Suche nach dem Opfer und dem Täter."

Auf dem Weg zurück zum Kommissariat unterbreitet Jürgen Krüsmann seinem jungen Kollegen einen Vorschlag zur Arbeitsteilung. „Was hältst du davon, wenn ich mich um die Identität des Fahrers kümmere, und du versuchst herauszufinden, zu wem der Arm gehört?"

„Du überlässt mir die interessantere Arbeit, oder?", bemerkt Werner Hansen, „den Fahrer des Wagens herauszufinden ist Routine, da wir das Kennzeichen des Autos haben."

Werner hält auf dem Parkplatz der Polizei, beide steigen sie aus. „Ja, das ist richtig", erwidert sein Kollege. „Die Sache mit der Tätowierung könnte eine Reise zur Folge haben, dazu habe ich keine Lust mehr."

Arnold Wolf vermisst sein Auto und seinen Diener. Von seinem Auftrag letzte Nacht ist er noch nicht zurückgekehrt, dabei war er immer sehr verlässlich gewesen. Nun sitzt er im Büro seiner kleinen Firma, und übernimmt einen Teil der Arbeit, die Edwin Frenzel sonst zu erledigen pflegte. Sein zweiter Mitarbeiter, Wilhelm Hagedorn, weiß auch nichts. Hoffentlich ist nichts schief gelaufen, oder er ist sogar dabei erwischt worden und sitzt jetzt irgendwo in einer Zelle. Das wäre wirklich schlimm, denn Edwin Frenzel würde früher oder später seinen Auftraggeber preisgeben. Arnold Wolf graust bei der Vorstellung, ins Gefängnis eingesperrt zu werden. Er traut sich nicht, bei der Polizei nachzufragen, am Ende bringt er die Gesetzeshüter noch auf eine Idee. Am meisten stört ihn das Fehlen des Wagens, übermorgen wollte er wieder nach Bremen fahren, bis dahin findet sich das Auto hoffentlich wieder an. Den Verlust des Mitarbeiters kann er leicht verschmerzen, seine Frau drängt ihn schon länger, ihrem Neffen eine Arbeit zu geben. Wenn Edwin nicht mehr auftaucht, wäre das die Gelegenheit dazu.

Am Nachmittag erscheint bei ihm ein Mann in einem Trench-coat, er humpelt etwas beim Gehen. Silbergraue, volle Haare be-decken seinen Kopf, er trägt eine Brille mit Chromgestell. Er ist kein Kunde, sondern weist sich als Hauptkommissar Krüsmann aus. Arnold Wolf bekommt einen Heidenschreck. Geht es ihm jetzt doch noch an den Kragen? Nach so langer Zeit? Er fasst sich und versucht, sich ein harmloses Aussehen zu geben. „Was gibt es, Herr Kommissar, was führt Sie zu mir?"

Jürgen Krüsmann steckt seinen Ausweis wieder ein. „Ich war eben in der Fährstraße 3, dort bin ich von einer Frau hierher geschickt worden."

„Ja, das war meine Gattin. Kann ich Ihnen weiterhelfen?" Er lä-chelt mit gewinnender Miene. Hoffentlich kommt der Kommissar bald zur Sache, diese Ungewissheit quält ihn.

„Sind Sie der Besitzer eines schwarzen Mercedes mit dem Kenn-zeichen OTT-R-121?"

Arnold Wolf nickt. „Gewiss. Ist er falsch geparkt worden, Herr Kommissar?" Er versucht, den Harmlosen zu spielen, seine Phan-tasie gaukelt ihm bereits vor, dass er in Handschellen durch den Ort geführt wird.

Kommissar Krüsmann zieht die Stirn in Falten. Dieser Arnold Wolf ist ihm unangenehm, er wirkt so kühl und unnahbar. „Nein, ihr Wagen wurde bei einem Zusammenstoß mit einem Güterzug zerstört, der Fahrer verlor dabei sein Leben. Deshalb bin ich bei Ihnen, wir versuchen den Mann am Steuer zu identifizieren."

Arnold Wolf entspannt sich merkbar. Dass sein langjähriger Hel-fer ums Leben gekommen ist, ist zwar ärgerlich, es belastet ihn jedoch kaum. Schlimmer ist schon der Verlust des Autos, jetzt geht der Zirkus mit der Versicherung los. Bis die zahlen, wird es dauern, vielleicht sollte er sich gleich morgen einen Wagen leihen, bis er Ersatz erhält. Der Verkäufer bei Mercedes ist immer sehr zuvorkommend zu ihm. Er blickt wieder hoch, seine kalten Augen mustern den Kommissar, der ihn aufmerksam ansieht. „Es kann durchaus mein Mitarbeiter sein, er darf meinen Wagen benutzen, auch für Privatfahrten."

„War er denn mit Ihrem Wagen unterwegs?"

„Ich bin mir nicht sicher. Das Auto ist seit gestern Abend fort. Er war auch als mein Chauffeur tätig und hat natürlich die Schlüssel für den Wagen."

„Wissen Sie, was er mit dem Wagen vorhatte?" Kommissar Krüsmann blickt tief in die dunklen Augen seines Gegenübers, die immer wieder seinem forschenden Blick ausweichen.

Verdammt, dieser Polizist wird allmählich lästig, warum stellt er so merkwürdige Fragen? Weiß er vielleicht mehr, als er vorgibt? Arnold Wolfs blühende Phantasie sieht ihn wieder im Gefängnis sitzen. Er antwortet daher so vage wie möglich. „Nein, ich habe keine Idee. Herr Frenzel hat mir selten erzählt, wohin er zu fahren beabsichtigte. Ich bin nicht neugierig, wissen Sie, er ist immer ordentlich mit dem Auto umgegangen."

Kommissar Krüsmann ist sich sicher, dass ihm dieser Herr Neumann nicht alles erzählt, was er weiß. „Kommen Sie bitte in die Pathologie ins Stader Krankenhaus, damit Sie Ihren Mitarbeiter identifizieren können." Er erhebt sich und nickt ihm zu. „Und zwar bis spätestens morgen, damit der Tote beerdigt werden kann."

Kommissar Krüsmann geht auf die Straße hinaus und steigt in seinen Dienstwagen. Die Strecke bis zur Schwebefähre ist kurz, er fährt langsam, leise poltern die Räder über das Kopfsteinpflaster. Vor der Fähre ist wieder eine kleine Schlange, an die er sich anschließt. Schließlich ist auch er an der Reihe. Er startet seinen Wagen und fährt langsam auf die Gondel, die an dem fast dreißig Meter hohen, grün gestrichenem Traggestell hängt. Er steigt aus und sieht auf das träge vorbeiströmende Wasser der Oste hinunter. Seine Gedanken kreisen um seinen letzten Besuch. Irgendwie hat dieser Neumann mit dem Tod seines Angestellten zu tun, aber wie? Der Ruf eines Mannes reißt ihn aus seinen Grübeleien. „Ich kletter mal nach oben!", ruft ein Mann in mittlerem Alter seinem Kollegen im Führerstand zu. „Ich werde mal meine Pause nutzen, den Rost zu entfernen!"

„Gut, Fritz. Pass auf dich auf!"

Friedrich Kühne ist einer der Fährleute. Er hat jetzt frei und wollte das gute Wetter und vor allem die Windstille nutzen, den Rost an dem stählernen Traggestell zu entfernen. Später muss dann er oder einer seiner Kollegen die grüne Farbe nachbessern, wahrscheinlich wird es wieder an ihm hängen bleiben. Er hat sich eine Drahtbürste in die Hosentasche gesteckt und klettert die Steigeleiter nach oben. In dreißig Meter Höhe hat er sein Ziel erreicht, gottlob ist er nahezu schwindelfrei. Hier oben befinden sich die beiden Antriebsmotoren, die mit jeweils einer langen Welle versehen alle vier Antriebsräder drehen. Langsam, mit einem halben Meter pro Sekunde, bewegt sich der Schlitten mit dem daran hängenden Fahrkorb vorwärts. Die Sicht von hier oben ist großartig, weit kann der Blick über das Osteland schweifen, er reicht von der Wingst auf der einen, bis nach Stade auf der anderen Seite. Für die leise Schönheit hat Fritz Kühne jetzt keine Zeit, er sucht mit kritischem Blick die rostigen Stellen an dem stählernen Bauwerk und zieht seine Bürste heraus. Es gibt einen kleinen Ruck, die Motoren werden durch Endlagenschalter abgestellt, die Fähre hat ihre Warteposition erreicht. Leise hört der Fährmann, wie unter ihm die Motoren der Autos gestartet werden, er lässt sich bei seiner Arbeit nicht stören. Geschickt bewegt er die Bürste mit den Drahtborsten und wischt immer wieder mit einem Lappen den roten Staub fort. Die Motoren beginnen sich wieder zu drehen, kaum spürbar bewegt sich die Gondel in die entgegengesetzte Richtung. Mit den Motoren drehen sich die acht Meter langen Wellen und betätigen die beiden Räder auf der anderen Seite des Schlittens, an dem die Gondel hängt.

Fritz stellt sich auf die Zehenspitzen, um auch in die letzte Ecke zu kommen, seine Aufmerksamkeit gilt den Nieten, die alle schon rostige Köpfe haben. Plötzlich zieht etwas hinten an seiner Jacke.

Verdammt, was ist das? Denkt er. Doch sofort weiß er, was gerade passiert, seine Jacke ist an eine der beiden freilaufenden Wellen geraten, die hat seine Kleidung erfasst und beginnt sie aufzuwickeln.

„Norbert!", ruft er, so laut er kann. „Norbert, Hilfe!", seine Stimme überschlägt sich fast. Leise bläst der Wind zwischen dem stählernen Fachwerk hindurch, sonst herrscht völlige Stille. „Hilfe! Hilfe!" Der Zug an der Jacke wird immer stärker, jetzt ist sein Kopf nur einen Fingerbreit von der Welle entfernt, Teile des Stoffes reißen ein.

Klack! Beide Motoren werden abgestellt. Keine Sekunde zu früh, die Welle hat seine Jacke so weit aufgewickelt, dass seine Füße bereits in der Luft schweben, gleich sind seine Haare dran.

Fährmann Carstens sieht nach oben. Hatte sein Kollege nicht eben um Hilfe gerufen? Was ist mit Fritz passiert? Er sieht in die Höhe, er rührt sich nicht mehr. „Fritz! Was ist mit dir?" Laut schallt sein Ruf nach oben.

Fritz antwortet nicht. Norbert Carstens ruft laut zu seinen Fahrgästen: „Einen Moment, meine Herrschaften. Meinem Kollegen ist etwas passiert, ich muss erst einmal nachsehen." Seine Passagiere recken die Hälse, sehen nach oben und versuchen etwas zu erkennen.

Fährmann Carstens klettert die Steigeleiter schnell hinauf, rasch eilt er oben über einen schmalen Steg zu seinem Kollegen.

Fritz Kühne sagt nichts, er hängt mit der Jacke an der Welle und sieht Norbert mit glasigen Augen an. Dann spricht er leise, stockend. „Helfe mir, Norbert. Ich hänge fest."

Norbert Carstens zieht an der Jacke, aber so einfach ist das nicht. „Warte einen Moment, ich besorge ein Messer." Er wendet sich ab und klettert wieder rasch nach unten. In der kleinen Werkzeugkiste auf seinem Führerstand findet er, wie erhofft, ein Messer. Er nimmt es, steckt es ein und ist wieder auf der Leiter. Gleichmäßig, mit viel Übung klettert er von Sprosse zu Sprosse und läuft schnell von einem Versatz zum anderen. „Ich komme, Fritz!", ruft er seinem Kollegen zu, der verdächtig blass aussieht. Er stellt sich dicht an ihn und säbelt mit dem Messer an der Jacke herum. Schließlich hat er es geschafft, die letzten Fasern reißen unter Fritz' Gewicht. Norbert stützt seinen Kollegen mit der Schulter, der sich selbst kaum rühren kann und legt ihn vorsichtig auf den Gitterrost. „Wie geht es dir?" Fritz Kühne ist grau im Gesicht und hat Schweiß auf der Stirn. „Kannst du dich bewegen?"

Der Fährmann schüttelt kaum merklich den Kopf.

„Bleibe hier liegen, ich hole einen Arzt." Schnell eilt Norbert Carstens auf den dünnen Stegen nach unten. Er startet die Motoren, sodass die Gondel sich wieder bewegt, sie fährt weiter, bis sie an der Ostener Seite neben dem Fährhaus zum Stillstand kommt. Norbert Carstens öffnet die Schranke, sodass seine Fahrgäste die Fähre verlassen können, er läuft dann zum Fährhaus hinüber. Hinter der Theke steht der dicke Theo, der ihn mit großen Augen ansieht.

„Guck nicht so! Fritz ist was passiert, rufe Doktor Hartmann, der soll nach ihm sehen!"

Theo guckt ihn überrascht an, eine Hand liegt auf dem Zapfhahn an der Theke.

„Los, schnell! Fritz kann sich nicht bewegen!"

Jetzt kommt Bewegung in den dicken Wirt. Er geht mit raschen Schritten in die Küche, dort ist die Küchenhilfe am Säubern. „Gesine, lauf los und rufe Doktor Hartmann. Er soll zur Fähre kommen!"

Das bekommt Norbert Carstens nicht mehr mit. Er ist wieder draußen und regelt den Verkehr auf der Fährstraße, wegen der langen Pause ist die Schlange der Fahrzeuge sehr lang geworden. Er sieht nach oben, zu seinem Kollegen. „Fritz! Wie geht es dir?"

Es kommt keine Antwort. Mist, denkt er, hoffentlich kommt bald der Arzt. Er setzt noch die Fahrzeuge auf der Basbecker Seite ab, lässt neue Fahrgäste auf die Gondel und fährt wieder nach Osten. Aus seinem Fahrstand sieht er schon den Doktor, der steht in der

Deichlücke und winkt. Zwei Minuten später schaltet er die Motoren ab, der Fahrkorb sitzt wie immer perfekt am Ufer. Er läuft aus dem Führerstand zur Straße, schnell schwenkt er die Schranke nach oben. „Doktor!", ruft er. „Fritz liegt oben im Gerüst und kann sich nicht bewegen."

Der Arzt blickt hoch. „Wie, etwa ganz oben?"

„Doch, Sie müssen die Steigeleiter hoch, anders geht das nicht."

Der Arzt sieht skeptisch nach oben, dann reagiert er schnell. „Gib mir ein Band oder irgendetwas, ich will mir meine Tasche über die Schulter hängen."

Einer der umstehenden Passanten opfert seinen Gürtel, an den hängt Doktor Hartmann die Tasche über seine Schulter. Er greift den ersten Steg der Leiter und sieht nach oben, er schluckt und klettert dann vorsichtig weiter. Immer wieder stößt seine sperrige Tasche an den Rückenschutz der Steigeleitern. Wenige Minuten später hat er den Überbau erreicht. „Fritz, wie geht es Dir?" Er beugt sich zu dem Fährmann hinunter und sieht ihn an. Mit einer Hand fühlt er seinen Puls. Der erfahrene Arzt erkennt sofort, was mit Fritz Kühne passiert ist. Er öffnet seine Tasche und verpasst dem immer noch nahezu leblos daliegenden Mann eine Spritze zur Herzstimulation. Er sollte den Oberkörper hochlegen, das ist hier oben leider nicht möglich, so spricht er mit dem Mann. „Das ist bald wieder in Ordnung, du hast einen Schock erlitten, das normalisiert sich schnell. Ich werde dir noch eine Decke bringen lassen, dann ruhst du dich aus und kannst bald selbst wieder hinuntersteigen."

Er hängt sich seine Tasche über die Schulter und klettert nach unten. Er vermeidet dabei nach Möglichkeit in die Tiefe zu sehen, er ist nicht schwindelfrei.

An der Gondel angekommen, wendet er sich an den Fährmann. „Bringe ihm eine Decke und haltet ihn damit warm. Am besten ist es, wenn jemand bei ihm bleibt, bis er wieder selbst herunterkommen kann. Dieser sollte immer mit ihm sprechen, das hält seinen Geist in Bewegung."

„Wird gemacht, Doktor." Fährmann Carstens hat schon jemanden im Sinn. Es ist Klaus, der Sohn des Krämers, der steht seit einer Viertelstunde hier am Deich und sieht ihnen zu. „Klaus!", ruft er ihn. „Du kannst dich mal nützlich machen und eine Decke holen und nach oben tragen", er zeigt mit der Hand zu dem Gerüst hinauf. „Dort oben liegt Fritz, den musst du damit zudecken. Und rede mit ihm, hörst du! Und jetzt dalli!"
Klaus nickt und eilt davon.
Eine Stunde später ist der Fährmann Fritz Kühne soweit, dass er langsam hinter Klaus die Steigeleiter nach unten klettern kann.

Arnold Wolf ist froh, dass der Kommissar endlich verschwunden ist, die Fragerei war schon sehr unangenehm. Der Besuch hat ihn daran erinnert, dass sich in den Unterlagen seines Angestellten möglicherweise kompromittierende Informationen befinden könnten. Falls die Kriminalpolizei noch weitere Untersuchungen vornimmt, könnte die Durchsuchung der Zimmer des Toten dazu gehören. Er muss sich früher oder später sowieso mit der Auflösung der Wohnung beschäftigen. Lust dazu verspürt er keine, außer ihm gibt es keine näheren Bekannten von dem Toten, es wird ohnehin an ihm hängen bleiben.
Karl Neumann hat sich vom Eigentümer der Dachwohnung von Edwin Frenzel den Schlüssel geben lassen. Er will, beziehungsweise muss, die Wohnung aufräumen, außer ihm wird sich niemand finden. Er hat zwei leere Säcke für den Abfall mitgenommen und entleert jetzt alle Fächer. Die Möbel will der Wohnungseigentümer an einen Nachfolgemieter weitergeben.
Nun stöbert er in den Schubladen der Kommode, die wenige Wäsche kommt komplett in einen der Säcke. Es sind auch private Unterlagen vorhanden, es ist eine Schachtel mit Schwarzweiß-Fotos und eine Mappe mit Briefen. Er sieht die Bilder durch, auf den meisten Aufnahmen sind Personen, die er nicht kennt. Zwei Bilder zeigen seinen Angestellten in der schwarzen Uniform der Waffen-SS im Kreise anderer Kameraden vor dem Torgebäude des

Konzentrationslagers. Diese beiden Bilder nimmt er beiseite. Dann sieht er sich die Briefe an, es sind auch ein paar Ansichtskarten dabei. Stichprobenartig liest er einige von ihnen durch. Der Absender ist ausschließlich ein Paul Roth, offenbar hat sein wortkarger Angestellter seit einigen Jahren einen Freund gehabt. Sein Interesse ist geweckt, er liest einen großen Teil der Briefe durch. Offenbar war dieser Paul Roth ein Zellengenosse des Strafgefängnisses in Celle. Er wurde einen Monat später als Edwin Frenzel begnadigt. Arnold Wolf vertieft sich immer mehr in den Schriftwechsel. Zu seinem Entsetzen entdeckt er, dass sein Angestellter seinem Freund von seiner Vergangenheit als Lagerleiter in Buchenwald berichtet hat. Es ist nicht zu fassen! Seine so sicher erscheinende Existenz ist offensichtlich stärker bedroht, als ihm bisher bewusst war. Paul Roth war ebenso wie sein Faktotum ein SS-Soldat gewesen, zwei verwandte Seelen waren sich in Celle begegnet. Die Briefe kann er auf keinen Fall zurücklassen, er nimmt sie ebenfalls an sich. Heute Abend wird er sie zusammen mit den beiden Bildern im Kamin verbrennen.

Einer der ersten Tätigkeiten des Karl Neumann, oder besser Arnold Wolf, ist am nächsten Tag der Besuch der Zweigstelle seiner Versicherung. Der Weg ist kurz, das Büro befindet sich in der Fährstraße 13. Der Versicherungsmakler ist sehr beliebt im Ort Osten und weit darüber hinaus. Freundlich begrüßt er seinen Kunden, der neben der Kraftfahrzeugversicherung noch andere Verträge bei ihm abgeschlossen hat.
Arnold Wolf erzählt ihm von dem Unfall, in den sein Mitarbeiter verwickelt war.
„Sie haben großes Glück, dass Sie eine Fahrzeugversicherung bei uns abgeschlossen haben, deshalb können wir Ihnen jetzt helfen."
Er gibt seinem Kunden zwei Formulare mit auf den Weg. „Füllen Sie die bitte vollständig aus. Wenn Sie eine Frage haben oder nicht weiter wissen, können Sie sich jederzeit an mich wenden."

Karl Neumann nimmt die Unterlagen mit in sein Geschäft, dort will er sie im Laufe des Tages ausfüllen. Ein Anruf bei seinem Autohändler in Stade folgt als Nächstes. Auch ihm erzählt er die Geschichte von seinem zerstörten Auto. Er erfährt, dass er bis zum Kauf eines neuen einen Leihwagen erhalten kann.

„Das ist nicht so eine Luxuskarosse wie ihr Alter, es ist ein gebrauchter Mercedes 180 B. Mein Beileid übrigens für Ihren Mitarbeiter. Hat er denn Verwandte, die ihn beerdigen werden?"

„Äh, nein. Vielen Dank für die Nachfrage. Nein, er ist ganz alleine, meine Frau und ich werden uns um die Beerdigung kümmern."

Verdammt, daran hatte er noch nicht gedacht. Jetzt muss er sich damit auch noch herumärgern. Der Händler kannte seinen Chauffeur gut, er hatte den Wagen immer dorthin zur Inspektion gebracht.

Am Nachmittag holt er sich seinen fahrbaren Untersatz, er benötigt schon morgen das Auto. Gleich morgen in der Früh wird er zur Pathologie nach Stade fahren, um seinen Mitarbeiter zu identifizieren. Das geliehene Fahrzeug bleibt bis zum Kauf eines Neuen auf das Autohaus zugelassen, dann hat er keine Arbeit mit der Ummeldung.

Die Pathologie befindet sich im Keller des Krankenhauses in der Teichstraße. Karl Neumann stellt sich vor und wird von einem Mitarbeiter zu Doktor Messmer, dem Leiter der Gerichtsmedizin, geführt.

„Würden Sie mit bitte ihren Ausweis zeigen? Es tut mir leid, es ist nur für das Protokoll." Der Arzt blickt kurz in den Ausweis, nickt, und führt seinen Besucher in einen kleinen, freudlosen Raum, in dem in Kühlfächern die Toten aufgehoben werden. Er öffnet eine der Türen und zieht auf einem Schlitten einen mit einem grünen Tuch bedeckten Leichnam heraus. Er fasst das grüne Tuch. „Erschrecken Sie bitte nicht, der Tote ist durch einen Unfall ums Leben gekommen und sieht entsprechend verunstaltet aus." Er zieht das Laken ein Stück beiseite. „Wir haben das Gesicht gereinigt, es ist nur wenig verletzt worden. Der Tod trat durch Beschädigung der inneren Organe ein."

Karl Neumann blickt auf das Gesicht. „Ja, das ist mein Mitarbeiter Edwin Frenzel, ich erkenne ihn, ohne jeden Zweifel." Der Anblick des Toten berührt ihn kaum, er hat in seiner Eigenschaft als Lagerleiter von Buchenwald tausende Leichen gesehen, die sahen alle erschreckender aus als sein gut genährter Mitarbeiter. Ein Gutes hat Frenzels Tod, so gibt es einen Mitwisser weniger, sowohl für Wolfs wahre Identität, als auch für den Mord an diesem Juden.

„Wenn Sie hier das Protokoll unterschreiben würden?" Der Arzt reicht ihm einen Kugelschreiber.

„Ach ja, entschuldigen Sie meine Abwesenheit."

„Das ist doch nur zu verständlich, immerhin ist ein Mensch gestorben."

Wenn der Arzt wüsste, was er gerade gedacht hat! Beinahe hätte er mit Arnold Wolf unterschrieben, so wie bei vielen Todeslisten in der Vergangenheit.

Noch in Gedanken fährt er anschließend zu dem Großhändler nach Bremen, dem eigentlichen Ziel des heutigen Tages. Ob mit dem toten Fritz Kognatz nun alle Personen, die ihm gefährlich werden könnten, beseitigt sind? Er hofft es doch, er verspürt wenig Lust, jetzt noch nach Südamerika, oder wohin auch immer, zu flüchten.

Der Pathologe Doktor Messmer hat sich von seinem Besucher verabschiedet und sitzt an seinem Schreibtisch. Der steht aus Platzgründen auf dem Flur, es wird wirklich Zeit, dass das neue Krankenhaus auf dem Schwarzen Berg fertig wird. Er hält den Untersuchungsbericht über Edwin Frenzel in der Hand, er will ihn gleich in eine Tüte stecken und zu den Kollegen von der Kriminalpolizei bringen lassen. Einen kurzen Blick wirft er noch darauf. Der Tod ist eindeutig durch den Unfall mit der Bahn herbeigeführt worden. Milz und Leber sind inoperabel zerstört worden, der Tod ist langsam und mit Schmerzen eingetreten. Eine Besonderheit ist ihm an der Leiche aufgefallen, die er ebenfalls in seinem Bericht erwähnt hat: Der Tote hat eine Blutgruppentätowierung auf der Innenseite des linken Oberarmes, das kennzeichnet ihn einwandfrei als Mitglied der Waffen-SS. Er schmunzelt, das wird seine Kollegen von der Kripo sicher interessieren.

Ilse Schneider sitzt alleine am Frühstückstisch und kann kaum etwas essen. Sie ist beunruhigt über die Abwesenheit ihres väterlichen Freundes. Das ist noch nie passiert, dass er, ohne ihr Bescheid zu geben, ferngeblieben ist. Sie hat sich schon umgesehen, das Fahrrad steht noch im Schuppen, auch kann sie nicht erkennen, dass Kleidung fehlt. So wie sie es weiß, fehlt auch kein Paar seiner Schuhe. Sehr sicher ist sie sich darin nicht, auf jeden Fall sorgt sie sich um ihn. Wenn sie bis zum Abend kein Zeichen von ihm erhält, wird sie zur Polizei gehen.
Ilse ist den ganzen Tag nicht bei der Sache. Sie verrichtet die Arbeit in der Gärtnerei mechanisch und wartet auf den Feierabend. Zu Hause lässt nichts darauf schließen, dass Fritz inzwischen da gewesen ist. Höchst beunruhigt eilt sie zur Polizeistation Am Großen Specken.
„Seit heute Morgen fehlt er? Das ist nicht besonders lange. Haben Sie die Freunde schon gefragt?" Der Polizist ist nicht besonders motiviert. „Viele angeblich Verschwundene tauchen mitunter nach ein paar Tagen wieder auf."
„Meinen Sie, ich komme ohne Grund zu Ihnen? Mein Pflegevater verschwindet nicht einfach, ohne etwas zu sagen, ich kenne ihn schließlich. Was mich besonders beunruhigt, ist die Tatsache, dass kein Kleidungsstück fehlt. So wie ich das sehe, fehlt nur der Schlafanzug."
Der Polizist hat Mitleid mit der jungen Frau. „Gut, ich komme Ihnen entgegen. Wenn er morgen noch nicht erschienen ist, werden wir ihn zur Fahndung ausschreiben. Kommen Sie dann bitte noch einmal her."

Das ist natürlich nicht das, was sie sich erhofft hat, aber sie muss sich damit zufriedengeben. Nachdenklich geht sie wieder zu dem Haus in der Sackstraße zurück. Hatte Fritz nicht gesagt, dass er einen ehemaligen Nazi aufsuchen wollte? Das war doch gestern, oder? Dieser Mann soll, nach seinen Erzählungen, sogar ihr leiblicher Vater sein. Das macht ihn für sie noch interessanter, sie beschließt, ihn so bald wie möglich aufzusuchen.

Schwäbische Erfahrungen

Die Kommissare sitzen in ihrem Büro in der Dienststelle in der Wallstraße 19 und stecken die Köpfe zusammen. Vor Ihnen liegt das Schreiben vom Pathologen. Der Arzt teilt ihnen darin mit, dass der Mann, dem der Arm abgetrennt wurde, zu dem Zeitpunkt bereits tot war. Der Tod trat etwa in der Nacht des Unglückes ein, frühestens 12 Uhr. Genauer lässt sich der Todeszeitpunkt nicht bestimmen, dazu hätte der Leichnam vorliegen müssen. Der tödlich verunglückte Fahrer des Wagens ist ein Mann um die sechzig.

„Oha!", stößt Jürgen Krüsmann überrascht aus, als er den Hinweis auf die Blutgruppentätowierung findet.

„Was meinst du", fragt der Hauptkommissar seinen jungen Kollegen, „ist das ein Zufall, dass der Arm von einem KZ-Häftling stammt und der tote Fahrer ein Angehöriger der SS war?"

„Wenn das ein Zufall ist, gebe ich meine Marke zurück." Sein erfahrener Kollege hat ihm immer wieder gepredigt, dass es meistens die einfachen Lösungen sind, die zum Ziel führen, da ist für Zufälle kein Platz. „Wir kommen sicher ein ganzes Stück weiter, wenn wir den Besitzer des gefundenen Armes herausfinden und seinen Lebenslauf mit dem des Toten aus dem Auto vergleichen. Den toten Fahrer kennen wir vom Halter des Wagens, aber was hat der in der Nazizeit gemacht, wo war er stationiert?"

„Sehr gut, Werner, das sollten unsere nächsten Schritte sein. Und damit kommst du wieder ins Spiel. Es gibt in Ludwigsburg in Baden-Württemberg die »Zentrale Stelle der Landesjustizverwaltungen zur Aufklärung nationalsozialistischer Verbrechen« oder kurz die »Zentralstelle«. Dort wird man dir bei der Vergangenheit des Edwin Frenzel helfen können, sowie bei der Identifikation der Häftlingsnummer."

„Ich soll da allein hinfahren?"

„Warum nicht, du schaffst das ohne mich. Fahr mit dem Zug, das ist bequemer. Und alle Quittungen aufheben, klar? Sonst bleibst du auf den Kosten sitzen. Ich werde mich inzwischen um die liegen gebliebenen Fälle kümmern."

„Gut, Chef." Kommissar Hansen tätigt zuerst mehrere Telefonanrufe, schließlich hat er den richtigen Mann am Apparat. Es ist ein Staatsanwalt, bereitwillig bietet er ihm Unterstützung an. „Ja, wir können Ihnen helfen. Senden Sie uns bitte per Fernschreiber vorab Informationen über die Personen, für die Sie Informationen benötigen."

„Das ist nett, ich werde mich gleich darum kümmern. Noch eine Bitte: Können Sie mir ein Hotel empfehlen? Das gebe ich dann an unsere Sekretärin zur Buchung weiter." Werner Hansen notiert sich, was der Mitarbeiter aus der »Zentralstelle« empfiehlt, dann wendet er sich an seinen Chef. „Was meinst du, wie viel Zeit sollte ich einplanen?"

„Bleib so lange fort, wie du meinst. Je einen Tag würde ich für An- und Abreise einplanen, für die eigentliche Arbeit nimm dir so viel Zeit, wie du brauchst. Ich komme auch ohne dich klar." Er lächelt seinen Kollegen an, er wird es schon schaffen, er ist motiviert und nicht auf den Kopf gefallen.

Heute ist Mittwoch, der 15. September 1965. Kommissar Werner Hansen sitzt im Zug von Harburg nach Hannover. In Hannover, in Mannheim und in Stuttgart muss er umsteigen, dann ist er in ungefähr sieben Stunden in Ludwigsburg. Zu Hause in Stade hat er sich am Morgen von seiner Freundin verabschiedet. Vier Tage plant er fortzubleiben und wird im Laufe des Sonnabends zurückkehren.

„Bleibst du mir auch treu?", hat sie mit einem beunruhigten Augenaufschlag gefragt.

„Was denkst du denn? Erstens bin ich dir treu und zweitens ist es viel zu kurz."

„Ach, wenn du mehr Zeit hättest, könntest du für nichts garantieren?"

Der junge Mann hat gelacht. „Ich mache nur Spaß, mein Liebling." Gabi krauste die Stirn. „Also gut, ich vertraue dir." Nach einem langen Abschiedskuss durfte er sie verlassen.

Es ist bereits Abend, als er in Ludwigsburg den Zug verlässt. Die mittelgroße Stadt liegt idyllisch am Neckar, nördlich von Stuttgart. Nach seinem Stadtplan ist das Torhaus, in dem sich die Zentralstelle befindet, etwa eineinhalb Kilometer vom Bahnhof entfernt, das Hotel liegt etwa auf halber Strecke. Es ist ein mit rotem Backstein verkleidetes Gebäude. Es wirkt von außen klein, es ist jedoch ein moderner Anbau vorhanden, der weit nach hinten reicht und damit Platz für über dreißig Betten hat. Der Flur nach hinten ist düster, Wandlampen mit gelben, trichterförmigen Schirmchen, spenden nur schwaches Licht. Hinter dem hohen Tresen an der Anmeldung sitzt eine Frau in mittleren Jahren und sieht jetzt zu ihm hoch.

„Mein Name ist Werner Hansen, für mich wurde hier ein Zimmer reserviert."

Die Frau blättert in einem Buch. „Ja hier, ich habe Sie gefunden." Sie reicht ihm einen Zettel. „Wenn Sie das bitte ausfüllen wollen?" Als sie den Meldezettel wieder entgegennimmt, fragt sie ihren Gast: „Wissen Sie schon, wann Sie abreisen werden?"

„Nein, das hängt davon ab, wie schnell ich vorankomme. Wahrscheinlich erst am Sonnabendmorgen."

Das Frühstück ist einfach, aber reichlich. Werner Hansen lässt es sich schmecken, jetzt steht er auf, um sich eine weitere Tasse Kaffee einzuschenken. Beinahe wäre er mit einer Frau zusammengestoßen, gerade noch kann er die Tasse ausbalancieren, sodass der Kaffee nicht verschüttet wird. „Entschuldigen Sie bitte, ich war einen Moment unaufmerksam."

„Das ist nicht ihre Schuld, ich habe geträumt." Dunkle Augen in einem netten Gesicht blicken ihn an.

Er sieht der Frau hinterher, während er sich wieder an seinen Tisch setzt. Sie mag Ende zwanzig sein, ist schlank und trägt ein rotes Kostüm. Sie lädt ein Brötchen und etwas Käse auf ihren Frühstücksteller, nimmt sich ein gekochtes Ei und dreht sich um. Ihr Blick gleitet durch den Raum. Von den etwa zehn Tischen sind vier mit je einer Person besetzt, die Gäste sind allesamt Herren in fortgeschrittenem Alter. Sie geht auf den Tisch zu, an dem Werner Hansen sitzt. „Macht es Ihnen etwas aus, wenn ich mich zu Ihnen setze?"

„Nein, äh, natürlich nicht. Nehmen Sie doch Platz." Die junge Frau setzt sich und beginnt das Brötchen zu schmieren. „Sind Sie zum ersten Mal in Ludwigsburg?", fragt sie zwischen zwei Bissen.

„Ja, ich stamme aus Norddeutschland, soweit südlich bin ich noch nie gewesen."

„Dann sind Sie sicher auf Dienstreise?"

Werner Hansen lächelt sein Gegenüber an, sie blickt verschmitzt zurück, ihre gute Laune wirkt ansteckend auf ihn. „Kann man das erkennen?"

„Nicht wirklich", beeilt sie sich zu versichern. „Um diese Zeit trifft man in den Hotels fast ausschließlich Männer auf Dienstreisen, da fällt das Raten nicht schwer."

„Das mag wohl sein. Was führt Sie denn hierher?" Werner Hansen erfährt, dass seine Tischnachbarin Helga Andresen heißt und Tochter aus reichem Hause zu sein scheint. „Ich besuche hier nur eine Freundin, ich wohne bei meinen Eltern in Leonberg."

„Danach sind Sie doch Schwäbin, warum sprechen Sie keinen Dialekt?"

Jetzt lacht Helga Andresen, ihre Augen strahlen ihn an. „Das liegt sicher daran, dass ich mit meinen Eltern viel gereist bin, ich habe auch ein paar Jahre in Amerika studiert, da verliert sich ein Dialekt, wenn er denn existiert hat." Sie musterte den jungen Mann, der von allen Gästen im Frühstücksraum der einzige in ihrer Altersklasse ist. „Bleiben Sie länger hier?"

„Nur ein paar Tage, wahrscheinlich reise ich Sonnabend wieder ab."

„Das passt doch gut. Wenn Sie Lust haben, lassen Sie uns doch heute Abend etwas unternehmen. Meine Freundin und ich zeigen Ihnen etwas von dieser hübschen Stadt."

Werner Hansen ist etwas überrascht von dieser Einladung, er ist sonst nicht so schnell mit Bekanntschaften. Aber warum nicht? Am Abend wird er sicher Langeweile haben."

„Danke für die Einladung, ich nehme sie gerne an. Ich weiß nur nicht genau, wann ich fertig sein werde."

„Das macht nichts. Wir vereinbaren einen späteren Termin, dann wird das schon passen." Kurz entsteht auf ihrer Stirn eine Falte. „Was halten Sie von halb sieben heute Abend im Ratskeller in der Wilhelmstraße? Das ist hier in der Nähe."

„Vielen Dank, das werde ich finden." Werner Hansen sieht auf die Uhr. „Oh je. Ich bin schon spät dran. Also, bis heute Abend im Ratskeller, ich freue mich." Sie sendet ihm noch ein sympathisches Lächeln hinterher.

Eine halbe Stunde später trifft der junge Kommissar in der Zentralstelle in der Schorndorfer Straße ein. Es ist ein zweistöckiges Gebäude mit gelb gestrichenem Putz. Der Mitarbeiter, bei dem er angemeldet ist, heißt Sigmar Wurzbach, er ist einer der über dreißig Staatsanwälte in diesem Amt.

Nach einigem Suchen und Herumfragen hat er das Büro gefunden. Eine dunkle Tür aus einem dunklen Gang führt in einen

Raum, der mit einem großen Schreibtisch, einem Beistelltisch und zwei Aktenschränken gefüllt ist. Der Mann am Schreibtisch erhebt sich und kommt auf ihn zu. Er reicht ihm die Hand. „Sie müssen Kommissar Hansen sein, willkommen in der Zentralstelle, nehmen Sie Platz!" Er weist auf einen der vier Stühle an dem Besprechungstisch, nimmt sich einen Aktenordner vom Schreibtisch und setzt sich zu Werner Hansen, der sich einen Notizblock und Stift aus seiner Aktentasche geholt hat. Staatsanwalt Wurzbach ist ein hochgewachsener Mann von etwa fünfzig Jahren, sein Anzug sitzt wie angegossen, perfekt mit grauer Weste und grüner Krawatte. Sein lichter werdendes Haar beginnt an den Schläfen grau zu werden.

„Ich werde Ihnen, bevor wir beginnen, kurz erklären, was wir hier machen. Ist Ihnen das recht?"

Werner Hansen nickt. „Natürlich. Seitdem ich mich von Berufs wegen mit dem Thema der Nazizeit beschäftige, hat es mich in seinen Bann gezogen. Wie konnte es dazu kommen, und wie wird es aufgearbeitet?"

Der Staatsanwalt nickt. „Das ist der Grund, warum diese Stelle existiert. Wir sind hier über einhundert Mitarbeiter, davon etwa vierzig Richter und Staatsanwälte. Wir tragen Informationen für staatsanwaltliche Vorermittlungen gegen NS-Verbrecher zusammen, kümmern uns um die Ermittlungen in den Bundesländern und fassen sie zusammen. Unsere Dienststelle wurde Ende 1958 gegründet, unser jetziger Leiter ist Erwin Schüle."

„Haben Sie denn schon viele Verbrecher verurteilen können?"

„Wir selbst verurteilen niemanden, wir tragen nur die Fakten und Informationen zusammen. Wir haben bisher über dreitausend Vorermittlungsverfahren an die Justizorgane der Bundesländer weitergeleitet."

„Dreitausend Verfahren? So viele hatte ich nicht erwartet."

„Ja, wir sind mit Recht stolz darauf. Dabei haben wir das Problem, das unsere Arbeit von vielen nicht anerkannt wird und mitunter als rufschädigend angesehen wird."

„Wie kann das angehen? Nach dem, was ich bisher weiß, sind es Verbrecher, die man nicht ungeschoren davonkommen lassen darf."

Staatsanwalt Wurzbach nickt. „Es tut gut, dass zu hören. Womit wir beim Thema sind. Ich habe in den letzten Tagen unsere Archive durchsuchen lassen und habe mit der Nationalen Mahn- und Gedenkstätte Buchenwald auf dem Gelände des ehemaligen Lagers telefoniert." Er öffnet den Ordner und legt dem Kommissar eine Notiz hin. „Wir haben eine Menge Glück gehabt, viele der Unterlagen aus der Zeit sind nicht mehr aufzufinden. Vom ehemaligen Konzentrationslager Buchenwald existieren noch fast alle Akten, weil das Lager nicht wie viele andere vor dem Eintreffen der Alliierten von den Nazis zerstört worden ist. Die Gefangenen hatten ihre Bewacher überrumpeln können, und hatten die Kontrolle über das Lager übernommen."

Werner Hansen blickt auf den Zettel. In sauberer Handschrift kann er dort lesen:

731 452

Fritz Kognatz, aufgenommen am 3. September 1939

Anschrift: München, Hörselbergstraße 7

„Ausgezeichnet, damit haben wir alles, was wir brauchen! So können wir ihn leicht wiederfinden."

Staatsanwalt Wurzbach nickt und lächelt. „Schließlich sind Sie bei der Kriminalpolizei, das sollte Ihnen leicht fallen. Das wäre der wichtigste Punkt. Ich erinnere mich, dass Sie noch weitere Fragen hatten?"

„Ja, das stimmt. Der tote Fahrer aus dem Autowrack war ein SS-Angehöriger. Unsere Informationen reichen nur bis zur Entlassung aus dem Gefängnis zurück, wir hätten gerne gewusst, was er vorher gemacht hat. Wissen Sie, der Arm eines Toten stammt von einem früheren Häftling eines Konzentrationslagers, der mögliche Mörder war ein SS-Angehöriger, das kann kein Zufall sein. Wir glauben, dass es eine Verbindung in der Vergangenheit gegeben haben muss, die uns helfen kann den Mörder oder dessen Auftraggeber, zu finden."

„Ja, das macht Sinn." Er erhebt sich von seinem Stuhl. „Kommen Sie, wir gehen in unser Archiv, kann sein, dass wir dort fündig werden."

Das Archiv befindet sich im Keller. Mindestens achtzig laufende Meter Regale stehen an den Wänden, sie reichen vom Fußboden bis an die Decke.

„Oha!" Staunt Kommissar Hansen. „Das sieht nach viel Arbeit aus."

„Da mögen Sie recht haben. Das Problem ist, dass die Unterlagen aus den verschiedensten Quellen stammen, die sind schwer einem System zuzuordnen." Der Staatsanwalt kratzt sich am Kopf. „Wir arbeiten an einer Kartei, die ist jedoch noch lange nicht fertig."

Bis zum Nachmittag haben sie einzelne Unterlagen zusammengetragen. Edwin Frenzel war 1952 aus dem Strafgefängnis Celle, im Rahmen einer Amnestiewelle, entlassen worden. Davor war er bis 1945 Wachsoldat im Konzentrationslager Bergen-Belsen, davor wieder im Lager in Dachau bei München gewesen. Sein Dienstgrad war SS-Rottenführer. „Das entspricht etwa dem Dienstgrad des Obergefreiten im heutigen Militär", erläutert ihm der Staatsanwalt. „Wir sollten nach den Unterlagen in Dachau suchen, ich schlage vor, dass wir das morgen fortsetzen." Er sieht seinen jungen Gast an. „Haben Sie heute Abend schon etwas vor?"

Werner Hansen lächelt. „Ich bin zu einer Führung durch Ludwigsburg eingeladen worden."

„Dann sollten Sie sich unser Residenzschloss ansehen. Es ist das größte unzerstörte Barockschloss Deutschlands."

Der Kommissar schüttelt den Kopf. „Dafür ist es heute Abend wohl zu spät, das wäre mir vielleicht am Sonnabend möglich, aber dann wollte ich nach Hause zu meiner Verlobten. Heute Abend wird es wohl ein Restaurantbesuch werden, und hinterher werden wir vielleicht in einer Bar oder einem Biergarten hängen bleiben."

Jetzt lacht der Staatsanwalt. „Sie Glücklicher, heute Abend kommt meine Schwiegermutter zu Besuch, ich würde gerne mit Ihnen tauschen."

Im Hotel geht Werner Hansen unter die Dusche und wechselt seine Kleidung. Er ist nicht wirklich schmutzig, aber den ganzen Tag über in staubigen Akten zu wühlen, hat sein Bedürfnis nach Reinlichkeit geweckt. Seine Gedanken kreisen um den heutigen Abend. Was wird es geben? Wird es nur ein fröhlicher Abend, mit Plauderei, oder mehr? Verdammt! Was hat ihn geritten, diese Einladung anzunehmen? Er ist doch sonst nicht so ein Draufgänger, schon gar nicht, was Frauen betrifft. Wenn Gabi vor einem halben Jahr nicht seine Geschicke in die Hand genommen hätte, wäre er vermutlich immer noch eine männliche Jungfrau. Aber heute Abend? Er ist wohl einfach nur neugierig, wie sich andere Frauen verhalten.

Pünktlich, kurz vor halb sieben, betritt er den Ratskeller. Der Eingang ist mit barockem Stuck verziert, drei Stufen tritt er nach unten und landet in einem großen Raum mit viel dunklem Holz. Der Boden ist mit dunklem Parkett belegt, dunkle Hocker stehen je zu viert um ebensolche Tische. Von den ungefähr acht Tischen ist die Hälfte besetzt, sein Blick gleitet durch den Raum, der durch hohe Fenster zur Straße erfreulich hell erleuchtet wird. Jetzt sieht er einen Arm winken und geht darauf zu. Es ist Helga Andresen, sie hat ihre Freundin dabei. Sie steht auf und reicht ihm ihre Hand. „Schön, dass du gekommen bist. Darf ich dir meine Freundin Petra vorstellen?"

Petra entpuppt sich als eine zierliche Blonde, die für Werners Geschmack ein bisschen zu viel kichert. Oder hat sie schon einen kleinen Schwips? Helga scheint ihm auch nicht mehr ganz nüchtern zu sein. Er setzt sich etwas unwohl zu den beiden Frauen, noch nie ist er mit zwei Frauen alleine verabredet gewesen. Zuerst

gibt es zur Begrüßung für alle ein Glas Sekt. „Auf unsere Bekanntschaft!" Werner stößt mit den jungen Frauen an und wird dazu
verpflichtet, ab jetzt konsequent zu duzen.

Er verdammt seine Schüchternheit und gibt sich große Mühe, ein
guter Unterhalter zu sein. Bis das Essen kommt, wird er ausge-
fragt. Er gibt ein wenig damit an, dass er Kriminalbeamter ist, was
entsprechende Bewunderung bei den jungen Frauen auslöst.

„Hinter was für einem Fall bist du denn her?" Die Mädchen vermuten eine spannende Geschichte und er erfüllt ihren Wunsch,
davon zu berichten. Er lässt alle Personen- und Ortsnamen fort
und erzählt von dem Fall mit dem abgetrennten Arm. Die Geschichte löst ein gruseliges Erschauern bei Helga und Petra aus.
Anschließend erfährt er ein paar Einzelheiten über seine Begleiterinnen. Petra ist seit einem Jahr mit dem Besitzer eines Autohauses
am Rande von Ludwigsburg verheiratet, sie war eigentlich Sekretärin und führt nun das faule Leben, das sich nur die Gattin eines
wohlhabenden Mannes leisten kann.

Helga hat in Amerika und dann in Stuttgart Jura studiert und wird
nächsten Monat in einer Kanzlei mit ihrer Arbeit beginnen. Ihre
Eltern sind ebenfalls wohlhabend, mit dem Einstieg in das Berufs-
leben hat sie keine Eile. Da ist er genau an die Richtigen geraten.
Er muss seit Jahren mit wenig Geld auskommen, erst jetzt, als fer-
tiger Kriminalkommissar, erhält er eine ausreichende Besoldung.

Nach dem Essen gibt es für alle noch einen Schnaps und einen
Kaffee. Was jetzt wohl kommen mag? Werner Hansen sieht seine
Begleiterinnen an. Die stecken die Köpfe zusammen, tuscheln und
kichern.

„Kennst du das »Deel«?", wird er gefragt.

„Nein, das habe ich noch nie gehört. Was ist das?"

„Das ist eine Bar, man kann dort auch tanzen. Hast du Lust, mitzukommen?"

Was soll er sagen? Wie könnte er eine so nette Einladung ablehnen? „Na klar, was denkt ihr denn?"

Das gar nicht so preiswerte Essen und Trinken wird bezahlt, es belastet sein knappes Spesenkonto über Gebühr, dann führen ihn die beiden Frauen hinaus. Die Sonne steht tief am Horizont und wird bald verschwinden. Petra winkt einem Taxi, wenige Minuten später sitzt Werner auf der Rückbank, eingeklemmt zwischen zwei jungen Frauen, die sich an ihn drängen. Ganz kurz schießt ihm durch den Kopf, was Gabi wohl denken würde, wenn sie ihn jetzt sähe.

Das Deel ist nicht weit entfernt, wenn es nach Werner gegangen wäre, hätte er den Weg zu Fuß zurückgelegt, aber seine Begleiterinnen gehören offenbar zur elitären Gruppe der Taxibenutzer.

Die Bar ist gemütlicher, als er erwartet hatte. Aus einer Musikbox perlen muntere Takte, auf der Tanzfläche tummeln sich ein paar sich langsam drehende Pärchen. Seine Begleiterinnen waren schon häufiger hier, zielstrebig gehen sie zu einem Tisch an der Wand und setzen sich.

„Wie gefällt es dir?", wird Werner von Helga gefragt.

Er dreht sich um und mustert die gemütliche Einrichtung. An den Wänden hängen Bilder von Sportlern, dazwischen sind Schallplatten befestigt. An einer langen Theke stehen dicht gedrängt sich laut unterhaltende Gäste. Er nickt. „Nicht schlecht, es scheint auf jeden Fall sehr beliebt zu sein."

Ein Kellner erscheint und nimmt die Bestellung auf, Werner nimmt ein Schwabenbräu, die beiden Mädchen entscheiden sich für ein Mixgetränk mit Sekt. Zum Unterhalten ist es eigentlich zu laut. Es dauert nicht lange, und Werner wird von Petra zum Tanz aufgefordert. Er ist kein geübter Tänzer, die Variante, die hier praktiziert wird, gelingt ihm jedoch ohne größere Anstrengung. Petra schmiegt sich an ihn, sie drehen sich im Takt der Musik. Es läuft gerade Eve of Destruction von Barry McGuire. Warm fühlt er den schlanken Körper der jungen Frau in seinen Armen. Kurz durchzuckt ihn der Gedanke an seine Freundin. Himmel! Auf was hat er sich eingelassen? Gleichzeitig beruhigt er sich wieder, was ist schon ein Tanz? Ein flaues Gefühl bleibt, er hat für einen Moment den Eindruck, seine Gabi zu betrügen.

Die Musik wechselt, sie gehen zu ihrem Tisch zurück. Ein weiterer Schmusetanz folgt, jetzt fordert ihn Helga zum Tanzen auf. Er fühlt sich ein wenig unwohl, jahrelang haben die Mädchen ihn nicht beachtet, nun laufen sie ihm überraschenderweise hinterher. Auch Helga tanzt eng umschlungen mit ihm, er spürt ihren warmen Atem an seinem Hals. „Hast du eigentlich einen Freund?", flüstert er ihr zu. Er ist nicht ganz frei von Schuldgefühlen und möchte wissen, was seine Partnerin empfinden mag.

„Was soll's. Hauptsache, er stört uns heute Abend nicht." Sie legt ihren Kopf an seine Schulter zurück und drückt ihre Arme noch fester an ihn.

Es ist bereits nach Mitternacht, Werner Hansen sieht immer häufiger zur Uhr, er hat morgen einen langen Tag vor sich, den Mädchen scheint die späte Stunde nichts auszumachen. „Ich möchte nicht unhöflich sein, ich habe morgen allerlei vor", gibt er zu bedenken.

„Schade, es ist gerade so gemütlich." Helga hebt ihr Glas und trinkt es leer. „Unser Werner hat recht, Petra. Wir sollten berücksichtigen, dass er morgen arbeiten muss."

Mit den Worten „Ihr seid meine Gäste", zückt Petra eine Diners Club Karte und drückt sie dem Kellner in die Hand.

Es ist fast zwei Uhr am Morgen, als das Taxi am Ratskeller stoppt. „Einen kleinen Moment", ruft Petra und steigt aus. Während das Taxi wartet, geht sie zu dem Parkplatz neben dem Restaurant, öffnet die Gepäckraumklappe eines silbernen Porsches und kommt mit zwei Einkaufstüten wieder zurück. Werner fällt auf, dass sie nicht mehr ganz sicher geht.

„Mein Auto muss heute Nacht hierbleiben, ihr müsst mich noch einen Moment ertragen." Der nächste Halt des Taxis ist das Hotel, in dem Werner und Helga ein Zimmer haben. Petra bleibt im

Taxi zurück, der Fahrer wird sie nach Hause bringen. Sie verabschiedet sich mit einem Küsschen von ihrer Freundin. „Komm morgen gut nach Hause, Helga!"

Auch Werner bekommt einen Kuss, warm und weich fühlt er ihre Lippen, dann löst sie sich von ihm, das Taxi verschwindet in der Dunkelheit.

Das Hotel ist stockfinster, er nimmt den Schlüssel, schließt die Tür auf und lässt die junge Frau eintreten. Leise gehen sie den langen Gang zu ihren Zimmern, bis Helga vor ihrer Tür stehen bleibt.

„Schlaf schön, meine Liebe." Er drückt ihr die Hand und will sie gerade loslassen, da zieht sie ihn zu sich und flüstert in sein Ohr: „Die Nacht ist doch noch nicht zu Ende, lass uns das ausnutzen." Werner folgt ihr wie benommen, jetzt gibt es kein Zurück mehr. Die Neugier übernimmt jetzt die Führung, alle guten Vorsätze haben heute Nacht nichts zu melden.

Eine Weile später steht Werner wieder auf dem Flur, der nur durch ein kleines Licht am Ende etwas erhellt wird. Es war schön und aufregend mit Helga, aber irgendetwas fehlte. Es war die Liebe, die der Vereinigung von Mann und Frau die betörende Süße verleiht. Stattdessen gab es das prickelnde Gefühl des Fremden, Neuen und Verbotenem. War es das wert gewesen? Mit schlechtem Gewissen schleicht er auf sein Zimmer.

Der nächste Morgen kommt viel zu schnell, unerbittlich reißt ihn der Telefonanruf der Anmeldung aus dem Schlaf. Ihm fällt sein Programm für heute wieder ein, es sind noch zahlreiche Punkte in seinem Notizblock, die geklärt werden müssen. Im Frühstücksraum sucht er vergebens nach der Frau, die ihm die letzte Nacht versüßt hat. Sie hat es gut, sie schläft jetzt sicher aus. Vielleicht ist es besser, wenn er Helga vor ihrer Abreise nicht mehr trifft. Sein schlechtes Gewissen meldet sich wieder. Es ist gut, dass die Affäre ein schnelles Ende gefunden hat.

Am Empfang lässt er noch einen Gruß für Fräulein Andresen ausrichten, dabei erfährt er, dass sie im Laufe des Vormittags abreisen will.

Staatsanwalt Wurzbach erwartet ihn bereits, voller Elan und Tatendrang, so wie gestern. Mit einem Lächeln sieht er prüfend in das Gesicht des Kommissars. „Es war wohl eine lange Nacht gestern, was?"

Werner Hansen ringt sich ein schiefes Lächeln ab. Stärker als die Müdigkeit plagt ihn sein Gewissen, das ihm immer wieder das fröhliche Gesicht seiner Gabi erscheinen lässt und ihn damit an den Fehltritt erinnert, den er, wie er erschrocken feststellt, auch noch genossen hat.

Der wichtigste Punkt des heutigen Tages ist die Vervollständigung der Vergangenheit des Edwin Frenzel. Zu seinem Aufenthalt in Bergen-Belsen hatten sie gestern einige Informationen gefunden, heute soll seine Lebensgeschichte mit der Tätigkeit im Konzentrationslager in Dachau bis zu seiner Entlassung aus dem Strafgefängnis in Celle vervollständigt werden.

Sie suchen wieder in dem gewaltigen Archiv im Keller. Inzwischen hat der junge Kommissar das System der Ablage verstanden und findet immer schneller die Unterlagen, die er sich erhofft hat. Bis Mittag hat er sich mehrere Seiten mit Notizen erarbeitet. Staatsanwalt Wurzbach ist die meiste Zeit im Büro und telefoniert mit seinen Kollegen in den Ermittlungsbehörden in den Bundesländern.

Am späten Nachmittag stellen sie ihre Erkenntnisse zusammen, der Lebensweg des Edwin Frenzel ist jetzt fast lückenlos dokumentiert.

Geboren ist er 1916 in Fürstenfeldbruck bei München, mit achtzehn Jahren trat er in die Hitlerjugend ein, vier Jahre später wurde er Mitglied der Waffen-SS. Nur ein Jahr danach erhielt er im Konzentrationslager Dachau die Ausbildung zum Wachsoldat der SS-Totenkopfverbände, 1941 wurde er in das Konzentrationslager

Bergen-Belsen versetzt. Nach Kriegsende verhafteten ihn die Engländer und im Bergen-Belsen Prozess Ende 1945 wurde er wegen gemeinschaftlich begangener Tötungen zu zwanzig Jahren Haft verurteilt. 1952 gehörte er zu den vielen tausend Begnadigten der in 1951 begonnenen Amnestiewelle. „Wie kann denn das angehen?" Kommissar Hansen blickt den Staatsanwalt überrascht an.

„Sehen Sie mich nicht so entsetzt an, ich war nie für einen Straferlass gewesen. Es begann 1951, eine Delegation des Deutschen Bundestages hatte sich an den Hohen Kommissar McCloy der Amerikaner gewandt, mit der Bitte um Begnadigung deutscher Kriegsverbrecher."

„Wie können wir denn so etwas gewollt haben?", Werner Hansen ist empört.

„Ja, das ist schwer zu verstehen, wenn man es aus heutiger Sicht des Ermittlers und Strafverfolgers betrachtet. Erstaunlicherweise wurde dieser Wunsch von Gruppen aus Juristen, Geistlichen, Militärs und Politikern aller Parteien mitgetragen. Viele kleine Verbrecher und auch Beamte konnten erfolgreich wieder eingegliedert werden, bei einigen der Verbrecher, zum Beispiel unserem Sonnenschein hier, war die Begnadigung natürlich völlig unangebracht." Er sieht seinen Gast an. „Jetzt haben Leute wie Sie die Arbeit davon, nur weil man sich die Probleme der nicht gelösten Entnazifizierung vom Hals schaffen wollte."

„Ja, das war damals sicher keine einfache Entscheidung", murmelt der Kommissar und blickt auf den Lebenslauf. „Was hat unser SS-Soldat nach der Entlassung aus dem Gefängnis in Celle gemacht?" Jetzt ist Staatsanwalt Wurzbach am Zug. „Ich habe mit der Verwaltung in Celle telefoniert, dort sagte man mir, dass Edwin Frenzel nach der Entlassung in einem Forstbetrieb im Sachsenwald bei Hamburg Arbeit gefunden hat. Ich habe Ihnen die Adresse des Betriebes aufgeschrieben, dann können Sie von Stade aus dort weitersuchen."

Werner Hansen sieht auf die Uhr. „Es ist jetzt halb vier. Sie haben doch sicher schon Feierabend, oder? Ich denke, ich habe alles beisammen. Wenn ich mich beeile, kann ich von Ihrem Tipp Gebrauch machen, und mir das Residenzschloss ansehen."

„Das ist bestimmt sehenswert, Sie müssen sich beeilen, um fünf Uhr wird dort geschlossen. Wissen Sie was? Es ist zwar nur einen knappen Kilometer entfernt, ich kann Sie mit meinem Auto dorthin bringen."

So geschieht es, die beiden Beamten verabschieden sich vor dem Tor zum Schlosspark voneinander.

„Wenn ich etwas für Sie tun kann, melden Sie sich bitte. Vielleicht stöbern Sie bei Ihrem Fall noch weitere Naziverbrecher auf, deren Strafverfolgung wir dann übernehmen könnten."

„Schön, ich werde mich in dem Fall ganz sicher melden. Vielen Dank für Ihre bisherige Unterstützung."

Werner Hansen kommt gerade noch rechtzeitig, um sich der letzten Führung durch die Innenräume im Schloss anzuschließen.

Er trottet gedankenversunken den anderen Besuchern hinterher und bekommt Helga nicht aus dem Kopf. Bei der ersten Versuchung hat er alle Bedenken über Bord geworfen und sich mit der Erstbesten eingelassen, die ihm über den Weg lief. Sollte er Gabi wirklich davon erzählen? Wäre es nicht besser, die Sache für sich zu behalten? Sie würde es nie herausfinden, da war sich Werner sicher. Plötzlich bleibt die Gruppe stehen, die Führung ist zu Ende und er hat nur wenig davon mitbekommen.

Verwicklungen

Fritz Kognatz ist jetzt seit einer Woche verschwunden. Ilse Schneider ist schon vor vier Tagen bei der Polizei gewesen und hat sein Fehlen bekannt geben, er ist zur Fahndung ausgeschrieben worden, bisher jedoch ohne Erfolg. Ilse ist mit den Nerven am Boden, jeden Tag ruft sie mindestens zweimal bei der Polizei an, ob ihr Pflegevater nicht wieder aufgetaucht ist. Sie bekommt jedes Mal die gleiche Antwort. Das Bild von ihm ist an jede Polizeidienststelle im Landkreis verschickt worden, außerdem an die Polizeidirektionen in den Bundesländern. Nein, es tue ihnen leid, es gäbe keine Neuigkeiten, sie würden sich aber sofort bei ihr melden, wenn er gefunden wird.

Alle ihre Freunde und Bekannte hat sie aufgesucht oder angerufen, auf seiner Arbeitsstelle weiß ebenfalls jeder Bescheid. Immer denkt sie über das nach, was Fritz in den letzten Tagen gesagt hat. Da war doch dieser Nazi in Osten, den er aufsuchen wollte? Richtig, Fritz hatte einen ehemaligen Lagerkommandanten wiedererkannt und wollte ihn aufsuchen. Der Mann, der angeblich ihr leiblicher Vater sein sollte. An den Namen erinnert sie sich nicht, sie zermartert sich das Gehirn. Dann fällt ihr ein, dass Fritz ihr sein Tagebuch gegeben hat, dort müsste sie seinen Namen finden. Aufgeregt geht sie zu ihrer Kommode und öffnet mit zitternden Fingern die Schubladen. Sie nimmt den Schuhkarton mit den vielen Seiten heraus, den sie vor drei Wochen von ihm erhalten hatte. Sie blättert in den Unterlagen und vertieft sich in die Vergangenheit ihres Pflegevaters vor mehr als zwanzig Jahren. Seine Notizen sind präzise, mit allen Details werden die Schrecken der damaligen Zeit in ihr lebendig. Sie spürt die ständige Angst und die Furcht vor den Gräueltaten der Aufseher und Wachsoldaten aus seinen Unterlagen aufsteigen.

Jetzt hat sie gefunden, was sie sucht! Es ist der Lagerkommandant Arnold Wolf, ihr Pflegevater hat seiner Person viel Platz eingeräumt. Er nennt die Häftlinge, die von ihm erschossen worden sind, er nennt Zeugen und gibt Tag und Stunde an. Dieses Scheusal soll ihr Vater sein? Sie seufzt, gottlob scheint sie von seinem Erbgut nichts übernommen zu haben. Liegt es nur an den Genen? Oder hat er sich einfach dazu entschlossen, eine unmenschliche Bestie zu sein? Sie beschließt, diesen Mann aufzusuchen, vielleicht kann er ihr einen Hinweis geben, wo Fritz geblieben sein könnte. Außerdem würde sie ihren Vater kennenlernen, sie sehnt sich nicht danach, sie spürt jedoch so etwas wie ein morbides Interesse. Vielleicht ist er nicht mehr so skrupellos und gemein, könnte er vielleicht milde geworden sein? Nein, sie schüttelt den Kopf, das ist nur Wunschdenken. Wer will schon so einen Vater haben? Aber die Idee ihn zu besuchen, nimmt Gestalt an, sie setzt sich vor das Telefon und holt das Telefonbuch aus der Ablage darunter hervor. Unter Wolf in Osten kann sie niemand finden. Moment, da war doch noch etwas? Fritz hatte etwas von einem falschen Namen erwähnt. Sie kramt in seinem Schreibtisch und sucht nach seinem Schreiben an die Staatsanwaltschaft Hamburg. Es ist komisch, in den Unterlagen einer anderen Person zu wühlen, es kommt ihr so vor, als wenn man jemanden heimlich beobachtet. Schließlich hat sie es gefunden, Fritz ist ein ordentlicher Mensch mit einer sehr durchdachten Ablage. Sie blättert in seinem mehrseitigen Anschreiben herum, dann stößt sie auf den Hinweis. Arnold Wolf heißt jetzt Karl Neumann, seine Adresse ist auch angegeben: Fährstraße 3 in Osten.

Wieder blättert sie im Telefonbuch und findet jetzt den gesuchten Eintrag. Sie wählt mit klopfendem Herzen die angegebene Nummer, nach mehreren Rufzeichen meldet sich die Stimme einer Frau. „Neumann?"

„Schneider ist mein Name, kann ich bei Ihnen einen Karl Neumann erreichen?"

„Das ist mein Mann, worum geht es denn?"

„Ich bin an einer Begebenheit aus seiner Vergangenheit vor zwanzig Jahren interessiert."

„Da kann ich Ihnen nicht weiterhelfen, ich kenne meinen Mann seit neun Jahren, was er vorher gemacht hat, hat er mir nie erzählt. Ich schlage vor, sie versuchen es heute Abend nach sieben Uhr, oder Sie rufen in seiner Firma an. Falls Sie etwas zu schreiben haben, kann ich Ihnen die Nummer geben."

Ilse Schneider sitzt vor der Ablage an der Wand, auf dem das Telefon steht. Ein Kugelschreiber und ein Zettelkasten gehören dazu, Fritz hat großen Wert daraufgelegt, dass man immer alles griffbereit hat. „Ja, es kann losgehen." Sie notiert sich den Namen und die Adresse der Firma, sowie die Telefonnummer. Die Firma befindet sich auch in Osten, das ist leicht zu finden. „Vielen Dank, Sie haben mir sehr geholfen." Sie entschließt sich dazu, erst am Abend anzurufen. Sie möchte ihren vermeintlichen Vater nicht im Geschäft stören.

Am Abend wiederholt sie den Anruf, diesmal mit Erfolg. Karl Neumann meldet sich sofort am Telefon. Ilse stellt sich vor.

„Was kann ich für Sie tun?", fragt Arnold Wolf mit geschäftsmäßigem Tonfall.

„Ich vermisse meinen Pflegevater Fritz Kognatz, er ist seit einer Woche verschwunden."

„Was habe ich damit zu tun?" Die Stimme von Karl Neumann/Arnold Wolf klingt reserviert und unbeteiligt, fast ein wenig abweisend. Ilse ist jetzt schon enttäuscht, der Mann ist wohl doch nicht milde geworden. „Laut seinen Notizen ist er am Sonnabend, den 4. September, bei Ihnen gewesen. Es war seine letzte Verabredung, seit einer Woche ist er fort. Meine Frage ist nun, ob er Ihnen gegenüber irgendetwas geäußert hat, was darauf schließen lässt, wo er geblieben sein könnte."

Arnold Wolf ist ein wenig erschrocken, er lässt es sich nicht anmerken. Diese Frau vermisst genau den Mann, den sein Gehilfe, kurz vor dessen eigenen Tod umgebracht hat. Er muss ihr auf jeden Fall ausreden, dass er irgendetwas damit zu tun haben könnte.

„Tut mir leid, er wollte sich bei mir über einen Rabatt über irgendeinen Dünger erkundigen, das war alles."

Hm, Ilse denkt einen Moment nach. Vielleicht weiß er tatsächlich nichts von dem Verschwinden ihres Pflegevaters. Sie möchte trotzdem noch etwas mit ihm bereden, vielleicht ergibt sich dabei ein Hinweis. Außerdem ist das eine Gelegenheit, ihren leiblichen Vater kennenzulernen. Jetzt, seitdem sie weiß, dass er in der Nähe lebt, möchte sie ihn sehen, mit ihm sprechen. Viele Jahre hat sie den in russischer Gefangenschaft gestorbenen Kurt Schneider für ihren Vater gehalten. Nun, wo sie weiß, dass er es nicht war und der wahre Vater hier lebt, will sie ihm in die Augen sehen. Vielleicht ergibt sich sogar ein Gespräch zwischen Vater und Tochter. Es kommt ihr eher unwahrscheinlich vor, sie sind doch zu unterschiedlich. Ihr Vater war ein grausames Monster, sie ein unbescholtenes Mädchen. So sagt sie nur: „Es würde mir sehr helfen, mit Ihnen zu sprechen. Vielleicht hat mein Pflegevater irgendetwas gesagt, dass mir weiterhelfen könnte. Ich bin sehr um Sorge um ihn und möchte keine Möglichkeit auslassen."

„Nun gut, wenn es Ihnen so viel bedeutet. Ist Ihnen morgen recht?"

„Das würde mir passen, kann ich am Vormittag kommen, vielleicht um zehn Uhr?"

„Abgemacht, bis dann." Arnold Wolf legt auf. Der Besuch passt ihm zwar überhaupt nicht, aber er will sich nicht sträuben, er befürchtet, sie könnte misstrauisch werden, wenn er sich zu sehr dagegen sperrt. Er sitzt vor seinem Telefon und grübelt. Er hat gehofft, dass mit der Beseitigung dieses Juden die Gefahr vorbei wäre und jetzt taucht diese Pflegetochter auf. Die Entdeckung seiner wahren Identität wird er auf keinen Fall zulassen. Er muss die junge Frau beruhigen, das sollte nicht so schwierig sein.

Seine Frau steht in der Tür. „War das eben die junge Frau, die im Laufe des Tages schon mal angerufen hat?"

„Wie soll ich wissen, wer heute angerufen hat!" Wolfs Laune ist nicht die beste, seine Gedanken kreisen immer noch um die drohende Entdeckung seiner Nazi-Vergangenheit.

„Karl, nun schrei mich doch nicht so an!"

„Entschuldige, Elisabeth, das war nicht so gemeint. Es war eine junge Frau, die ihren Pflegevater vermisst. Er war vor einer Woche bei mir und sie nimmt an, dass ich weiß, wo er geblieben ist. Aber da macht sie sich zu viel Hoffnungen, das ist ein rein geschäftlicher Besuch gewesen."

„Die Arme, vielleicht kannst du ihr doch helfen."

Arnold Wolf geht diese Diskussion mit seiner Frau schwer auf die Nerven. Sie kennt seine Vergangenheit nicht, das muss auch unbedingt so bleiben. Leider bestimmt sie über das Geld, sie hat es mit in die Ehe gebracht. Es ist eine ansehnliche Summe, den Aufbau des Düngemittelhandels hat sie vollständig davon bezahlt. Der Betrieb läuft gut, Organisation ist das, was er als Lagerleiter bei der SS gelernt hat. Sie ist jedoch als Besitzerin und Geschäftsführerin eingetragen, und wenn sie Wind von seiner braunen Vergangenheit bekommt, ist es vorbei mit dem guten Leben, eine Scheidung wäre noch das Geringste.

Auch am nächsten Tag gibt es kein Lebenszeichen von Fritz Kognatz. Es kann nicht sein, dass er nur irgendwo hingefahren ist, er ist ganz sicher das Opfer eines Unfalles geworden. Lebt er vielleicht nicht mehr? Das Herz von Ilse Schneider zieht sich bei dem Gedanken zusammen. Heute Vormittag will sie nach Osten und diesen Arnold Wolf/Karl Neumann aufsuchen. Mit Neugier, gemischt mit Unbehagen, sieht sie dem Treffen entgegen. Bevor sie das Haus verlässt, ruft sie wegen Fritz bei der Polizei an. Es gibt nichts Neues, sie rechnet jetzt auch nicht mehr damit. Mit jedem weiteren Tag wird die Wahrscheinlichkeit geringer, ein Lebenszeichen zu erhalten.
Mit dem Fahrrad fährt sie zum Bahnhof und nimmt es mit in den Zug. Der erreicht bald Basbeck-Osten, noch schneller legt sie das kurze Stück mit dem Rad zur Schwebefähre zurück. Grün ragt die filigrane Stahlkonstruktion mit dem daran hängenden Fahrkorb in den Himmel.
Arnold Wolf/Karl Neumann öffnet ihr die Tür, es kommt ihr vor, als wenn er auf sie gewartet hat. „Kommen Sie herein, Frau…? Wie war doch ihr Name?"
„Ich heiße Ilse Schneider, ich bin unverheiratet, also Fräulein." Sie mustert sein Gesicht, aber sie bemerkt kein Zeichen des Erkennens.

„Kommen Sie bitte in mein Arbeitszimmer, dort stören wir meine Frau nicht."

Ilse Schneider mustert den Mann neugierig. Bisher wirkt er verschlossen, er blickt sie aus dunklen, glanzlosen Augen an. Er sieht er ihr auch nicht ähnlich, vielleicht hat sie mehr von ihrer Mutter als von diesem Vater. Karl Neumann hält ihr die Tür zu seinem Arbeitszimmer auf. Ein großer Schreibtisch steht vor einem Fenster und erlaubt einen Blick in den Garten, der nur durch eine weiße Tüllgardine etwas beeinträchtigt wird.

„Oh, schön haben Sie es hier!", ruft sie überrascht aus. Mit Kennerblick bemerkt sie die Arbeit eines Gärtners.

Der Besitzer brummelt etwas, er kennt den Blick in den Garten, außerdem drehen sich seine Gedanken um das kommende Gespräch. „Setzen Sie sich, bitte." Er schiebt ihr einen Stuhl zurecht und wartet, bis sie sitzt, bevor er selbst Platz nimmt. „Erläutern Sie bitte, was Sie hierherführt und warum Sie glauben, dass ich Ihnen helfen kann."

Ilse Schneider hat sich schon seit Stunden gedanklich auf dieses Gespräch vorbereitet. „Mein Pflegevater war am 4. September bei Ihnen, eine Woche später - heute vor genau sieben Tagen - ist er verschwunden. Ich möchte nun herausfinden, ob Sie mir weiterhelfen können."

Karl Neumann zündet sich scheinbar gelassen eine Zigarre an. „Ich habe Ihnen doch schon alles gesagt, so gerne ich Ihnen helfen möchte, ich bin die falsche Person."

Ilse Schneider mustert den Mann hinter dem Schreibtisch immer wieder. Wie kann es angehen, dass er ihr Vater ist? Da ist nichts, was sie von sich wiedererkennt. Er blickt ihr kalt ins Gesicht und lügt sie offensichtlich an. Dass er sich so verhalten muss, ist klar, er will nicht, dass sie in seiner Vergangenheit gräbt. Aber so kommt sie nicht weiter, was ist mit Fritz passiert, nachdem er hier war? Sie blickt ihrem Vater fest in die Augen und versteift ihren Rücken. „Sie sind ein ehemaliger Kriegsverbrecher und heißen nicht Karl Neumann, sondern Arnold Wolf. Mein Pflegevater hat mir erzählt, dass er bei Ihnen war, um Ihnen mitzuteilen, dass er Ihre Vergangenheit veröffentlichen will. Und Sie erzählen mir was von Rabatt für Dünger!" Ilse hat sich in Wut geredet, zornig sieht sie den alten Nazi an, ihre Wangen glühen.

Arnold Wolf ist erschrockener, als er sich anmerken lässt. Er legt seine Zigarre auf den Aschenbecher und sammelt sich einen Moment. Wie kann er sich aus dieser Situation herauswinden? Nun hat er einen Mann umbringen lassen und hat außer Zeit kaum etwas gewonnen. Der Mord an dem Juden ist anscheinend noch nicht entdeckt worden und das wird wohl auch so bleiben. Das Problem ist das Wissen der jungen Frau über seine wahre Identität. Sie ist zwar keine direkte Zeugin, ihre Aussage an der richtigen Stelle könnte jedoch eine Lawine in Gang setzen, eine Lawine, an deren Ende er für lange Jahre im Gefängnis landen könnte. Er muss seine Taktik ändern und das Fräulein Schneider beruhigen.

„Gut, Sie haben recht. Herr Kognatz war bei mir, weil er glaubte, in mir einen früheren Lagerkommandanten entdeckt zu haben. Ich konnte ihm das zwar nicht völlig ausreden, habe aber Zweifel in ihm gesät. Er hat mich nach dem Besuch bei mir sehr nachdenklich verlassen. Ich kann daher mit seiner Anwesenheit bei mir keine Verbindung zu seinem Verschwinden herstellen. Auch die angeblich falsche Identität konnte er mir nicht beweisen, ich habe schließlich einen gültigen Pass auf den Namen Karl Neumann. Wie ich schon Ihrem Pflegevater sagte, es muss sich um eine Verwechslung handeln."

Ilse Schneider knirscht fast hörbar mit den Zähnen, das stimmt doch alles nicht. Ihr Pflegevater hat sehr sorgfältig alles dokumentiert, dadurch konnten sich bei ihm die Erinnerungen an die Vorgänge im Lager sehr nachhaltig einprägen. Mag sich ihr Vater sehr verändert haben? Er sieht immer noch gut aus, auch jetzt, mit einundfünfzig Jahren, ist er noch ein attraktiver Mann. Kein Wunder, dass er eine reiche Frau finden konnte. Er hat noch fast volles Haar, das lediglich etwas grau geworden ist. Nein, Fritz wird sich ganz sicher nicht getäuscht haben.

„Ihre Argumente überzeugen mich nicht. Ich halte Sie für den SS-Sturmbannführer Arnold Wolf und kann mir vorstellen, dass zwischen Ihnen und dem Verschwinden des Mannes, der Sie auffliegen lassen wollte, sehr wohl eine Verbindung besteht." Ilse Schneider hat jetzt genug, sie will den Mann, der zu ihrem Entsetzen auch noch ihr Vater ist, nicht mehr sehen. Der gefühllose Blick aus seinen kalten Augen bereitet ihr Angst. Sie erhebt sich heftig, beinahe wäre der Stuhl umgekippt. „Ich werde Sie jetzt verlassen, Sie hören von mir!" Ohne sich noch umzusehen, eilt sie zur Tür und tritt in den Vorgarten. Sie ergreift ihr Fahrrad und ist in wenigen Augenblicken an der Schwebefähre.

Elisabeth Neumann ist der plötzliche Aufbruch der Besucherin nicht verborgen geblieben. Sie kommt aus dem Wohnzimmer und stellt sich in die noch offene Tür zum Arbeitszimmer ihres Mannes.
Arnold Wolf sitzt am Schreibtisch, er ist blass. Diese junge Frau scheint sich ebenso zu einem Problem zu entwickeln, wie schon der Pflegevater. Verärgert sieht er zu seiner Frau, die hat ihm jetzt gerade noch gefehlt.
„Was war denn das eben, Karl? Hast du Ärger mit der jungen Frau?"
„Lass es gut sein, Elisabeth." Ihr Mann hat keine Lust zu Diskussionen, die immer damit enden, dass er nachgeben muss. Er hasst diese Abhängigkeit, sie ermöglicht ihm zwar ein bequemes Leben, widerspricht jedoch seinem Naturell und ist ihm daher zeitweise sehr lästig.
Seine Frau gibt sich mit der dünnen Antwort nicht zufrieden.
„Warum soll ich das gut sein lassen? Ich will wissen, was du mit der jungen Frau hast!"
„Ihr Pflegevater ist verschwunden und sie gibt mir die Schuld daran."
„Und? Hast du etwas damit zu tun?"

„Nein, natürlich nicht!" Ihr Mann beginnt, die Stimme zu erheben.

„Wenn das so natürlich ist, warum gibt es denn Streit?"

„Was weiß denn ich? Ich stecke nicht in der jungen Frau!"

Elisabeth Neumann dreht sich um und geht hinaus. Wenn ihr Mann in dieser Stimmung ist, dann gibt es nur Ärger. Sie hat heute keine Lust, den Streit fortzuführen und geht ins Wohnzimmer zurück. Dort liegt ihre Stickerei, die hilft ihr, sich abzulenken und zu beruhigen.

Der Streit mit seiner Frau hat ihren Mann nur kurz abgelenkt. Jetzt drehen sich seine Gedanken wieder um den Besuch von Ilse Schneider. Bei dem Namen Schneider klingelt es kurz in seiner Erinnerung, irgendwie erinnert er ihn an jemanden. Der Name kommt häufig vor, das ist jetzt sicher nur ein Zufall. Trotzdem, wenn die junge Frau ihre Drohung wahrmacht, könnte man dumme Fragen an ihn richten. Fragen, die ihm ernste Schwierigkeiten machen könnten. Er muss sich um diese Ilse Schneider kümmern, auf einen Toten mehr oder weniger kommt es nun wirklich nicht mehr an. Er braucht einen guten Plan, und zwar bevor Ilse Schneider mit ihrem Wissen zu den Behörden geht. Ein erster Anlauf von Fritz Kognatz war gescheitert, ein weiterer Versuch von ihr könnte Erfolg haben. Am besten wird es sein, ihr Tod würde nach Unfall oder Selbstmord aussehen.

Seit Freitag gibt es einen Fremden in dem Ort an der Schwebefähre. Er wohnt im Fährkrug, dort hat er sich als Paul Roth eingetragen. Jetzt sitzt er mit seinem Bier bei zwei Ostenern an einem der Tische.

„Mein Freund Edwin Frenzel hat mich zu sich eingeladen. Jetzt bin ich hier und erfahre, dass er tot ist. Wie ist das passiert?"

Seine Tischnachbarn sind alteingesessene Anwohner, sie kennen Edwin Frenzel, seitdem er vor acht Jahren in dem damals neugegründetem Betrieb des Karl Neumann als Gehilfe angefangen hatte. Der wortkarge, zurückgezogene Mann hatte keine Freunde im Ort, trotzdem ist er von den Dorfbewohnern immer genau beobachtet worden. Heinrich und Richard sitzen vor einem Glas Bier und halten eine Zigarette in der Hand. Der große, gläserne Aschenbecher vor ihnen ist gut mit Kippen und Asche gefüllt. Von den anderen Tischen im Raum dringen die Gesprächsfetzen und der Zigarettenrauch der anderen Gäste herüber. Jetzt blickt Heinrich, der Geselle des Schusters, hoch und blickt den Neuling an. „Da gab es in der Zeitung einen langen Artikel."

„Ja", mischt sich Richard ein. „Das hat viel Aufregung gegeben. Man stelle sich vor, so ein blöder Unfall."

„Wieso war der blöde?", will jetzt der Fremde wissen. Er ist ziemlich groß und ein klein wenig dick. Er trägt eine schwarze Hose mit einer ebensolchen Jacke. Seine Augen blicken seine Tischnachbarn durchdringend an, die ihn deshalb nie direkt ansehen. Richard mustert seine Finger. „Hm. Stellen Sie sich vor, der fährt mitten in der Nacht über einen Bahnübergang und wird von dem Zug erfasst. Blöde war es, weil er eigentlich das rote Warnlicht hätte sehen müssen."

Der Fremde zieht die Augenbrauen hoch. Mindestens zwei Fragen fallen ihm dazu ein. „Mein Freund hat kein eigenes Auto, wisst ihr, mit wessen Wagen er unterwegs war?"

„Es war der Mercedes von seinem Chef, der ist jetzt nur noch Schrott."

Ja, richtig. Das hatte Edwin irgendwann einmal erwähnt, dass er den Wagen seines Chefs benutzen darf. Der Fall bleibt merkwürdig. Wieso fährt er mitten in der Nacht in der Gegend herum? Und überfährt dann auch noch ein Warnsignal! „Habt Ihr eine Idee, wieso er das rote Licht übersehen haben könnte?"

„Tja", Heinrich räuspert sich und beginnt zu spekulieren. „Vielleicht war er nicht mehr ganz wach?"

„Ja, oder er war in Gedanken. Wer weiß, woran er gedacht hat?", fügt Richard hinzu.

Paul Roth lässt sich von seinen Tischnachbarn die Adresse von Edwins Chef, Karl Neumann, geben.

Am nächsten Tag geht der vollständig in schwarz gekleidete Fremde vom Fährkrug die Straße entlang. Draußen trägt er wie fast immer einen schwarzen Filzhut. Er will zum Chef seines toten Freundes und versuchen, etwas Licht in den seltsamen Unfall zu bringen. Außerdem möchte er wissen, wo das Grab ist, um ihm die letzte Ehre zu erweisen. Eine junge Frau auf einem Fahrrad kommt ihm auf der Straße entgegen, nach ein paar Schritten hat er das Haus von Karl Neumann erreicht.

Eine Frau öffnet ihm, das wird wohl die Gattin sein, sie wirkt etwas erregt und ist kurz angebunden. „Sie möchten zu meinem Mann? Der ist in seinem Arbeitszimmer - Karl! Kommst du mal? Da ist jemand für dich." Dann verschwindet sie grußlos im Wohnzimmer.

Karl Neumann/Arnold Wolf ist jetzt nicht in der Stimmung, mit jemandem zu sprechen. Der Besuch der jungen Frau spukt in seinem Kopf herum und bedarf eines Planes. Was soll er nun machen, seine Frau ist jetzt nicht gut auf ihn zu sprechen und ist ihm nur lästig. Mürrisch erhebt er sich und geht zur Tür. Als er den Mann erblickt, setzt sein Herz einen Schlag lang aus. Im ersten Moment hält er ihn in seiner schwarzen Erscheinung für einen SS-Soldaten, für einen Besuch aus der Vergangenheit. Das liegt sicher daran, dass in letzter Zeit jeder seine Zeit bei der SS an die Öffentlichkeit zerren will. Er liegt nicht so verkehrt, Paul Roth war ebenfalls Mitglied der Waffen-SS. Seitdem kleidet er sich gerne in Schwarz, es erinnert ihn an seine Zeiten als Wachsoldat. Unter seiner Jacke spürt er den leichten Druck der Parabellum. Es war ihm gelungen, die Pistole aus den Zeiten seines militärischen Einsatzes bis in die Gegenwart zu retten. Nun ist sie seit vielen Jahren seine ständige Begleiterin.

„Was wollen Sie?", fragt Karl Neumann kurz angebunden seinen Besuch.

Bei Paul Roth stößt er mit seiner Unfreundlichkeit auf einen harten Klotz. Der Mann ist immer noch beseelt vom Ehrenkodex der Waffen-SS, Widerstände werden immer überwunden.

„Ich bin ein Freund von Edwin Frenzel, mein Name ist Paul Roth."

Der Hausherr sieht ihn entsetzt an. Hat sich denn alles gegen ihn verschworen? Erst dieser Jude, dann dessen Pflegetochter, seine Frau schmollt, und nun dieser Mann, der ihm wie eine Erscheinung aus seiner blutigen Vergangenheit vorkommt. Der Mann sieht nicht aus, als wenn er sich einfach wegschicken lassen würde, dem muss er sich jetzt stellen. „Kommen Sie herein", brummt er und geht vor.

Wieder erlebt das Arbeitszimmer einen Disput. Jeder der beiden versucht den anderen auszuloten und zu taxieren. Der ehemalige Wachsoldat hat die besseren Karten, er hat nichts zu befürchten, seine Nerven sind nicht angegriffen, sondern so zäh, wie es ihm vor zwanzig Jahren indoktriniert worden ist. Seine massige Gestalt und der durchdringende Blick zwingen Arnold Wolf in die Defensive. „Was führt Sie zu mir?", versucht er es etwas freundlicher.

„Ich bin zu diesem Wochenende von meinem Freund Edwin eingeladen worden. Nun erfahre ich, dass er tot ist. Die Begleitumstände seines Todes kommen mir sehr merkwürdig vor, ich erwarte jetzt ein paar Erklärungen von Ihnen."

„Äh, was genau ist Ihnen denn unklar?"

„Mein Freund, der eigentlich ohne Wagen auskommt, fährt mitten in der Nacht mit dem Auto herum. War das in Ihrem Auftrag? Und falls ja, was war das für ein Auftrag? Wie kann es angehen, dass er das Warnlicht übersehen hat?" Paul Roth lehnt sich zurück und mustert finster sein Gegenüber.

Der ehemalige Lagerkommandant beginnt zu schwitzen, er spürt einen Tropfen an seiner Stirn herunterlaufen und wischt ihn mit einem Taschentuch und zitternden Fingern ab. „Sie stellen mir Fragen, die ich nicht beantworten kann. Mein Angestellter hat meinen Wagen ohne mein Wissen benutzt. Warum er das rote Licht nicht gesehen hat, kann ich Ihnen beim besten Willen nicht sagen." Arnold Wolf atmet schwer aus, diese Antwort soll dieser unbequeme Kerl erst einmal widerlegen.

Paul Roth grübelt eine Weile und nickt schließlich. „Gut, das klingt plausibel, ich kann Ihnen jedenfalls nicht das Gegenteil nachweisen. Vorläufig gebe ich mich damit zufrieden, Herr Sturmbannführer!" Er steht auf und lässt einen sehr blassen Arnold Wolf zurück.

Am späten Nachmittag fährt der Zug mit Werner Hansen in den Bahnhof Stade ein. Diesen Moment hat der junge Mann mit sehr zwiespältigen Gefühlen erwartet. Zum einen ist er überglücklich, dass er bald seine Liebste wieder umarmen kann, zum anderen plagt ihn sein Gewissen wegen des Seitensprunges in Ludwigsburg. Warum hat er sich nur darauf eingelassen? Im Taumel der Lust und mit genug Alkohol im Blut, hat er die aufkommenden Gedanken an seine Freundin immer wieder beiseitegeschoben. Hätte er doch bloß auf sein Gewissen gehört, nun ist es zu spät. Er ist sich auch nach langen Stunden des Grübelns nicht darüber im Klaren, wie er sich verhalten soll. Soll er es auf jeden Fall verschweigen, oder sollte er sofort reinen Wein einschenken? Verdammt, warum ist immer alles so schwierig, was mit Frauen zusammenhängt?

Er tritt auf den Bahnsteig, beim Einfahren des Zuges hat er sie schon entdeckt und wendet sich jetzt in die Richtung seiner Freundin. Gabriele hat ihn auch erkannt und kommt mit raschen Schritten auf ihn zu. Sie strahlt über das ganze Gesicht, breitet ihre Arme aus und drückt ihn ganz fest. Werner ist ebenfalls überglücklich, fühlt aber gleichzeitig einen dicken Kloß im Hals. Warum ist sie auch so lieb zu ihm? Wenn sie ihn nur verärgert ansehen würde, würde er sich besser fühlen. Aber so? Sie ist glücklich, ihn wieder bei sich zu haben.

Gabriele Husemann ist seine etwas gedrückte Stimmung nicht verborgen geblieben. „Was hast du denn, Werner? Hat etwas nicht geklappt?" Sie sieht ihm prüfend ins Gesicht und sucht nach einem Hinweis. Er hat etwas, da ist sie sich sicher. Jetzt atmet er auch noch schwer ein und aus, irgendwie tut er ihr leid. „Ist etwas mit der Arbeit? Konntest du nichts herausfinden?"

Werner Hansen fühlt sich entsetzlich schlecht. Was ist er nur für ein Mensch, dass er dieses entzückende Geschöpf betrogen hat. Aber nun muss er hindurch, Gabi liest in seinem Gesicht wie in einem offenen Buch. Er schüttelt den Kopf. „Nein, mit der Arbeit ist nichts. Im Gegenteil, ich war außerordentlich erfolgreich."

„Was hast du denn, dich bedrückt doch etwas?"

Verdammt, jetzt muss er damit herausrücken. „Ich", dann sprudelt es aus ihm heraus: „Ich habe eine Nacht mit einer anderen Frau verbracht."

Einen Moment lang blickt ihn seine Freundin an, als hätte sie eine Erscheinung. „Du hast was?"

„Es tut mir leid, ich wollte das eigentlich nicht, das musst du mir glauben. Ich bin Donnerstagabend im Bett einer anderen Frau gelandet, die auch Gast im Hotel war." Nun ist es raus, sein Kloß im Hals beginnt sich aufzulösen, er spürt jetzt mit Sorge ihr Erschrecken.

„Das ist nicht wahr, du willst mich nur auf den Arm nehmen."

„Ich wünschte, es wäre so." Er dreht sich zu seiner Freundin, hält ihre Hände und sieht in ihre grünen Augen. „Du kannst mir glauben, dass ich es wirklich bereue. Ich liebe dich doch!"

Sie entzieht ihm ihre Hände. „Das kann ich jetzt nicht mehr glauben. Wie konntest du mir das antun? Hat es denn wenigstens Spaß gemacht?", setzt sie noch sarkastisch hinterher.

Werner beschleunigt sein Tempo, um mit seiner immer schneller werdenden Freundin Schritt zu halten. „Nein, mit dir ist es immer viel schöner!"

„Nun schrei doch nicht so! Sollen es denn alle mitbekommen?" Das junge Pärchen überquert gerade die Brücke am Burggraben. „Bitte, Gabi! Bleib doch stehen!" Er greift nach ihrer Hand und hält sie fest. Widerstrebend bleibt sie stehen und dreht sich zu ihm um. Auf ihren Wangen kullern dicke Tränen. Werner legt seine Arme um sie und muss jetzt auch weinen. Beide stehen sie eng umschlungen in der Mitte der Brücke und weinen. Gabi versucht, sich in Werners Lage zu versetzen, sie liebt ihn von ganzem Herzen und bemüht sich, ihn zu verstehen. Sie weiß, dass sie seine erste Frau war, sie hat ihm erst beigebracht, was es zwischen Mann und Frau an schönen Dingen gibt. Jetzt sieht er die Frauen natürlich mit anderen Augen an. Offensichtlich hat ihn eine umgarnt, da war es um ihn geschehen. Es war sicher auch ein Teil Neugier dabei, das war bestimmt die Triebfeder für ihn. Sie kennt die Männer nur zu gut, sie sind so leicht herumzubekommen. Ein Augenaufschlag, ein kurzer Rock, zwei Glas Wein und sie vergessen alles. Aus ihrer Jackentasche holt sie ein Papiertaschentuch heraus und tupft ihm seine Tränen ab. Er ist so niedlich in seinem Kummer, wie kann sie ihm noch lange böse sein?

Werner ist glücklich, dass ihm seine Freundin nicht mehr ganz so gram ist, rasch versiegen die Tränen. In Gedanken versunken gehen sie händchenhaltend zu ihrer gemeinsamen Wohnung.

Auflösungen

Montagmorgen, es ist für Werner Hansen der erste Arbeitstag nach dem Besuch in der Zentralstelle. So zufrieden, wie es die Ergebnisse seiner Dienstreise vermuten lassen könnten, ist er nicht. Seine Gabi hat es ihn spüren lassen, dass er ihr untreu gewesen ist.

Vor allem hat sich im Bett nichts abgespielt, sie hatte ihm die sonst gar nicht so kalte Schulter gezeigt. Er kann es ihr nicht verdenken. Werner atmet noch einmal tief ein und öffnet die Tür zum Büro, das er und Jürgen gemeinsam benutzen. Sein Chef ist wie jeden Morgen vor ihm da und sieht ihn jetzt neugierig an. Er blickt prüfend in sein Gesicht. „Guten Morgen, Werner. Wie ist es gelaufen, warst du erfolgreich?"

„Hallo, Jürgen. Danke, ich bin sehr zufrieden." Er legt seine Aktentasche auf den Tisch, holt sein Notizbuch und diverse Zettel heraus. Er nimmt sich das Blatt mit dem Namen des toten Häftlings, dessen Arm gefunden wurde. „Tataa! Wir wissen jetzt, wer der unbekannte Leichnam ist. Es war ein KZ-Häftling aus Buchenwald, Fritz Kognatz war sein Name."

„Donnerwetter! Das ist ein Riesenschritt vorwärts." Sein Chef nimmt den Zettel in die Hand und notiert sich den Namen. „Sehr gut, jetzt werden wir herausfinden, wo er zuletzt gewohnt und was er gemacht hat." Er sieht seinen Kollegen und Mitarbeiter an. „Was ist mit dem Unfallopfer aus dem Auto, dem SS-Angehörigen Edwin Frenzel? Konntest du über den auch etwas in Erfahrung bringen?"

Werner Hansen nickt. „Was denkst du wohl, warum ich so lange fortgeblieben bin?" Er schlägt sein Notizbuch auf. „Ich habe einen kompletten Lebenslauf bekommen können."

Sein Chef strahlt. „Dann müssen wir jetzt noch herausfinden, wie die beiden zusammenhängen. Was könnte es für ein Motiv gegeben haben?"

„Ich denke schon eine Weile darüber nach. „Dieser Frenzel hatte ein paar Jahre gesessen und war 1952 begnadigt worden. Vielleicht hatte er noch eine alte Rechnung offen."

Jürgen Krüsmann studiert Werners Aufzeichnungen. „Bei den Häftlingen war es doch eher anders herum. Außerdem war Edwin Frenzel in Dachau stationiert, unser KZ-Insasse war doch in Buchenwald inhaftiert, oder?"

„Hm." Werner Hansen zieht ein Gesicht. „Es ist also nicht so einfach, ich werde beide Lebensläufe Punkt für Punkt vergleichen müssen."

„Ja, das fürchte ich auch." Dann erhellt sich das Gesicht vom Hauptkommissar. Er greift nach dem gelben Telefonbuch, das in der Nähe ihres gemeinsamen, schwenkbaren Telefons liegt, und blättert darin. Ort für Ort geht er durch und sucht nach dem Namen Kognatz.

„Glaubst du im Ernst, ein simples Telefonbuch hilft uns weiter?", äußert Werner verblüfft.

„Vielleicht nicht, mein Junge. Es ist auf jeden Fall der schnellste Weg. Falls er nicht zu Ziel führt, können wir immer noch die Einwohnerämter kontaktieren." Er hält inne und beugt sich näher zum Telefonbuch hinunter.

„Hast du was gefunden?" Werner steht auf und stellt sich hinter seinen Chef.

Der dreht sich zu ihm um, ein schelmisches Lächeln auf dem Gesicht. „Siehst du! Ich sag es doch, der einfachste Weg sollte immer zuerst eingeschlagen werden." Er zeigt mit dem Finger auf einen Eintrag. „Hier, unser toter Häftling hat in Otterndorf gewohnt, in der Sackstraße. Eine Telefonnummer gibt es auch." Er zückt seinen Füller und notiert sich die Information, dann blickt er hoch und sieht seinen Kollegen an. „Ich schlage vor, du fährst nach Otterndorf und findest heraus, wo dieser Fritz Kognatz gearbeitet hat, was hatte er für Freunde und andere Kontakte. Ich werde mich – zunächst per Telefon – um den Lebenslauf unseres KZ-Aufsehers kümmern."

Werner Hansen setzt sich auf seinen Schreibtischstuhl und greift nach dem Notizbuch, dort trägt er ebenfalls die Adresse von Fritz Kognatz ein.

Der junge Kommissar sieht hoch und blickt seinen Chef an. „Sag mal, Jürgen, du bist doch um die Jahrhundertwende geboren worden und hast doch den ganzen Kram mit dem Dritten Reich mitbekommen, oder?"

Sein Chef schmunzelt. „Das weißt du doch, ich bin 1901 geboren worden. 1939 bin ich noch zum Wehrdienst eingezogen worden und habe in Frankreich kämpfen müssen. Warum fragst du das?"

„Mir geht immer wieder durch den Kopf, was ich im Rahmen dieses Falles und insbesondere jetzt in Ludwigsburg erfahren habe. Was mich beschäftigt, ist die Frage, wieso das alles passieren konnte? Hat niemand etwas von den Konzentrationslagern und dem, was dort abgelaufen ist, wahrgenommen?"

Jürgen Krüsmann sieht seinen jungen Kollegen nachdenklich an. „Du hast recht. Die Frage haben schon viele andere und auch ich mir immer wieder gestellt. Wir haben gemerkt, dass da etwas ablief. Immer wieder gab es Transporte, einzelne Personen und ganze Familien wurden abgeholt. Das Problem war, dass die Nazis ein System der Angst errichtet hatten, niemand getraute sich, Fragen zu stellen. Wer es doch tat, musste entweder im Untergrund verschwinden oder er wurde eines Tages verhaftet." Er sieht seinen jungen Kollegen sehr ernst an. „Damals war es völlig anders als heute. Heute gibt es ein Justizsystem, das gerecht ist oder auf jeden Fall versucht, dem möglichst nahe zu kommen. Damals wurde die Gerechtigkeit mit Füßen getreten. Am schlimmsten waren die geheimen, im Untergrund operierenden Dienste wie die Geheime Staatspolizei oder alle Ableger der SS unter Heinrich Himmler. Wer dort hinein geriet, war verloren."

Werner nickt betrübt. „So ähnlich hatte ich mir das schon gedacht. Aber wieso konnten Konzentrationslager existieren?"

„Tja, das war die Steigerung alles Bösen. Diese Lager waren immer versteckt, sie waren immer irgendwie getarnt und als Arbeitslager bezeichnet worden. Dass dort systematisch Menschen vernichtet worden ist, ist nicht bis zu der Bevölkerung vorgedrungen. Siehe als Beispiel das Vernichtungslager in Treblinka, in Polen. Es war tief in den Wäldern versteckt und ebenfalls als Arbeitslager deklariert. Tatsächlich diente es zur systematischen Ermordung von über einer Million Menschen. Das ging solange gut, bis nach einer Massenflucht 1943 das Lager aufgelöst und die Überreste vergraben und verbrannt wurden. Die SS hat sich immer bemüht, alle Spuren zu beseitigen."

Werner sieht seinen Chef entsetzt an. „Du meine Güte, hoffentlich wiederholt sich das niemals wieder." Er sieht noch sinnend eine Weile zum Fenster, er nimmt schließlich seinen Stift auf und arbeitet weiter an seinen Notizen.

Sein Chef beobachtet ihn kritisch. Sein Schützling gefällt ihm heute nicht besonders, er schleppt etwas mit sich herum. „Sag mal, Werner, ist dir heute eine Laus über die Leber gelaufen?"

Der junge Kommissar schüttelt den Kopf, seine gedrückte Stimmung ist seinem aufmerksamen Chef nicht verborgen geblieben. Soll er seinem Kollegen von dem Seitensprung erzählen?"

„Wie du weißt, bin ich nicht nur dein Chef, sondern auch dein Freund", hilft dieser ihm auf die Sprünge.

Ja, Jürgen hat eine Menge Lebenserfahrung, er wird das verstehen. Werner sammelt sich und beginnt, von dem Abenteuer mit der jungen Frau in Ludwigsburg zu erzählen. „Ich bin auf meiner Dienstreise einer Frau begegnet, die mich quasi verführt hat."

„Bist du sicher, dass es nicht anders herum war?", entgegnet sein Chef mit einem Grinsen.

Werner schüttelt energisch den Kopf. „Nein, ich bin mit den Vertretern des weiblichen Geschlechts immer noch sehr ungeschickt. Ich muss allerdings gestehen, dass ich mich nicht genügend gesträubt habe."

Jürgen Krüsmann mustert seinen jungen Kollegen mit einem wissenden Lächeln. „Ja, das verstehe ich. In der Theorie ist es leicht, treu zu sein. Übernimmt eine Frau die Initiative, sind die guten Vorsätze schnell über Bord geworfen." Er sieht seinen jungen Mitarbeiter prüfend an. „Du bist aber auch ein Esel, die Beziehung mit deiner wirklich tollen Freundin aufs Spiel zu setzen, nur wegen einer Nacht."

„Du hast ja recht. Das habe ich mir gestern immer wieder von ihr anhören müssen. Ich weiß es ja, ihr habt beide recht. Immer wieder habe ich mir seitdem Vorwürfe gemacht."

„Wie soll es denn jetzt weitergehen?"

„Der erste Zorn von Gabi ist verraucht, ich glaube, sie ist nur noch traurig. Ich werde ihr ein Geschenk besorgen und mit ihr Essen gehen, zum Zeichen meines guten Willens."

„Ja, das ist gut. Obwohl es damit bestimmt nicht vorbei ist, daran werdet ihr noch lange zu knabbern haben. Trotzdem: Ich drücke dir die Daumen."

Werner Hansens Laune ist etwas besser, es tut gut, jemanden zu haben, mit dem man über so ein heikles Thema sprechen kann.

Sie haben einen Mordfall zu lösen, das ist beinahe wichtiger als private Probleme. Der junge Kommissar zieht das Telefon zu sich herüber und wählt die Nummer des Kreishauses in Otterndorf. Eine Frauenstimme meldet sich: „Stadtverwaltung Otterndorf?"

„Hansen, Kriminalpolizei Stade."

„Oh, die Polizei! Was kann ich für Sie tun?"

„Ich möchte wissen, wer alles unter der Adresse Sackstraße 12 gemeldet ist."

Die Frau am anderen Ende der Leitung möchte die Information nicht über das Telefon weitergeben. Werner Hansen zieht die Augenbrauen zusammen. „Gut, ich kann Sie verstehen. Können Sie die Namen an den Fernschreiber hier bei der Kriminalpolizei senden? Einen Moment bitte, ich gebe Ihnen die Nummer." Er sucht nach einem Formular ihrer Dienststelle, dann fällt ihm etwas ein.

„Nein, ich muss sowieso nach Otterndorf kommen, ich werde mich dann persönlich bei Ihnen melden." Er sieht zu seinem Chef hinüber, der das Gespräch mitbekommen hat.

„Ja, fahr nur los. Du kannst dabei herausfinden, ob es noch Angehörige gibt, die über den Tod informiert werden müssen. Wenn du möchtest, komme ich mit dir."

„Nein, danke, das geht schon. Ich muss das auch mal machen."

Eine Stunde später sitzt Werner Hansen mit einer Aktentasche versehen in ihrem Dienstwagen, dem beige-braunen Volkswagen. Den Weg zum Kreishaus hat er schnell gefunden, die Meldestelle ebenfalls. Hinter dem Tresen sieht eine Frau mittleren Alters zu ihm hoch. Er stellt sich vor und wiederholt seinen Wunsch nach den Bewohnern der Sackstraße 12. Aus seiner Jackentasche fischt er seinen Dienstausweis und legt ihn der Beamtin vor.

Die sieht flüchtig darauf. „Es tut mir leid, dass ich Ihnen die Information nicht übers Telefon geben konnte, so sind nun mal unsere Vorschriften."

Werner Hansen nickt zustimmend. Er findet jedoch, dass dieses Verstecken hinter Vorschriften ihm bisher immer nur die Arbeit erschwert hat.

Die Frau schreibt zwei Namen auf einen Zettel und legt ihn vor den Kriminalbeamten. „Hier bitte, es sind nur zwei Personen dort gemeldet. Ein Fritz Kognatz und eine Ilse Schneider."

„Wissen Sie, ob es noch weitere Angehörige von Herrn Kognatz gibt?"

„Nein, unter dem Namen sind keine weiteren Personen in unserem Kreis gemeldet."

Der Kommissar bedankt sich und verlässt in Gedanken versunken das Kreishaus. Die Fakten sind nur mühsam zu bekommen, etwa vergleichbar mit dem Schürfen nach Gold. Er startet den Wagen und fährt das kurze Stück zur Sackstraße, dort stellt er das Auto ab und begibt sich zu Fuß auf die Suche nach weiteren Informationen.

An der Tür der Sackstraße 12 sind zwei Namensschildchen befestigt, F. Kognatz und I. Schneider. Er drückt auf den Knopf, deutlich hört er die Klingel im Haus schellen. Keine Reaktion, er versucht es noch einmal. Und noch einmal. Nein, so hat es keinen Sinn, es ist niemand zu Hause.

An der Ecke zur Bundesstraße hat er einen Bäckerladen gesehen, dort geht er jetzt hin. Es sind nur wenige Schritte, der Laden ist klein, aber gepflegt, es duftet nach Brot und Honig. Hinter dem Verkaufstisch steht eine Frau mit einer weißen Schürze.

Werner Hansen zieht seinen Ausweis und zeigt ihn der Bäckersfrau. Die blickt mit großen Augen darauf. „Sind Sie wegen des Herrn Kognatz gekommen?"

Jetzt ist es an dem Kommissar zu staunen. „Wie kommen Sie denn darauf?"

Die Verkäuferin streicht sich eine Haarsträhne aus dem Gesicht. „Na, ja. Seine Pflegetochter spricht fast jeden Tag mit mir über ihren verschwundenen Wohltäter, denn er ist seit zehn Tagen nicht mehr aufgetaucht. Als ich Ihren Ausweis gesehen habe, war der Schluss nicht schwer, dass es wegen Fritz Kognatz sein könnte."

Werner Hansen schmunzelt. „Sie haben fast recht, der Grund, warum ich hier bin, hat mit dem Verschwinden eben dieses Mannes zu tun. Ich möchte mit seinen Angehörigen sprechen, mit Menschen, die ihn kannten.

Die Tür wird geöffnet, eine kleine Klingel gibt einen unmelodischen Ton von sich. Eine Frau mit einem Korb betritt den Laden. Sie ist etwas pummelig und trägt eine weiße Haube auf dem Kopf. Werner Hansen tritt einen Schritt zurück, um anzudeuten, dass er warten möchte.

„Hallo, Erna!", spricht die Kundin die Bäckersfrau an. „Ist das Brot für mich fertig?"

„Klar doch, einen Moment bitte." Die Verkäuferin geht zu der Tür der Backstube und ruft hinein. „Herbert! Hast du die Stuten für Frau Gustmann fertig?"

Einen Moment später kommt ein älterer Herr mit weißer, mehlbestäubter Kleidung aus der Bäckerei heraus. Er hat eine Tüte in der Hand und drückt sie seiner Frau in die Hand. „Guten Tag, Lisa. Na, hast du nachher noch Kaffeebesuch?"

„Weißt du doch, dienstags kommen die Frauen vom Roten Kreuz immer zu mir."

„Ja, richtig. Das hatte ich vergessen." Er nickt kurz zu Werner Hansen hin und verschwindet wieder in der Backstube.

Lisa Gustmann bezahlt ihr Brot, indem sie umständlich die Groschen aus ihrem kleinen Portemonnaie herausklaubt. Schließlich wendet sich die Bäckersfrau wieder mit ungeteilter Aufmerksamkeit ihrem ersten Kunden zu.

„Fritz Kognatz. Ja, der wohnt seit sechs Jahren hier bei uns. So wie ich gehört habe, ist er Redakteur bei der hiesigen Zeitung."

Werner macht sich Notizen. „Wissen Sie etwas über Angehörige?"

Die Bäckersfrau grübelt einen Moment, dann schüttelt sie den Kopf. „Die einzige, die ich kenne, ist seine Pflegetochter, Ilse Schneider. Die kommt fast jeden Morgen hierher, um Brötchen für sich und ihn zu kaufen."

„Wissen Sie, ob sie vielleicht verreist ist?"

„Nein, die muss hier sein, sie ist noch heute Morgen bei mir gewesen. Tagsüber arbeitet sie in der Baumschule, sie ist meistens so um fünf zu Hause."

Werner Hansen schreibt wieder in sein Büchlein. „Gut, dann werde ich sie heute Abend aufsuchen, vielen Dank für Ihre Mühe, Sie haben mir sehr geholfen." Er will sich zur Tür wenden, da fällt sein Blick auf die leckeren Brötchen und er spürt, dass er zuletzt zum Frühstück etwas gegessen hat. „Geben Sie mir doch bitte noch zwei von den Zimtbrötchen."

„Gerne doch!" Mit geübtem Griff nimmt sie zwei davon und steckt sie in eine Papiertüte.

Der junge Kommissar sitzt auf einer Bank an der Hauptstraße und leckt sich grade die Finger ab. Die Zimtbrötchen waren sehr lecker, aber auch sehr süß. Er beschließt, noch den Arbeitsplatz des Toten aufzusuchen, es ist kurz nach Mittag, das passt gut.

Es ist nur ein kurzer Fußweg zur Wallstraße. Hansen weist sich wieder als Polizist aus und wird von einem Lehrling zum Chefredakteur geführt.

Herr Lietzmann begrüßt ihn freundlich per Handschlag. „Nehmen Sie Platz! Möchten Sie einen Kaffee?"

Der Kaffee schmeckt gut nach den Zimtbrötchen, genüsslich trinkt er von der aromatischen, dunklen Flüssigkeit. Der Chefredakteur setzt sich auf den zweiten Stuhl an dem Besuchertisch. „Es ist gut, dass sich jetzt die Kriminalpolizei eingeschaltet hat, wir sind in großer Sorge um unseren verschwundenen Redakteur."

„Aus gutem Grund. Ich muss Ihnen leider mitteilen, dass ihr Mitarbeiter ermordet worden ist."

Der Chefredakteur zuckt zusammen und sieht den Kommissar mit aufgerissenen Augen an. „Um Gottes willen, wie furchtbar!"

„Ja, leider ist das so. Uns ist es aufgrund seiner in den Arm eintätowierten Häftlingsnummer gelungen, ihn zu identifizieren. Wussten Sie eigentlich, dass er Häftling im KZ Buchenwald gewesen ist?"

Herr Lietzmann nickt langsam. „Ich kann es noch fassen, der arme Mann!" Er reibt sich die Augen. „Ja, ich habe mehrfach mit ihm über seine Vergangenheit gesprochen, dabei hat er immer wieder das Konzentrationslager erwähnt." Er steht auf und holt ein Taschentuch aus seiner Schreibtischschublade. „Für Sie ist es das tägliche Geschäft, mit Ermordeten zu tun zu haben, bei uns ist es der erste Mitarbeiter, der uns so verlässt."

„Na, ja. Ganz so ist es auch nicht. Wir stumpfen nicht ab, sondern sind ebenfalls jedes Mal erschüttert. Wir haben auch nicht mit so vielen Mordfällen zu tun, dass es zur Routine werden könnte."

Der Chefredakteur zögert und sieht seinen Besucher an. „Möchten Sie den Lebenslauf von Herrn Kognatz sehen? Wir heben den in unseren Personalakten auf."

„Ja, natürlich. Das wäre ohnehin einer meiner nächsten Fragen gewesen."

Herr Lietzmann geht in sein Vorzimmer und kommt einen Moment später zurück. „Das geht in Ordnung. Mit unserem neuen Kopiergerät wird man Ihnen eine Elektrofotografie herstellen."
Fünf Minuten später kommt eine unscheinbare Sekretärin zu ihnen und reicht dem Kommissar zwei Blatt Papier. „Hier bitte, das ist für Sie", wispert sie und eilt hinaus.
Werner Hansen wirft einen Blick darauf. „Die Qualität ist erstaunlich, besser als das, was wir bei uns haben."
„Wir sind ein Zeitungsbetrieb, ein guter Kopierer ist uns sehr wichtig."
Der Kommissar überfliegt den zweiseitigen Lebenslauf. Er beinhaltet auch den Aufenthalt im Konzentrationslager, die Arbeit bei der Psychological Warfare Division der US-Armee in Bad Homburg und die Arbeit als Redakteur in Hamburg. „Wissen Sie, ob Herr Kognatz noch irgendwelche Verwandte hatte?"
Der Geschäftsführer schüttelt den Kopf. „Nein, darüber ist uns nichts bekannt. Ich weiß lediglich, dass eine Pflegetochter hier in Otterndorf wohnt. Von weiteren Verwandten hat er nie etwas erwähnt."
„Das ist schade. Ich werde diese Pflegetochter aufsuchen und sie befragen." Werner Hansen steckt die Kopie des Lebenslaufes in seine Aktentasche. „Der Mörder ist uns nicht bekannt, wir vermuten, dass es mit der Vergangenheit in Buchenwald zusammenhängen könnte. Sobald wir ihn gefunden und verhaftet haben, können Sie über den Fall berichten. Bis dahin bitte ich Sie, von irgendwelchen Veröffentlichungen abzusehen, damit der Mörder nicht gewarnt wird."
„Natürlich, natürlich, das ist für uns selbstverständlich", ergänzt der Chef der Zeitung hastig.
„Das ist leider nicht überall so. Bei manchen Redaktionen geht das ruckzuck, und die Sache ist am nächsten Tag der Aufmacher auf der Titelseite." Kommissar Hansen erhebt sich, nimmt seine Tasche und verabschiedet sich von Herrn Lietzmann.

Es ist gleich fünf, Werner Hansen schlägt den Weg zum Haus des Fritz Kognatz ein. Falls er die Pflegetochter Ilse Schneider antreffen sollte, muss er noch seine Freundin informieren. Er würde dann später als üblich nach Hause kommen und sie könnte sich Sorgen machen.

Er hat Glück, die junge Frau ist gerade von der Arbeit gekommen. Sie öffnet die Tür und er sieht sie fragend an. „Sind Sie Ilse Schneider?"

„Ja, was kann ich für Sie tun?"

Der Kommissar fummelt seinen Dienstausweis aus der Jackentasche heraus. „Ich heiße Werner Hansen, ich bin von der Kriminalpolizei in Stade. Es handelt sich um Herrn Fritz Kognatz."

Das Gesicht der jungen Frau wird blass, das Erscheinen der Kripo bedeutet sicher nichts Gutes. „Kommen Sie doch herein", ihre Stimme zittert. Sie führt ihn in das Wohnzimmer und bittet ihn, Platz zu nehmen. Mit großen Augen sieht sie ihn an. „Was haben Sie für Nachrichten, es ist doch bestimmt nichts Gutes, oder?"

Kommissar Hansen nickt. „Ja, leider. Ich habe eine unangenehme Nachricht und jede Menge Fragen an Sie." Er sieht Ilse Schneider an. „Fritz Kognatz ist ihr Pflegevater gewesen?"

„Ja, so könnte man das nennen. Er hat mir nach dem Krieg, als ich ein kleines Kind war, sehr geholfen und mir hier später Unterkunft gegeben." Sie sieht den Kommissar angstvoll an. „Nun sagen Sie schon, was ist mit Fritz?"

Jetzt kommt für den jungen Mann der wirklich unangenehme Teil, er fühlt seine Stimme kratzig werden und räuspert sich. „Es tut mir leid, Ihnen mitteilen zu müssen, dass Fritz Kognatz nicht mehr am Leben ist."

Ilse Schneider trifft die Nachricht, die sie seit Längerem erwartet, in ihrer Endgültigkeit wie ein körperlicher Schlag. Sie zittert, dann laufen die ersten Tränen. Sie greift nach einem Taschentuch und beginnt bitterlich zu weinen.

Werner Hansen ergreift zum Trost ihre Hand und spricht beruhigend auf sie ein. „Ich verstehe, dass es Sie mitnimmt, Fräulein

141

Schneider. Jeder Todesfall ist schrecklich, zumal, wenn er unerwartet eintritt." Er kann leider nur Floskeln anbringen, die ganze Wahrheit wäre im Moment zu furchtbar. Die Details des Todes muss sie nicht wissen, das wird sie noch früh genug erfahren.

Ilse Schneider wischt sich Tränen aus dem Gesicht, sie schnieft noch etwas, dann spricht sie mit brüchiger Stimme: „Sie haben doch sicher noch nicht gegessen, Herr Kommissar? Ich kenne hier in der Nähe ein kleines Lokal, dort kann man ganz nett speisen." Sie versucht, zaghaft zu lächeln.

„Ja, das ist eine gute Idee. Ich hoffe, ich kann Ihnen dabei die Fragen stellen, derentwegen ich hier bin."

Ilse Schneider seufzt vernehmlich. „Es wird schon gehen."

„Kann ich vorher meine Freundin anrufen? Sie wird sich Sorgen machen, wenn ich nicht bald zurückkehre."

„Natürlich, das Telefon ist dort drüben an der Wand."

„Danke." Werner Hansen steht auf und wählt die Nummer seiner Wohnung. Nach wenigen Klingelzeichen meldet sich seine Freundin. Hell und klar klingt ihre Stimme in seinem Ohr.

„Liebe Gabi, ich wollte dir sagen, dass ich dienstlich verhindert bin, warte bitte mit dem Abendessen nicht auf mich."

„Oh, schade, wann wirst du denn kommen, weißt du das schon?" Ihre Stimme klingt betrübt, sie hätte Werner ganz offensichtlich lieber bei sich, trotz des Kummers vom Wochenende.

Werner sieht zu Ilse Schneider hinüber. „Ich denke, es wird wohl noch mindestens zwei Stunden dauern."

„Zwei Stunden! Wo bist du denn, dass es so spät werden wird?"

„Ich bin in Otterndorf, bei der Pflegetochter des toten Fritz Kognatz. Ich hatte dir davon erzählt."

Am Telefon ist einen Moment Stille. Dann erklingt die leise Stimme seiner Freundin. „Pflegetochter? Ist sie hübsch?"

„Bitte, Gabriele! Das ist rein dienstlich. Sie ist eine Zeugin, ich muss sie zum Umfeld von Fritz Kognatz befragen."

„Schon gut. Sei mir bitte treu, ich wünsche dir viel Erfolg." Dann legt sie auf.

Werner Hansen hat immer noch ein schlechtes Gewissen. Seine Freundin hat seinen Seitensprung natürlich noch nicht verwunden, das wäre nach so kurzer Zeit auch zu viel verlangt. Aus ihrer Stimme klang ganz offenbar Misstrauen. Sie hat ihm zwar gesagt, dass sie ihn versteht, aber es hat sie wohl tiefer getroffen, als sie zugeben möchte. Er räuspert sich, schluckt den Kloß hinunter und wendet sich an die junge Frau. „Gut, meine Freundin weiß Bescheid, wir können jetzt losgehen."

Ilse Schneider erhebt sich und geht zur Wohnungstür, sie zieht sich eine leichte Jacke an, Werner Hansen folgt ihr auf die Straße.

Gabi Husemann hat den Telefonhörer aufgelegt und denkt über das kurze Gespräch mit ihrem Freund nach. Vor fünf Tagen ist es passiert, dass er in Ludwigsburg mit einer anderen Frau im Bett gewesen ist. Sie glaubt ihm seine Beteuerungen, aber sie kennt die Männer gut. Eine Frau hat es leicht, einen Mann zu verführen. Wer weiß, was diese Pflegetochter für eine ist. Sie dürfte kaum älter als sie sein, eher wohl noch jünger. Verdammt, ihre Phantasie schlägt wieder hohe Wellen. Sie ist ein Jahr älter als ihr Freund, vielleicht fühlt er sich zu jüngeren Frauen hingezogen.

Sie kann nichts gegen ihr Misstrauen tun, sie muss wissen, was da in Otterndorf zwischen Werner und der sogenannten Zeugin vorgeht. Sie findet die Adresse im Telefonbuch, mit Portemonnaie und Jacke ist sie bald auf dem Weg zum Bahnhof Stade, es sind nur wenige Minuten zu Fuß. Dort stellt sie leider fest, dass sie noch fast eine Stunde warten muss, bis der nächste Zug fährt. Sie hat leider keinen Führerschein, denn dann hätte sie das Auto von Werner benutzen können.

Schließlich kommt sie in Otterndorf an, es ist schon dunkel, als sie den Bahnhof verlässt und die Sackstraße aufsucht.

Karl Neumann, oder besser Arnold Wolf, ist seit dem Besuch dieser Ilse Schneider in großer Unruhe. Er muss irgendetwas tun, aber was? Die bringt es fertig und wühlt seine Vergangenheit auf, sie machte einen sehr entschlossenen Eindruck. Dann ist da noch dieser unangenehme Freund seines toten Dieners, dieser Paul Roth. Der läuft seit ein paar Tagen in Osten herum. Was will der eigentlich noch hier? Ein weiteres Problem ist seine Frau, sie darf auf keinen Fall von diesen Menschen, und seiner SS-Zeit vor dem Krieg erfahren. Das drängendste Problem scheint ihm jedoch Ilse Schneider zu sein. Sie weiß offensichtlich sehr genau über seine dunkle Vergangenheit Bescheid.

Ein Plan nimmt Gestalt an. Ein Plan, der den Tod der jungen Frau zum Ziel hat. Sie muss sterben, damit diese verdammte Unsicherheit ein Ende hat. Sie soll so ums Leben kommen, dass es wie ein Unfall oder auch Selbstmord aussieht, er hat auch schon eine Idee. Aus seiner kleinen Werkstatt holt er sich einen kurzen Kuhfuß und legt ihn in sein Auto. Es ist immer noch der Leihwagen, ein schwarzer 180B. Der neue Mercedes, den er erhalten soll, hat eine längere Lieferzeit.

Heute ist Montag, der 20. September 1965. Montagabends sieht seine Frau immer die neue Serie »Die Unverbesserlichen« im Fernsehen. Das passt gut, dann wird sie ihn nicht vermissen, er leistet ihr ohnehin selten Gesellschaft dabei. Sie hat sich schon auf einen Sessel gesetzt, eine Decke über die Beine gelegt und hat eine Dose mit Keksen neben sich stehen, bereit für die Fernsehfamilie.

Ihr Mann verabschiedet sich von ihr. „Ich gehe noch für mindestens zwei Stunden ins Geschäft. Seitdem Edwin tot ist, bleibt doch immer allerlei liegen."

Seine Frau nickt nur, ihr Interesse gilt jetzt der Familie im Fernsehen, die Anfangsmusik hat bereits begonnen.

Sein Wagen steht auf dem Kundenparkplatz an der Düngemittelhandlung, vorsorglich hat er ihn dort abgestellt. Wie immer muss er kurz nach Beginn der Fahrt einen Moment an der Schwebefähre warten. Auf der Basbecker Seite angekommen, fährt er zügig nach Otterndorf. Es ist inzwischen fast neun geworden, die Sonne ist untergegangen. Das ist gut so, für sein Vorhaben kann er kein helles Licht und keine Zeugen gebrauchen. Den schwarzen Mercedes parkt er nur wenige Meter von der Haustür des verstorbenen Fritz Kognatz entfernt. Hoffentlich ist Ilse Schneider zuhause, damit er seinen Plan unverzüglich in die Tat umsetzen kann.

Gabi Husemann steht vor dem Haus in der Sackstraße 12. Rabenschwarz hebt sich das strohgedeckte Dach als Silhouette vor dem dunklen Himmel ab. Hinter einer Gardine leuchtet noch Licht. Sie nähert das Gesicht der Scheibe, es ist jedoch niemand zu sehen. Es ist die Küche, sie erkennt einen Tisch, den Herd und eine Spüle in der Ecke. Wo mögen Werner und diese Frau sein? Vielleicht treiben sie es schon im Schlafzimmer? Ihr Herz schmerzt einen kurzen Moment bei dem Gedanken. Wo mag dieses Zimmer sein, wo ist Werner überhaupt? Sie geht vorsichtig im Dunkeln um das Haus herum. Hinter ihr auf der Straße ertönt das Geräusch eines sich nähernden Wagens, der Motor tickert ein paar Sekunden im Leerlauf, dann wird er abgestellt.

Hinter dem Haus ist nichts zu sehen, das einzige Licht kommt aus der Küche, der Lichtschein schimmert schwach durch eine geöffnete Tür im Innern des Hauses.

Klapper! Sie stolpert über einen Gartenstuhl, er schurrt über den Boden und stößt laut gegen irgendetwas, vielleicht ist es ein Tisch. Nein, das hat so keinen Sinn, es war eine Schnapsidee, hierher zu kommen und Werner überwachen zu wollen. Sie muss nach Hause fahren und abwarten, bis er von seiner »Dienstreise« zurückkehrt. Sie dreht sich um und geht am Haus entlang in Richtung Straße.

Der junge Kommissar sitzt mit seiner Zeugin in einer kleinen Gaststätte. Sie besteht nur aus einem Raum, an der schmalen Seite ist die Theke mit der Spüle für die Gläser, dahinter befindet sich die Tür zur Küche. Es stehen vier Tische aus hellem Holz im Raum, auf jedem liegt eine blütenweiße Decke. Zwei von denen sind mit Gästen besetzt, ein dünner Nebel Zigarettenrauch wabert zwischen den Tischen.

Ilse Schneider geht zielsicher auf einen der freien Plätze zu, Werner Hansen folgt ihr und sieht sich neugierig um. Die anderen Gäste unterbrechen kurz ihre Gespräche, blicken beiläufig zu den Neuankömmlingen und setzen danach ihre Unterhaltung fort.

Der Wirt kommt zu Ihnen an den Tisch. „Hallo, Ilse. Dich habe ich schon lange nicht mehr in Begleitung gesehen."

Die junge Frau sieht den Gaststättenbesitzer kummervoll an. „Das hat leider einen traurigen Grund. Mein Begleiter ist Kriminalbeamter und bearbeitet den Fall des Verschwindens von Fritz."

„Das wird auch Zeit, dass sich da jemand drum kümmert. Was ist denn mit ihm passiert?" Er blickt jetzt den Kommissar an.

„Fritz Kognatz lebt nicht mehr, ich bin hier, um die näheren Umstände seines Todes aufzuklären", erläutert Werner Hansen.

Der Gastwirt ist sichtlich betroffen, er reißt erschrocken die Augen auf. „Das ist ja furchtbar! Arme Ilse, das tut mir wirklich leid." Er streicht der jungen Frau unbeholfen über den Arm.

Sie sieht traurig auf den Tisch, wieder kullern einige Tränen die Wangen hinunter.

„So etwas Furchtbares. Du kannst gerne zu mir oder meiner Frau kommen, wenn dir danach ist, wir helfen gerne."

Ilse Schneider nickt nachdenklich und trocknet ihre Tränen. „Das ist nett von euch. Kommissar Hansen ist hier, um etwas zu essen. Ich habe keinen Hunger, mir genügt ein Glas Tee."

„Okay", der Gastwirt nickt und sieht den Kommissar an. „Herr Polizeirat, was möchten Sie? Eine Speisekarte haben wir nicht, es gibt drei Gerichte zur Auswahl. Ein Bauernfrühstück, einen strammen Max und Sülzfleisch mit Bratkartoffeln. Ich empfehle ihnen unser Bauernfrühstück, meine Frau bereitet Ihnen gerne eine extra große Portion." Werner Hansen entscheidet sich für das Bauernfrühstück, dazu bestellt er ein kleines Bier. Der Wirt verschwindet in der Küche und gibt die Bestellung an seine Frau weiter.

Der Kommissar sieht die junge Frau an. „Ihr Pflegevater ist mit großer Sicherheit eines gewaltsamen Todes gestorben, meine Aufgabe und die meines Chefs ist es, den Mörder zu finden."
Ilse Schneider tupft immer wieder mit dem Taschentuch aufkommende Tränen ab. „Mein Gott, wer macht so etwas. Mein Pflegevater hat doch niemandem etwas zuleide getan."
„Es muss einen Anlass gegeben haben. Denken Sie bitte nach, was dem Verschwinden vorangegangen ist, hat er eventuell Feinde aus der Vergangenheit? Ich denke insbesondere an die Zeit als Häftling in Buchenwald."
Die Getränke werden gebracht. Das Bier von Werner krönt eine schöne Blume, der Tee für Ilse Schneider zieht in einem kleinen Porzellankännchen. „Einen Moment noch, das Bauernfrühstück kommt gleich", der Wirt mustert das tränenfeuchte Gesicht seines Gastes voller Mitgefühl.
Ilse Schneider blickt trübsinnig auf ihr Kännchen, dann hebt sie plötzlich ihr Gesicht und sieht den Kommissar an. „Natürlich! Das ist es! Vor etwa zwei Monaten hat mein Pflegevater auf der Schwebefähre in Osten den früheren Lagerleiter von Buchenwald erkannt." Ihre Augen leuchten vor Aufregung.
Das Essen für Werner wird gebracht. Er bekommt eine extra große Portion, der Duft der Bratkartoffeln und Schinkenwürfel steigt in seine Nase. Er beginnt zu essen, Ilse Schneider grübelt darüber nach, was ihr Fritz Kognatz über den Lagerkommandanten erzählt hat.

Werner Hansen bewegt ihre Bemerkung in seinem Kopf. Das wäre tatsächlich ein starkes Motiv, die Frage ist, wie sich das beweisen ließe.

Deutlich gesättigt schiebt er seinen geleerten Teller von sich. Der Kommissar kann es kaum abwarten, mehr von Ilse Schneider zu erfahren. „Was wissen Sie über das Verhältnis Ihres Pflegevaters zu dem früheren Lagerleiter?"

Ilse Schneider nippt an ihrer Teetasse, dann gibt sie noch etwas Zucker nach, rührt bedächtig um. „Es gibt ein dickes Tagebuch aus seiner Zeit in Buchenwald, dazu gibt es einen sehr umfangreichen und gut dokumentierten Antrag an die Staatsanwaltschaft in Hamburg, der den Fall des Lagerkommandanten vor Gericht bringen sollte."

„Ist das denn weiter verfolgt worden?", erkundigt sich Werner Hansen gespannt.

„Nein, mein Pflegevater hat sich sehr darüber aufgeregt und bei dem betreffenden Staatsanwalt eine dunkle Vergangenheit vermutet, er wollte einen ehemaligen Mitstreiter wohl nicht in die Pfanne hauen. Sein Plan war es dann, den Lagerleiter über geeignete Artikel in verschiedenen Zeitungen zu diskreditieren und so doch noch eine Überprüfung zu erreichen."

Der junge Kommissar verfolgt mit wachsender Spannung die Aussagen von Ilse Schneider. Er hat gelernt, dass man sich nicht durch offensichtliche Zusammenhänge von der wahren Spur abbringen lassen darf, aber diese Fährte wird immer heißer. „Können Sie mir die Unterlagen noch heute mitgeben?"

„Ja, natürlich. Ich will unbedingt wissen, wer Fritz das angetan hat."

Werner bezahlt die Rechnung für ihren Verzehr. Vom Wirt lässt er sich einen Beleg geben, er wird den Betrag in den nächsten Tagen in seiner Spesenabrechnung angeben. Sie gehen beide das kurze Stück zum Haus von Fritz Kognatz. Als sie um die Ecke in die Sackstraße einbiegen, kommt ihnen ein dunkles Auto entgegen und verschwindet auf der Bundesstraße in Richtung Stade. Werner Hansen sieht dem schwarzen Mercedes abwesend hinterher, seine Gedanken kreisen um den ehemaligen Lagerleiter, er spürt, dass er kurz vor dem Ziel ist. Immer wieder versucht er in Gedanken, einen hieb- und stichfesten Beweis zu konstruieren, das scheint ihm das größte Problem zu sein. Er wird morgen mit Jürgen einen Plan mit Zusammenhängen und Abläufen aufstellen. Eine halbe Stunde später sitzt er im Volkswagen der Behörde und brummt in Richtung Stade. Er freut sich darauf, seiner Freundin von den Ergebnissen zu erzählen, sie interessiert sich immer sehr für seine Arbeit. Ja, seine Gabi. Es gibt jetzt einiges zu kitten, er muss sich noch viel mehr Mühe mit ihr geben.

Während der Kommissar sich das Bauernfrühstück schmecken lässt, geht es in der Sackstraße nicht so friedlich zu. Arnold Wolf ist ausgestiegen, er öffnet den Kofferraum und holt den Kuhfuß heraus. Den Deckel lässt er gleich offen, das gehört zu seinem Plan. Er hält das Werkzeug hinter dem Rücken und geht auf die Haustür zu, hoffentlich ist die junge Frau zuhause, er will die Sache sofort erledigen.

Er steht vor der Tür und will gerade die Türklingel bedienen, da sieht er, wie eine Person hinter dem Haus hervorkommt. Sie trägt einen Rock, es ist also eine Frau, den Bewegungen nach handelt es sich um eine junge Person. „Fräulein Schneider?", ruft er sie leise an.

Gabi Husemann sieht jemanden vor sich stehen, der dunkle Schatten hat die Statue eines Mannes. Er spricht sie an. Sie antwortet: „Was wollen Sie? Ich….", weiter kommt sie nicht. Der Mann reißt sie fest an sich, dreht sie zur Seite, dann fühlt sie einen furchtbaren Schmerz am Kopf, es wird schwarz um sie herum, noch viel schwärzer als bisher.

Arnold Wolf fängt die fallende Frau auf, ohne Anstrengung trägt er die leichte Person zu seinem Wagen. Der Kofferraum ist nicht riesig, aber groß genug, um die vermeintliche Ilse Schneider darin unterzubringen. Das war leichter gewesen, als er gedacht hatte. Ein lauter Schrei war ausgeblieben, nur einen kurzen erstickten Laut hatte die junge Frau von sich gegeben, den hat bestimmt niemand gehört.

Der nächste Schritt ist der einfachere Teil seines Planes. An der engen Linkskurve der Bundesstraße biegt er in die Straße nach Osterbruch ein, fährt bis zu den Gleisen der Bahn, überquert sie und biegt direkt dahinter in den kleinen Feldweg. Ein kleines Stück fährt er noch, bis er die letzten Häuser des Ortes hinter sich gelassen hat, dann stoppt er den Wagen im niedrigen Gras am Bahndamm.

Die Frau gibt noch keinen Laut von sich, nach seinen Erfahrungen wird sie eine Weile bewusstlos bleiben. Er hebt sie aus dem Kofferraum, trägt sie zu den Gleisen und legt sie so, dass der Oberkörper genau auf der Schiene zu liegen kommt. Ja, so ist es gut. Der nächste Zug aus Cuxhaven wird sie überfahren, später wird niemand mehr die Platzwunde am Kopf von den anderen, tödlichen Verletzungen unterscheiden können. Man wird einen Unfall oder einen Selbstmord vermuten. Es ist am Ende egal, es gibt keinen Hinweis zu ihm, niemand hat ihn beobachtet.

Er versucht, im Dunkeln die Zeiger der Armbanduhr zu erkennen. Es ist fast zehn, der Personenzug von Cuxhaven nach Harburg sollte bald kommen. Er setzt sich in seinen Mercedes, wendet ihn und fährt bis zum Bahnübergang zurück. Dort hält er, er will sichergehen, dass der Zug tatsächlich kommt und auch das von ihm gewählte Gleis benutzt. Es dauert noch zwanzig Minuten, dann sieht er die sich nähernden Lichter der Lok, die ihm jetzt vom Bahnhof Otterndorf entgegenkommt. Laut brummend und scheppernd braust der schwere Zug an ihm vorbei. Zufrieden startet er den Wagen und fährt gut gelaunt nach Osten zurück.

Werner Hansen folgt Ilse Schneider in die Sackstraße zu dem strohgedeckten Haus mit der Nummer 12. In der Küche leuchtet das Licht, das die junge Frau in ihrem Kummer vergessen hatte, auszuschalten. Sie steigt die Treppe hinauf in das Arbeitszimmer des Toten. Die Unterlagen hat sie rasch gefunden, sie hat erst vor kurzem darin gelesen und erneut versucht, einen Hinweis für den möglichen Aufenthaltsort von Fritz Kognatz zu entdecken. „Hier bitte, behalten Sie die Unterlagen so lange, wie Sie möchten."

Werner Hansen nimmt die mit einer Schnur zusammengebundenen Blätter des Tagebuches und den Hefter mit dem Schreiben an die Staatsanwaltschaft Hamburg entgegen. „Vielen Dank, ich halte Sie auf dem Laufenden."

Ilse Schneider nimmt sich einen Zettel und schreibt etwas darauf. „Hier bitte, das ist die Telefonnummer meiner Arbeitsstätte, falls Sie noch eine Frage an mich haben."

„Vielen Dank, das kann gut möglich sein. Ich wünsche Ihnen noch eine gute Nacht. Ich hoffe, Sie werden trotz allem gut schlafen."

Er verabschiedet sich von der immer noch sehr blass aussehenden Frau. Das schwache Licht der Leuchten seines Volkswagens weist ihm mehr schlecht als recht den Weg zurück nach Stade. Es ist schon zehn Uhr vorbei, als er das Auto auf dem Behördenparkplatz in der Gründelstraße abstellt und den kurzen Weg nach Hause geht.

In der Wohnung in der Großen Schmiedestraße ist es dunkel, ein unangenehmes Gefühl kriecht ihm den Nacken hoch. Liegt Gabi etwa schon im Bett? Mit ein paar langen Schritten ist er im Schlafzimmer. Nein, das Bett ist unberührt. Sein Verstand arbeitet fieberhaft und sucht nach einem Grund für das Fehlen seiner Verlobten. Hat sie es sich doch anders überlegt und ihn verlassen? Sein Verstand setzt für einen Moment aus. Nein! Er liebt sie doch, und er ist sich sicher, dass sie seine Liebe erwidert. Sie wäre bestimmt nicht verschwunden, ohne ihm etwas zu sagen. Oder doch? Er muss etwas tun, sie suchen. Wo soll er anfangen? Hier in Stade hat sie keine Freundin, jedenfalls keine, bei der sie über Nacht bleiben könnte.

Nein, er wird jetzt, obwohl es schon spät ist, zu ihrer Tante nach Oberndorf und zu ihrer Mutter in Neuhaus fahren. Beide werden sie seine späte Störung verstehen. Ein Telefonanruf wäre auch eine Möglichkeit, ihre Tante Thekla hat jedoch kein eigenes Telefon, sodass die Eigentümerin des Hauses möglicherweise aus dem Schlaf gerissen werden würde. Außerdem, wenn seine Freundin tatsächlich bei der Tante oder der Mutter wäre, könnte er sie vielleicht überreden, mit ihm zurückzukehren.

Er startet seinen Volkswagen und fährt aus der Stadt hinaus. Er fährt so schnell, wie es die Straße und das schlechte Licht an dem Auto zulassen, gottlob sind die Straßen leer.

Es ist kurz vor elf, als er vor der Kirche in Oberndorf hält. Mit ein paar Sprüngen ist er an der Tür Bei der Kirche 2. Nach mehrmaligem Läuten kommt Thekla von Borstel, die Tante seiner Freundin, die Treppe herunter. Er sieht eine Silhouette hinter der Milchglasscheibe.

„Wer ist da?", fragt der Schatten.

„Hier ist Werner, kann ich dich mal kurz sprechen?"

Ein Schlüssel klappert im Schloss, dann wird die Tür geöffnet. Tante Thekla steht im Morgenrock hinter der Tür. Werner Hansen berichtet ihr, dass er heute Abend Gabi nicht zu Hause angetroffen hat und jetzt in großer Sorge ist.

„Bei mir hat sie sich nicht gemeldet. Oh, Gott, hoffentlich ist ihr nichts passiert!"

Dem jungen Mann wird schlecht vor Sorge, es muss ihr etwas zugestoßen sein. „Ich fahre schnell weiter, zu ihrer Mutter, vielleicht weiß sie etwas. Ruf mich bitte an, falls du etwas erfährst."

„Ja, ja. Natürlich!"

Schon sitzt der junge Mann wieder im Auto und fährt die Deich-
straße entlang nach Neuhaus. Hier ist es genau das Gleiche.
Frau Husemann hat nichts gehört und gesehen. „Das ist ja
schrecklich! Wo ist mein Kind nur?"

Nachdenklich fährt der junge Mann nach Hause. Seine Sorgen
sind nicht geringer geworden. Wo mag sie sein? Er wird bis morgen warten müssen, dann wird er alle Möglichkeiten ausschöpfen,
die ihm als Polizist zur Verfügung stehen.
In der Nacht schläft er unruhig, immer wieder wacht er auf, sofort
kreisen seine Gedanken um seine Liebste.
Am Morgen ist er früh auf der Dienststelle. Jürgen ist wie immer
der Erste, obwohl Werner eher im Büro ist, als üblich. Ihm
scheint, dass sein Chef am Schreibtisch übernachtet, nur damit er
früher die Arbeit beginnt, als sein Freund und Mitarbeiter.
Er bemerkt sofort, dass sein junger Kollege Probleme hat. „Was ist
mit dir, Werner?"
Der setzt sich auf seinen Schreibtischstuhl, legt die Aktentasche
auf den Tisch und sieht Jürgen an. „Meine Freundin ist seit gestern verschwunden. Als ich am späten Abend nach Hause kam,
war die Wohnung leer. Bei der Tante und ihrer Mutter ist sie
nicht, das hatte ich sofort überprüft." Er nimmt die Unterlagen,
die er von Ilse Schneider erhalten hat, aus der Tasche und schiebt
sie zu seinem Chef hinüber. „Dafür war ich gestern Abend erfolgreich. Ich glaube zu wissen, wer der Mörder unseres Fritz Kognatz
ist. Da bitte, sieh dir das mal an. Ich werde jetzt erst mal verschiedene Anrufe erledigen."
Hauptkommissar Krüsmann greift sich das Tagebuch des toten
Häftlings, er öffnet die Verschnürung und blättert darin herum.
Er pfeift durch die Zähne. „Alle Achtung, das sieht sehr vielver-
sprechend aus!"

Die Schmerzen im Kopf sind furchtbar, es ist, als ob er gleich platzen wolle. Gabriele Husemann spürt ein Zittern unter ihrem Rücken. Wo ist sie eigentlich? Mit größter Anstrengung gelingt es ihr, ein Auge zu öffnen. Über das andere Auge ist Blut gelaufen, die Wimpern sind verklebt. Es ist dunkel, dunkel bis auf die weißen Lichter einer Lokomotive, die sich rasch in einer Wolke von Lärm nähern. Die Vibration der Schiene unter ihr nimmt zu. Ich liege auf der Bahn! Ihr Verstand ist noch nicht voll da, aber sie weiß instinktiv, was jetzt zu tun ist. Mit letzter Kraft rollt sie sich von dem Gleis herunter. Mit ohrenbetäubendem Lärm, lautem Brummen der Maschine und Klappern der Räder und Achsen rast ein Zug nur wenige Zentimeter an ihr vorbei. Der Windzug der vorbeifahrenden Eisenbahn lässt ihre Haare und ihre Kleidung kurz aufflattern. Zu irgendwelchen Gedanken ist sie nicht imstande, ihr ist schwindelig vor Schwäche und Schmerz, ohnmächtig sinkt sie in den Schotter zurück.

Streckenwärter Hinnerk Jagemann hält sich für einen kurzen Schnack im Stellwerk des Bahnhofes Otterndorf auf. Sein Kollege an den Signalhebeln hat immer eine Tasse Kaffee für ihn, aus der er jetzt bedächtig einen Schluck nimmt. Er setzt die Tasse ab. „Sag mal, Jakob, wie geht es deiner Tochter? Ist der Nachwuchs nicht bald da?"
„Petra geht es gut, das Kind soll in zwei Wochen kommen."
„Was macht denn der Vater, wollen die beiden denn nicht bald heiraten?"
„Da sagst du was, Hinnerk, das macht mir und meiner Frau auch Kopfschmerzen. Aber da kann man sich Fusseln an den Mund quatschen, die Kinder machen, was sie wollen."
Streckenwärter Jagemann leert die Tasse und stellt sie hin. „Sie wohnt doch bei euch, könnt ihr da nichts machen?"

„Das Problem liegt bei dem jungen Mann. Wenn der nicht will, sind uns die Hände gebunden."

Hinnerk Jagemann zieht seine Handschuhe an, erhebt sich und greift nach seinem Gleishammer. „Ich drück euch die Daumen, grüß Edith von mir."

Es ist noch früh am Morgen, Viertel vor sieben. Die Sonne ist noch nicht aufgegangen, ein grauer Schein im Osten wirft ein erstes, schwaches Licht auf die Gleise. Er schlägt den Kragen seiner grauen Dienstjacke hoch, zieht die Schirmmütze tief in die Stirn und geht los, mit geübtem Schritt schreitet er von Schwelle zu Schwelle, immer beide Augen auf den Gleiskörper gerichtet. Sein Blick gleitet immer wieder in die Ferne, nach vorne und hinten. Er weiß, wann die Züge fahren, lange Jahre bei der Bahn haben das Leben nach dem Zeitplan zu einer festen Gewohnheit werden lassen. Trotzdem, es gibt immer mal Ausnahmen. Ein steter Blick in die Ferne und ständige Umsicht kann lebensrettend sein. Jetzt überquert er die Brücke über die Medem, neben dem genieteten Geländer neben den Gleisen gurgelt im Halbdunkel das schwarze Wasser des Flusses. Eine Viertelstunde später hat er fast einen Kilometer zurückgelegt, erste Strahlen der Morgensonne leuchten an einigen grauen Wolken vorbei. Ab und zu schwingt er den Hammer mit dem langen Stiel und schlägt gekonnt gegen den rostroten Stahl der Gleise. Es ist alles in Ordnung, ein heller Klang signalisiert seinem geschulten Ohr, dass alle Verbindungen so fest sind, wie sie sein sollen. Zweimal musste er wegen eines vorbeifahrenden Zuges seine Arbeit unterbrechen, auf dieser Strecke ist nicht viel Betrieb.

Ein paar Schritte vor ihm liegt etwas auf dem Bahndamm. Ist etwas aus dem Zug gefallen? Er beschleunigt seinen Gang. Nein! Es ist eine junge Frau. Leblos liegt sie dort, mit blutüberströmtem Gesicht. Er beugt sich zu ihr hinunter und horcht nach ihrem Atem. Nein, sie ist tot, er hört nichts. Er bückt sich noch etwas tiefer, jetzt! Ganz leicht spürt er einen Atem an seinem Ohr. Hinnerk Hagemann lässt seinen Hammer fallen und läuft los, so schnell es seine alten Beine ermöglichen. Hundert Schritte zurück nach Otterndorf steht ein Haus. Er kennt die Bewohner, wie fast alle, die an seiner Bahn wohnen. Hinter dem Küchenfenster ist Licht, er tritt vor die Tür und hämmert mit der behandschuhten Faust dagegen.

Einen Moment später steckt August Peters sein unrasiertes Gesicht aus der Tür. „Was ist los, Hinnerk? Warum machst du so einen Lärm?"

„An der Bahn liegt eine verletzte Frau. Du musst den Krankenwagen rufen!", bringt der Streckenwärter atemlos hervor.

Mit großen Augen mustert Bauer Peters kurz seinen Besuch, dann ist die Nachricht in seinem Schädel angekommen. Er macht auf dem Absatz kehrt und läuft zu seinem Telefon.

Hinnerk Jagemann eilt zu der Frau zurück. Er hockt sich neben sie und sieht ihr ins Gesicht, sie atmet immer noch – Gott sei Dank! Ihre Haare sind blutig, das Kleid ist schmutzig.

Nach fünf Minuten kann er den Krankenwagen sehen. Er kommt ihm schnell auf dem Westerwördener Weg entgegen und zieht eine lange Staubwolke hinter sich her. Der alte Streckenwärter erhebt sich, stellt sich mitten auf den Weg und winkt mit beiden Armen. Der Wagen hält kurz vor ihm, der Fahrer und der Beifahrer springen heraus. Es sind erfahrene Sanitäter, sie wissen, was zu tun ist. Eile ist das wichtigste, schnell haben sie die Krankentrage aus der Hecktür gezogen und mit vereinten Kräften die Verletzte vorsichtig auf die schmale Trage gelegt. Die wird wieder in den Wagen geschoben, die Hecktür geschlossen, der Fahrer wendet den Wagen. Der Beifahrer notiert sich den Namen des umsichtigen Zeugen und steigt dann auch ein. Eine erneute Staubwolke ist das Letzte, was Streckenwärter Jagemann sieht.

Der Wagen muss nicht weit fahren, drei Minuten später erreicht er das Krankenhaus Otterndorf.

Werner Hansen sitzt vor dem Telefon und überlegt, bei wem er zuerst anrufen soll. In Gedanken versunken tippt er mit der Spitze seines Bleistiftes auf die Unterlage.

Jürgen Krüsmann steht auf. „Ich gehe mal nach unten in die Zentrale, vielleicht gibt es eine Nachricht von einer der Wachen im Umkreis."

Werner nickt etwas zerstreut und wählt dann die Nummer der Unfallstation im Krankenhaus Stade. Doch dort ist nur vor vier Stunden ein Betrunkener eingeliefert worden, von einer jungen Frau wissen sie nichts.

Der junge Kommissar fragt sich einen Moment, ob die Idee mit dem Krankenhaus überhaupt gut ist. Vielleicht fehlt ihr nichts, und sie schläft irgendwo in einem Bett. Nein, er wird es weiter versuchen, sein nächster Versuch ist ein Anruf bei dem Krankenhaus in Otterndorf.

Dort ist vor einer Stunde eine junge Frau eingeliefert worden, der Name ist nicht bekannt. Sie ist verletzt und liegt jetzt auf einem der Zimmer. Das muss sie sein! Er springt auf und läuft zum Treppenhaus, dort kommt ihm Jürgen entgegen.

„Ich glaube, ich habe sie! Ich fahre mal schnell zum Krankenhaus nach Otterndorf!"

Sein Kollege nickt. „Ich drücke dir die Daumen, dass es deine Gabi ist!"

Werner eilt zum Pförtner und lässt sich den Schlüssel vom Dienstwagen geben. Der Mann schiebt ihm das Fahrtenbuch rüber.

„Jetzt nicht, Herr Hinckel! Das mache ich alles, wenn ich wiederkomme. Keine Zeit!" Er nimmt dem verdutzten Mann den Schlüssel ab und eilt nach draußen.

Wieder sitzt er in dem beige-braunen Volkswagen und fährt so schnell wie möglich über die Bundesstraße 73 in Richtung Cuxhaven. Er weiß, wo sich das Krankenhaus in Otterndorf befindet, eilig biegt er in Richtung Müggendorf ab. Vor den niedrigen Gebäuden des Krankenhauses stellt er den unauffälligen Wagen ab, der Motor knistert nach dem Abstellen, so schnell ist er schon lange nicht mehr getrieben worden. An der Anmeldung erkundigt er sich nach der jungen Frau, die heute früh hier eingeliefert worden ist.

„Sie liegt in Zimmer 16, melden Sie sich bitte vorher bei der Stationsschwester."

Das „Vielen Dank" hat die nette Frau in der Anmeldung nicht mehr mitbekommen, so schnell saust der junge Mann davon. Und wenn es nun nicht Gabi ist? Ein kurzer Schreck durchzuckt ihn. Wer soll es denn sonst sein, beruhigt er sich wieder. Sie ist gestern Abend verschwunden, jetzt ist eine Unbekannte aufgetaucht, die Wahrscheinlichkeit spricht für ihn und seine Verlobte.

Er klopft an der Tür zum Zimmer der Stationsschwester. „Guten Morgen. Mein Name ist Werner Hansen, ich vermisse meine Freundin. Sie ist seit gestern Abend verschwunden."

„Wir haben hier eine junge Frau, die ist kurz vor sieben heute Morgen eingeliefert worden. Bis jetzt ist sie nicht ansprechbar. Nein, es geht ihr gut, nach der Operation hat sie geschlafen. Mit etwas Glück ist sie jetzt wach", beeilt sie sich zu versichern, als sie das erschrockene Gesicht des jungen Mannes bemerkt.

Werner Hansen klopft an die weiße Tür mit der Nummer 16.

„Ja, bitte!", hört er, das kann aber nicht seine Gabi sein. Er öffnet die Tür und tritt ein. Von den drei Betten sind zwei besetzt. In dem einen liegt eine Frau in mittleren Jahren und liest, in dem anderen Bett liegt jemand mit einem dicken Verband um den Kopf. Das sollte seine Freundin sein, leise geht er hinüber. Ja, sie ist es! Ein riesengroßer Stein fällt ihm vom Herzen. „Gabi?", flüstert er leise. Und wieder „Gabi?"

Die Patientin bewegt sich etwas, dann schlägt sie die Augen auf. Als sie Werner bemerkt, huscht der Hauch eines Lächelns über ihr Gesicht. Ihr Freund nimmt sich einen der beiden Besucherstühle und stellt ihn vor ihr Bett. Er setzt sich und greift nach ihrer Hand, mit leiser Stimme spricht er zu ihr. „Ich bin so froh, dass du lebst. Du glaubst nicht, was ich mir für Sorgen gemacht habe."

Gabriele lächelt jetzt wieder ein wenig, zum Sprechen ist sie noch nicht in der Lage. Werner erzählt ihr von dem Besuch bei Ilse Schneider, über die guten Ergebnisse und dass er sicher ist, dass sie den Verbrecher bald überführen werden.

Gabriele ahnt, dass sie offenbar Werner zu Unrecht verdächtigt hat, ihr erneut untreu geworden zu sein. Was passiert ist, hat sie bisher nicht begriffen, sie erinnert sich, niedergeschlagen worden zu sein, auch an den furchtbaren Schrecken, als sie beinahe von der Eisenbahn überrollt worden wäre. Danach ist sie erst wieder hier im Krankenbett zum Bewusstsein gekommen.

Sie räuspert sich und spricht leise. „Werner, ich..." Ihr Kopf sinkt in das Kissen zurück, sie ist eingeschlafen.

Werner beobachtet eine Weile seine schlafende Freundin. Eine Locke ihrer roten Haare ist unter dem Verband herausgerutscht, eine Woge der Zuneigung überwältigt ihn und er streicht ihr die Strähne aus dem Gesicht.

Leise verlässt er das Zimmer und meldet sich wieder bei der Stationsschwester. „Wenn Sie mögen, kann ich die Daten für ihre bisher unbekannte Patientin ergänzen." Werner nennt Name und Anschrift seiner Liebsten. „Sagen Sie, wissen Sie, was mit meiner Freundin passiert ist?"

„Ich weiß nur, dass sie direkt neben den Gleisen gefunden worden ist. Sie wäre beinahe vom Zug überrollt worden. Am Kopf haben wir eine Platzwunde genäht, sie hat sehr viel Glück gehabt."

Werner sieht sie erschrocken an. Was um alles in der Welt ist letzte Nacht passiert? „Kann ich sie heute Abend wieder besuchen?"

„Ja, das geht. Beachten Sie bitte die Besuchszeit, sie dauert von fünf bis um sieben."

Das wird er bedenken, aber es wird ihn nur wenig beeindrucken, wenn er sie weiter ausdehnen müsste, zur Not wird er seinen Dienstausweis zücken. Der Kommissar ist fast sicher, dass es sich in diesem Fall um einen Mordversuch handelt. Wieso seine Gabi darin verwickelt ist, versteht er noch nicht.

Später zurück in der Dienststelle in der Wallstraße in Stade spricht er mit seinem Chef über seine verletzte Verlobte. „Sie lebt und es scheint ihr gut zu gehen, mehr habe ich noch nicht in Erfahrung bringen können."

Jürgen Krüsmann berichtet über den Stand der Ermittlungen des toten Fritz Kognatz. „Ich habe mir große Teile des Tagebuches durchgelesen. Wenn dieser Arnold Wolf identisch mit dem Karl Neumann aus Osten ist, und Fritz Kognatz ihn erkannt hat, ist der Fall für mich klar." Der Hauptkommissar steht auf und stellt sich mit einen Stück Kreide vor die schwarze, mit weißem Kreidestaub überzogene Tafel an der Wand ihres Büros. Ganz oben malt er je zwei Kreise und schreibt die Namen des Lagerkommandanten und des Häftlings hinein. „So, das sind das Opfer und der Auftraggeber." Darunter malt er einen weiteren Kreis und schreibt den Namen des Dieners Edwin Frenzel hinein. Ein ganzes Stück tiefer noch einen Kreis, den er mit Ilse Schneider beschriftet. „Wie passt jetzt deine Freundin hinein? Gibt es eine Verbindung oder ist es reiner Zufall? Erzähl doch mal, was hast du ermittelt?"

„Das ist noch nicht viel. Gabi kann kaum sprechen, ich hoffe, dass ich heute Abend mehr erfahren kann."

Jürgen Krüsmann setzt sich und dreht seinen Stuhl so, dass er auf die Tafel sehen kann. „Wie gehen wir weiter vor? Das Problem ist, dass der Diener tot ist. Dieser Arnold Wolf wird natürlich alles abstreiten und auf ihn schieben." Er blickt seinen jungen Kollegen an. „Erzähl doch mal von deiner Freundin, warum hat sie neben der Bahn gelegen?"

Werner Hansen lehnt sich zurück, der alte Holzstuhl knarrt in seinen Verleimungen. „Viel weiß ich nicht, ich werde sie heute Nachmittag wieder besuchen, vielleicht erfahre ich dann mehr. Sie ist wohl beinahe von einem Zug überrollt worden. Sie hat einen Schlag auf den Kopf bekommen und ist meiner Ansicht nach von jemandem auf die Schienen gelegt worden." Er seufzt, als er sich an ihren verbundenen Kopf erinnert. „Die Frage ist, was sie in Otterndorf gemacht hat und wem sie in die Quere gekommen ist." Jürgen Krüsmann greift in seinen Schreibtisch und nimmt sich eine Zigarette. Das ist ein bedenkliches Zeichen, er raucht nur ganz selten. Er schließt die Augen und zieht langsam den Rauch in die Lunge. Plötzlich richtet er sich auf. „Könnte es eine Verwechslung gewesen sein?"

„Verwechslung mit wem?"

Jürgen Krüsmann sackt zurück und versinkt wieder in Gedanken. „Es gibt nur eine Möglichkeit." Er steht auf und geht an die Tafel, mit der Zigarette deutet er auf den Kreis, der mit Ilse Schneider beschriftet ist. „Es führen alle Spuren nach Otterndorf, zu Fritz Kognatz. Die Frage ist jetzt, warum deine Freundin nach Otterndorf gekommen ist."

Werner Hansen nickt. „Ja, nur so geht es. Und genau das hoffe ich, heute Nachmittag erfahren zu können. Wenn es ihr denn besser gehen sollte", setzt er noch nachdenklich hinzu."

„Ich habe eine Idee!" Jürgen Krüsmann zerdrückt die letzte Glut seines Zigarettenstummels im Aschenbecher, so als wolle er einem lästigen Insekt den Garaus machen. „Deine Freundin sollte ganz sicher umgebracht werden, wahrscheinlich aufgrund einer Verwechslung mit Ilse Schneider. Ich denke, wir sollten den Täter in dem Glauben lassen, dass sein Plan erfolgreich war."

„Wie willst du das erreichen?"

Jürgen Krüsmanns Augen leuchten. „In dem du, mein Lieber, noch einmal die Zeitungsredaktion in Otterndorf besuchen wirst. Die sollen morgen über den Tod einer jungen Frau berichten, die aus unklaren Gründen von einem Zug überfahren worden ist."

„Aha. Kannst du mir auch sagen, wozu das gut sein soll?"

„Da müsstest du eigentlich selbst drauf kommen. Aber bitte: Das Wichtigste ist, das der Täter es nicht noch einmal versuchen wird, er soll denken, sein Plan sei aufgegangen. Zum anderen haben wir dann bessere Karten gegenüber dem Täter, weil er dann glauben wird, dass wir ihm einen Mord anhängen können."

„Ja, ich verstehe, das macht Sinn. Ich werde bis heute Nachmittag alle Beweisketten zusammenstellen, die nächsten Tage prüfen wir, ob es noch Lücken gibt, und werden dann Haftbefehl für Arnold Wolf beantragen."

„Ja, so habe ich mir das gedacht. Vielleicht sollten wir den Herrn schon vorher zu einem Verhör abholen lassen."

Werner Hansen grinst seinen Chef an. „Klasse, ich hoffe, ich kann dabei ein paar Tricks von dir abgucken."

„Glaube nicht an Tricks. Das Wichtigste sind gute Beweise, möglichst viele und präzise ermittelt. Damit konfrontieren wir unseren Verdächtigen. Wenn unsere Argumente treffen, haben wir ihn im Sack."

Werner Hansen listet alle Zusammenhänge auf und notiert die dazu passenden Beweismittel. Fritz Kognatz war Häftling in Buchenwald. Arnold Wolf, oder vielleicht heißt er doch Karl Neumann, kann man den Lagerleiter noch nicht nachweisen. Eine Untersuchung könnte eine Blutgruppentätowierung erkennen lassen, damit wäre lediglich bewiesen, dass der Mann der Waffen-SS angehört hatte, aber immerhin.

Weiterhin können Sie beweisen, dass sich Edwin Frenzel und Arnold Wolf aus dem Forst im Sachsenwald her kannten, das beweist aber leider auch nichts.

Ilse Schneider kann das wiedergeben, was ihr vom Pflegevater erzählt worden ist, das ist aber nur Hörensagen. Das Tagebuch des Fritz Kognatz enthält keine Bilder, sodass nicht bewiesen werden kann, ob der Lagerleiter von Buchenwald mit Karl Neumann identisch ist. Er wird herausfinden müssen, ob die im Tagebuch angegebenen Zeugen noch leben und sich an die zwanzig Jahre zurückliegenden Vorgänge erinnern können. Er seufzt, es liegt alles klar auf der Hand, leider fehlt der direkte Hinweis, wie zum Beispiel ein Augenzeuge oder Fingerabdrücke. Der Auftrag zum

Mord für Edwin Frenzel kann nicht bewiesen werden, auch ist die Leiche bisher nicht gefunden worden.

Er sieht seine Notizen durch, es sind eine Menge Zusammenhänge erkannt worden, der Beweis eines Mordes ist nicht dabei.

In den Unterlagen findet er erneut die Nachricht von der Spurensicherung, die vor zehn Tagen das zerstörte Auto und die Leiche des Edwin Frenzel untersucht hatte. Unter den Schuhen des Toten war Erde gefunden worden. Das Interessante daran war der Hinweis auf kleine Mengen Kreide. Er sieht zu seinem Chef hinüber. „Hör mal Jürgen, ich glaube, der Probe von den Schuhen von Edwin Frenzel sollten wir noch etwas mehr Aufmerksamkeit schenken."

„Du meinst die Kreidepartikel in der Erde?"

„Ja, allerdings. Wo kann man die finden? Es sieht nach der Kreidegrube in Hemmoor aus."

„Du hast recht. Ich habe die Umgebung der Grube schon absuchen lassen, es ist nichts gefunden worden."

„Hm", Werner Hansen sieht seinen Chef nachdenklich an. Plötzlich leuchten seine Augen. „Warte mal! Der Abraum über dem Kreidevorkommen wird doch auf einem Grundstück der Portland Cement in der Nähe von Ahrensflucht gelagert, oder? Das passt gut zu dem Zusammenstoß mit dem Zug, die Bahn nach Cuxhaven fährt dort vorbei. Man kann da totsicher auch Erde mit Kreidespuren finden." Er sieht seinen Chef triumphierend an.

„Sehr gut! Das haben wir gleich." Sein Chef greift nach dem Telefon und wählt die Nummer der Polizei in Warstade. Mit dem Wachtmeister der Polizeistation in der Holzstraße spricht er eine Weile und legt dann auf. „So, das wäre angeleiert. Die Kollegen schicken morgen noch zwei Leute los, die das Gelände an der Straße nach Ahrensflucht untersuchen sollen."

Werner Hansen blättert wieder sorgfältig die Unterlagen durch, dabei fällt ihm die Fotografie des abgetrennten Armes in die Hand. Sie zeigt deutlich die eintätowierte Nummer auf der Innenseite des Oberarmes. Er dreht das Bild hin und her, jetzt nimmt er ein weißes Blatt Papier und deckt die Trennstelle am Oberarm ab. „Was sagst du dazu, Chef?"

Jürgen Krüsmann beugt sich vor und blickt auf das Bild. „Ich weiß, was du meinst: So erweckt es den Eindruck, als wenn der Arm noch ein Teil des Körpers wäre. Der mutmaßliche Auftraggeber des Mordes weiß wahrscheinlich nicht, ob wir den Arm oder den ganzen Leichnam besitzen, das soll auch vorerst so bleiben.

„Chef, wir haben jetzt eine ganze Menge, trotzdem werde ich den Eindruck nicht los, als wenn wir noch nicht genügend in der Hand haben."

Jürgen Krüsmann nickt bedächtig. „Da muss ich dir leider recht geben. Der letzte Beweis fehlt. Wir haben eine gute Theorie, die aber eben nur eine Theorie ist. Lass uns bis zum Verhör warten, ich verspreche mir eine Menge davon."

Direkt nach Mittag ruft der junge Kommissar die Telefonnummer der Baumschule in Otterndorf an und erkundigt sich nach Ilse Schneider. „Wie geht es Ihnen heute?"

„Danke, es ist ein bisschen besser. Man sagt ja, Zeit heilt alle Wunden, ich hoffe, dass es sich bewahrheiten wird."

„Ich wünsche Ihnen, dass es Ihnen bald besser geht. Ich rufe Sie an, weil ich Sie noch einmal sprechen möchte. Ich fahre heute Nachmittag ohnehin zum Krankenhaus in Otterndorf und zur Zeitung, da möchte ich bei Ihnen kurz hineinsehen."

„Tun Sie das, ich werde hier in der Baumschule bleiben und auf Sie warten."

„Haben Sie etwas von dem Unfall an der Bahn gehört?"

„Unfall? Nein, was ist denn passiert?"

„Das erzähle ich Ihnen nachher, es ist eine unfassbare Geschichte."

Er verabschiedet sich und legt auf. Ilse Schneider muss so bald wie möglich erfahren, was mit Gabi beinahe auf den Schienen passiert wäre. Möglicherweise wird Arnold Wolf einen weiteren Versuch unternehmen, sie zum Schweigen zu bringen.

Sein erstes Ziel ist der Arbeitsplatz von Ilse Schneider. Einen Kilometer vor Otterndorf liegt rechter Hand die Baumschule. In einem roten Backsteinbau hinter der Bundesstraße ist das Büro. Werner Hansen stellt sich vor und zeigt seinen Dienstausweis. „Fräulein Schneider ist eine sehr wichtige Zeugin. In dieser Funktion habe ich noch einige Fragen an sie."

Die ältere Frau mit der grünen Schürze sieht den Kommissar skeptisch an. „Sie ist hinten, gleich im ersten Gewächshaus."

Werner Hansen bedankt sich und tritt nach draußen. Er folgt einem breiten Weg, der zu einem großen Lagerhaus führt, gleich links daneben sieht er schon das Gewächshaus. Die Schiebetür ist geöffnet, sodass er nicht lange zögert. Ilse Schneider ist dort die einzige Person, sie steht gebückt neben einer langen Reihe Spiersträucher und pflanzt gerade Stecklinge in die schwarze Erde.

Sie sieht hoch, als sie den jungen Mann erkennt. „Guten Tag, Herr Kommissar, schön Sie zu sehen."

Er will ihr die Hand geben, aber Ilse zeigt ihm bedauernd ihre schmutzigen Hände und lächelt. Er erwidert ihr Lächeln, wird dann aber ernst. „Ich habe mehrere Fragen an Sie und hoffe, dass Sie mir helfen können. Da ist einmal ihre Person und der Bezug zum Konzentrationslager, wenn es denn einen gegeben hat, der andere Punkt ist der Anschlag auf meine Freundin."

„Anschlag? Um Gottes Willen!"Sie legt die kleine Schaufel, mit der sie eben noch gearbeitet hat, auf ein Hochbeet mit Erikapflanzen und blickt den Kommissar erschrocken an.

„Das ist eine ganz schlimme Geschichte, ich kenne nur wenige Einzelheiten. Meine Freundin wurde heute Morgen neben den Gleisen gefunden, mit einer schweren Verletzung am Kopf. Sie ist wahrscheinlich mit Ihnen verwechselt worden. Jemand hat sie mit der Absicht auf die Schienen gelegt, sie von einer Lok überfahren zu lassen, immer in dem Glauben, er hätte Sie vor sich. Das ist im Moment nur eine Vermutung, ich hoffe es noch beweisen zu können. Was ich damit sagen will: Seien Sie bitte möglichst vorsichtig und bleiben Sie in den nächsten Tagen nie alleine zu Hause, das ist sehr wichtig!"

Die junge Frau ist sichtbar blass geworden. „Mein Gott, wer macht denn so etwas? Das ist ja entsetzlich." Sie blickt den Kommissar an. „Wie geht es Ihrer Freundin denn jetzt?"

„Nett von Ihnen, dass Sie fragen. Die Wunde am Kopf ist behandelt worden, es besteht jetzt keine Lebensgefahr mehr; offenbar konnte sie sich in letzter Sekunde von den Schienen rollen, sonst würde sie jetzt nicht mehr leben." Er fährt fort. „Ich habe noch eine andere Frage, die uns wichtig erscheint. Wie ist ihre Verbindung zu Fritz Kognatz und dem Konzentrationslager Buchenwald?"

Ilse Schneider sieht dem jungen Kommissar in die Augen. „Meine Verbindung….das ist ziemlich persönlich, ich bitte Sie, das möglichst nicht an andere weiterzugeben."

Werner Hansen schüttelt den Kopf. „Wenn es irgend möglich ist, bleibt das in unseren Akten, versprochen."

Ilse Schneider erzählt, was sie von ihrer Kindheit in Weimar weiß. „Ich hörte von Frau Jensen, das war eine Nachbarin, dass der Lagerleiter von Buchenwald häufig in unserem Hause zu Gast war. An ihn selbst kann ich mich nicht erinnern, dafür war ich damals zu klein."

„Könnte diese Frau Jensen denn den Lagerleiter identifizieren?" In Kommissar Hansen keimt eine Hoffnung.

Ilse Schneider schüttelt den Kopf. „Leider nicht, Frau Jensen ist vor fünf Jahren gestorben. Sie hatte mich nach dem Verschwinden meiner Mutter bis zu ihrem Tode bei sich aufgenommen."

„Was ist denn mit ihrem Vater?"

Die junge Frau sieht einen Moment zu Boden, dann blickt sie wieder den Kommissar an. „Tja, das ist so eine Geschichte. Wenn Sie den Mann meiner Mutter meinen, der ist in russischer Gefangenschaft gestorben. Mein leiblicher Vater", sie stockt einen Moment, „mein leiblicher Vater ist Arnold Wolf, der Mann, der meinen Pflegevater auf dem Gewissen hat und wahrscheinlich auch Hand an Ihre Freundin gelegt hat."

Kommissar Hansen ist einen Moment sprachlos, überrascht sieht er die junge Frau an. „Gibt es für die Vaterschaft einen Beweis?"

„Nein." Sie schüttelt den Kopf. „Das stammt nur aus den Erzählungen der alten Frau Jensen. Das könnte nur meine Mutter, wenn sie denn noch leben sollte, oder eben Arnold Wolf wissen."

„Weiß denn Arnold Wolf, dass Sie seine Tochter sind?"

„Nein. Ich war einmal bei ihm, er schien mich nicht erkannt zu haben, wie auch? Als er verschwand, war ich zwei Jahre alt, aber vielleicht ahnt er etwas."

Das ist nur eine vage Information, sie könnte stimmen - oder auch nicht. Werner Hansen bedankt sich bei Fräulein Schneider und geht zurück zu seinem Dienstwagen.

Die nächste Fahrt führt ihn zu der Redaktion der Otterndorfer Zeitung. Den Weg zum Chefredakteur, Herrn Lietzmann, kennt er schon, der lässt auch nicht lange auf sich warten.

„Aha, die Kriminalpolizei. Guten Tag, Herr Hansen. Was führt Sie denn diesmal zu mir?"

Die beiden Männer setzen sich an den Besuchertisch, wie schon bei Hansens erstem Besuch. Der junge Kommissar erzählt dem Geschäftsführer von dem Mordversuch an seiner Freundin.

„Du meine Güte! Das ist ja unglaublich! Ich habe flüchtig von der Sache gehört, hielt es aber für einen Unglücksfall."

„Nein, es steckt mehr dahinter. Genau darum bin ich hier. Der Täter soll glauben, er wäre erfolgreich gewesen und meine Freundin, beziehungsweise sein Opfer, wäre tatsächlich tot." Der Kommissar einigt sich mit dem Leiter der Zeitung über eine kurze Nachricht, die in der morgigen Ausgabe erscheinen soll. „Ein Name darf natürlich nicht erwähnt werden, das ist doch klar, oder?"

„Natürlich, aber was ist, wenn die vermeintliche Tote plötzlich quicklebendig wieder auftaucht?", der Chefredakteur zögert beim Verfassen der Meldung.

„Das ist dann ganz einfach. Sie erhalten von mir einen Bericht über den gesamten Mordversuch und den glücklichen Ausgang, nach dem Artikel werden sich Ihre Leser die Finger lecken."

„Sehr gut!" Herr Lietzmann strahlt, er sieht die Nachricht schon vor sich:

```
»Der Eisenbahnmörder von Otterndorf«
```

Sein Volkswagen fährt ihn jetzt endlich zum Krankenhaus, er kann es nicht mehr abwarten, seine Freundin zu sehen. Mit beschwingtem Schritt eilt er zum Krankenzimmer Nummer 16. Er klopft und stürmt im gleichen Moment ins Zimmer. Sein Blick fällt auf ihr Bett. Gabriele hat sich mit Hilfe eines zweiten Kissens etwas aufgerichtet und sieht ihn mit leuchtenden Augen an. Er beugt sich zu ihr hinunter und haucht einen Kuss auf ihre weichen Lippen. Sie sieht schon sehr viel besser aus, als heute Morgen. Blass ist sie noch, ihre grünen Augen strahlen jedoch fast schon so wie früher.

„Gabi, es ist so schön, dass es dir besser geht." Er greift sich eine Hand und drückt sie zart. „Erzähl' doch mal, was weißt du von letzter Nacht? Und vor allem, was hast du in Otterndorf gewollt?"

Ein schwaches Rot verdrängt ihre Blässe. Sie zögert. „Das war so…ich hatte befürchtet, du würdest etwas mit dieser jungen Frau, dieser Frau…"

„Fräulein", ergänzt Werner. Fräulein Schneider."

„Aha. Auch noch unverheiratet! Ich wollte dich mit ihr erwischen oder es auch gar nicht so weit kommen lassen, da bin ich niedergeschlagen worden. Ich bin kurz aufgewacht, gerade als sich ein Zug näherte, und dann erst wieder hier im Krankenhaus."

Werner ist entsetzt. „Du hast gedacht, ich würde mit Fräulein Schneider…? Wie konntest du…?" Er bricht ab. Natürlich, er war selbst schuld daran. Wenn der Verbrecher Erfolg gehabt hätte,

168

wäre seine süße Gabi nicht mehr am Leben gewesen. Er sieht betreten zu Boden. „Es ist alles meine Schuld", murmelt er.

Jetzt ist es an ihr, ihn zu trösten. „Nein, es ist auch meine Schuld. Ich hätte dir vertrauen und zu Hause bleiben können, dann wäre nichts passiert."

„In dem Fall hätte es vielleicht die Richtige getroffen, und Fräulein Schneider wäre tot. So wie es jetzt ist, ist es alles in allem, doch besser."

„Meine Kopfschmerzen scheinen dich nicht zu stören, wie? Die Hauptsache ist anscheinend für dich, dass ich nicht in deinen Kriminalfall hineinpfusche!"

Erschrocken sieht er seine Freundin an, doch sie lacht und weidet sich an seinem dummen Gesicht.

„Erzähl doch mal, gibt es etwas Neues?"

Unter dem Siegel der Verschwiegenheit berichtet er ihr, dass Ilse Schneider wahrscheinlich die leibliche Tochter von Arnold Wolf ist. Mit leuchtenden Augen und sich langsam rötenden Wangen hört Gabi ihm zu. „Ihr wollt diesen Drecksack verhören? Da würde ich gerne dabei sein."

„Das kann ich mir vorstellen, aber das geht nun wirklich nicht. Ich kann dir am Abend davon berichten."

Werner Hansen verabschiedet sich, nicht ohne ihr versprechen zu müssen, sie morgen wieder zu besuchen.

Am nächsten Morgen - es ist Donnerstag, der 23. September 1965 - sitzt Arnold Wolf in seinem Büro im Düngemittelgeschäft und liest die Zeitung. Normalerweise nimmt er das Frühstück gemeinsam mit seiner Frau ein, doch in den letzten Tagen ist dicke Luft im Haus in der Fährstraße 3. Dieser Freund von seinem verunglückten Mitarbeiter, Paul Roth, stolziert immer noch in Osten herum. Seine demonstrative Anwesenheit versetzt ihn und seine Frau in immer schlechtere Laune. Gestern ist dieser unangenehme Kerl sogar bei ihr gewesen und hat nach Edwin Frenzel gefragt.

Seine Frau wusste natürlich gar nichts, dafür hat sie ihm heute Morgen die Hölle heiß gemacht.

„Was will dieser Kerl von dir? Warum fragt er immer nach deinem toten Mitarbeiter? Ich denke, das ist ein Unglücksfall gewesen?"

Er hat nichts dazu gesagt, nur immer Unkenntnis vorgeschoben. Da, jetzt fällt sein Blick auf einen Artikel in der Zeitung, den er zu finden gehofft hatte.

Otterndorf - Leiche unter der Eisenbahn. Gestern Morgen wurde von einem Streckenwärter der schrecklich zugerichtete Körper einer jungen Frau gefunden. Die Identität ist bis heute unklar, die Polizei spricht von einem tragischen Unglücksfall.

Na bitte, es geht doch nicht alles schief! Dieser Paul Roth wird wieder verschwinden und seine Frau wird irgendwann wieder Ruhe geben. Mit sichtlich besserer Laune trinkt er seinen Kaffee. Die Nachricht liest er noch mehrfach durch, bevor er sich den anderen Artikeln zuwendet.

Am nächsten Tag, Arnold Wolf befindet sich wieder in seinem Geschäft und prüft gerade an Hand des Auftragsbuches, ob es noch unbezahlte Rechnungen gibt, da wird die Tür seines Büros geöffnet und seine Frau kommt herein. Ihr folgen zwei Polizisten in ihrer grünen Uniform.

„Karl, die Herren wollen zu dir!" Ihre Stimme ist schneidend, sie mustert ihn knapp und rauscht davon.

Arnold Wolf hat sich zu Tode erschrocken. Was ist denn jetzt wieder los? Er erzwingt ein Lächeln und bittet die Beamten, sich zu setzen.

Doch die lehnen ab. „Wir sind gekommen, Sie zu einem Verhör zur Kriminalpolizei nach Stade zu holen", eröffnet ihm der Eine der beiden, Polizeioberwachtmeister Kaufhold.

„Worum geht es denn? Hab' ich falsch geparkt? Ich bin mir keiner Schuld bewusst." Arnold Wolf wüsste verschiedene Gründe, was ihn die Polizei fragen könnte, aber die sollten außer ihm, dem angesehenen Geschäftsmann aus Osten, niemandem bekannt sein.

„Wir wissen es nicht. Wir haben lediglich den Auftrag, Sie unverzüglich nach Stade zu bringen", beantwortet der jüngere der beiden Polizisten seine Frage.

„Kriminalhauptkommissar Krüsmann hat uns beauftragt", ergänzt der Oberwachtmeister, nestelt an seinem Holster und entsichert seine Dienstwaffe.

Arnold Wolf schluckt. Er zermartert sein Gehirn, ihm fällt nicht ein, was schiefgelaufen ist, er hat doch an alles gedacht. Vielleicht eine Verwechslung? Nein, so einen Zufall kann es nicht geben. Er ruft seinen Mitarbeiter. „Wilfried, kannst du bitte kurz kommen?" Sein Mitarbeiter Hagedorn kommt herein. Die Polizisten hatte er schon beim Betreten des Geschäftes bemerkt, er grüßt sie freundlich und sieht seinen Chef an.

„Kannst du einen Moment ohne mich auskommen? Ich muss zu einer Zeugenbefragung nach Stade, das kann noch bis nach Mittag dauern."

Eine halbe Stunde später wird Arnold Wolf in das Verhörzimmer geführt. Es ist ein kleiner Raum mit einem vergitterten Fenster, das auf die Rückseite des Gebäudes hinaus zeigt. Es ist ein trostloser Hof, der aus den Häusern an der Wall- und Gründelstraße gebildet wird.

Vier Holzstühle stehen um einen kleinen Tisch, zwei von ihnen sind besetzt. Es sind die Kommissare Krüsmann und Hansen, die dort sitzen, sie haben einige vollgeschriebene Seiten Papier und beide ein Notizbuch dabei. Die beiden Streifenbeamten führen Arnold Wolf in den Raum, der von einer Leuchtstoffröhre an der Decke mit einem kalten, unfreundlichen Licht erhellt wird. Ein Vollzugsbeamter kommt dazu und setzt sich unauffällig auf einen Stuhl im Hintergrund, die beiden Schutzpolizisten verlassen dann den Raum.

„Guten Tag, Herr Wolf. Ich bin Kriminalhauptkommissar Krüsmann, der junge Mann", er weist auf seinen Kollegen, „ist Kriminalkommissar Hansen. Wir haben Sie hierher gebeten, weil wir einige Fragen hinsichtlich des Todes von Fritz Kognatz, Edwin Frenzel und Ilse Schneider haben." Er setzt sich und sieht den ehemaligen Lagerkommandanten aufmerksam an. Die Notiz in der Zeitung hat hoffentlich bewirkt, was die Kriminalen sich vorgestellt haben. Kommissar Krüsmann hofft, Wolf leichter in die Defensive drängen zu können.

Der ist in höchster Anspannung. Wie kann es angehen, dass er so rasch mit den drei Todesfällen in Verbindung gebracht wird? Zuerst antwortet er patzig: „Mein Name ist nicht Wolf, ich heiße Neumann, Karl Neumann."

Kommissar Krüsmann lächelt selbstbewusst. „Für uns sind Sie SS-Sturmbannführer Arnold Wolf, der ehemalige Kommandant des Konzentrationslagers Buchenwald bei Weimar." Wolf öffnet den Mund und macht Anstalten, etwas zu erwidern, aber Jürgen Krüsmann winkt ab. „Darüber sprechen wir später." Er blickt aufmunternd seinen jungen Kollegen an, der das Verhör nun fortführt.

Werner Hansen wirft einen Blick auf seine Notizen. Fein säuberlich hat er in Zusammenarbeit mit Jürgen seine Argumente untereinander aufgeschrieben. „Wir werden die Morde in der zeitlichen Abfolge durchgehen. Ihre Antworten und unsere Fakten werden die Grundlage für die Anklage sein. Fangen wir bei Fritz Kognatz an. Sie haben ihn von ihrem Diener und Mitarbeiter Edwin Frenzel töten lassen, weil er Sie am 15. Juli dieses Jahres auf der Schwebefähre erkannt hat, und Ihnen eine Verurteilung als Nazi-Verbrecher sicher war." Er holt eine Fotografie aus seinen Unterlagen. Es ist ein neuer Abzug des Armes von Fritz Kognatz, das Bild ist beschnitten, das abgehackte Ende des Armes ist nicht zu sehen. „Sehen Sie, das ist ein Teil des Bildes vom toten Fritz Kognatz. Sie können die tätowierte Häftlingsnummer erkennen, es gibt also keinen Zweifel an seiner Identität."

172

Bevor Arnold Wolf etwas sagen kann, zieht Kommissar Krüsmann einen anderen Zettel aus den Akten. „Unser Labor hat herausgefunden, dass die Erde an den Schuhen von Edwin Frenzel mit der Erde des Fundortes der Leiche übereinstimmt." Das ist nicht ganz richtig, die Leiche ist noch nicht gefunden worden, die Suche dauert noch an. Für das Ergebnis spielt das keine Rolle, Arnold Wolf war ohnehin nicht der Mörder, dafür mit Sicherheit der Auftraggeber.

Werner Hansen fährt fort. „Für uns ist klar, dass ihr Mitarbeiter den Mord auf ihren Befehl hin begangen hat. Er hatte kein Motiv, Sie dagegen wohl!"

Arnold Wolf fixiert wie abwesend die graue Wand ihm gegenüber. Verdammt, die beiden Kommissare wissen alles, allerdings fehlt der konkrete Beweis. Er ahnt aber, dass der noch folgen wird, sie wirken beide sehr sicher.

„Kommen wir zum Tod des Edwin Frenzel", der junge Kommissar übernimmt erneut das Gespräch. „Er hat die Leiche vergraben, die Erde an seinen Schuhen ist der Beweis dafür. Nachdem er den toten Fritz Kognatz beseitigt hatte, wurde er vom Zug überfahren. Wir haben auf der Innenseite seines linken Armes die Blutgruppentätowierung der SS gefunden. Unser Arzt wird Sie nachher noch untersuchen, bei Ihnen werden wir ebenfalls diese Tätowierung oder stattdessen eine Narbe finden."

„Das beweist gar nichts!", äußert sich ihr Verdächtiger wieder.

„Doch, es beweist, dass Sie beide der SS angehört haben. Wir haben ebenfalls einen Zeugen gefunden, der Sie beide in der Försterei des Sachsenwaldes zusammen gesehen hat." Jürgen Krüsmann hat einen weiteren Trumpf ausgespielt. Er ist ganz frisch, erst in der letzten Woche hatte sich ihre Suche nach einem Zeugen ausgezahlt.

„Kommen wir zum Tod der Ilse Schneider", bei Werner Hansen entsteht eine senkrechte Falte auf der Stirn, gerade dieser Fall erinnert ihn daran, dass dieser Anschlag auf seine Verlobte die Folge einer Verwechslung mit Ilse Schneider war. Er fischt ein anderes

Dokument aus dem kleinen Stapel vor ihm. „Sehen Sie das? Das ist ein Durchsuchungsbeschluss für Ihren Leihwagen. Wir haben heute Morgen unsere Spurensicherung mit dieser Aufgabe nach Osten geschickt, um sich besonders des Kofferraumes und der Reifen anzunehmen. Wir werden jeden Moment das Resultat erhalten. Es steht Ihnen jedoch frei, das Ergebnis vorwegzunehmen." Finster sieht er dem auf seinem Stuhl zusammengesackten Mann in die Augen.

„Ilse Schneider war ebenfalls eine Zeugin, die ihre Nazi-Vergangenheit kannte. Darum musste Sie sterben, genauso wie Fritz Kognatz!" Jürgen Krüsmann mischt sich ein, er wird ungewohnt laut. Er spürt, dass ihr Verdächtiger ihren Argumenten nicht mehr lange widerstehen wird.

Wie aufs Stichwort wird die Tür geöffnet, ein Polizist kommt herein und legt einen Zettel vor Hauptkommissar Krüsmann auf den Tisch. Der nimmt ihn hoch, murmelt ein abwesendes „Danke" und überfliegt den Text. „So, Herr Wolf, jetzt brauchen Sie eine gute Ausrede. Unsere Spurensicherung hat im Kofferraum ihres Leihwagens kleine Mengen Blut gefunden. Die Blutgruppe stimmt mit der jungen Frau überein, die am Bahndamm gefunden wurde. Dafür hätte ich jetzt gerne eine Erklärung von Ihnen!" Er steht auf, geht zur Tür und öffnet sie. „Wachtmeister, bringen Sie uns doch bitte zwei Tassen Kaffee!" Er blickt in die Ecke, zu ihrem Wachmann. „Wie sieht es mit Ihnen aus, mögen Sie auch einen Schluck?" Ihren Verdächtigen lässt er aus, der soll noch eine Weile schmoren.

Doch der Polizist schüttelt den Kopf. „Danke, nicht nötig. Wie ich es sehe, ist das hier ohnehin gleich beendet."

Jürgen Krüsmann setzt sich wieder hin und fordert seinen jungen Kollegen auf, fortzufahren.

Werner Hansen hat sich auf seinen Einsatz vorbereitet. Er und Jürgen hoffen, dass Sie damit den letzten Widerstand brechen werden. Er räuspert sich und mustert Arnold Wolf eindringlich.

„Erinnern Sie sich an Weimar, an ein Haus im Sperlingsweg? Dort wohnte im Sommer 1942 eine Frau, Sybille Schneider. Sie war Ihnen gewogen und nahm es mit der ehelichen Treue nicht sehr genau. Erinnern Sie sich an sie?"

Arnold Wolf erinnert sich, wie könnte er auch anders. Mit Sybille Schneider hatte er ein monatelanges, intimes Verhältnis gepflegt. Aber warum spielt das hier eine Rolle?

Werner ist noch nicht ganz fertig, er holt zum vernichtenden Schlag aus. „Dieses Verhältnis blieb nicht ohne Folgen, im Frühjahr 1943 kam ein Kind zur Welt, es wurde Ilse genannt."

Ilse Schneider! Arnold Wolf fällt es wie Schuppen von den Augen. Warum war er nicht schon früher darauf gekommen? Aber nach zwanzig Jahren, und dann so ein verbreiteter Name? Mit einem Mal wird ihm die Konsequenz bewusst. Er hat sein eigenes Kind umgebracht! Sein eigen Fleisch und Blut! Er hat viele Menschen ermordet, zu denen er keinerlei Beziehung hatte. Es waren irgendwelche gesichtslosen Menschen minderwertiger Rasse, sie waren es nicht wert, zu leben. Aber seine leibliche Tochter? Jetzt erinnert er sich an sie, einmal hatte er sie gesehen, während ihres Besuches bei ihm. Gut hatte sie ausgesehen, sie sah ihrer hübschen Mutter ähnlich. Plötzlich fällt ihm alles wieder ein. Warum hatte er sich die junge Frau nicht genauer angesehen?

Es klopft an der Tür.

„Herein!", ruft der Hauptkommissar.

Ein Polizist tritt ein, hinter ihm im Flur steht ein großer Mann in schwarzer Kleidung. Der Polizist hält eine Fotografie in der Hand und reicht sie dem Kommissar. „Dieses Bild ist eben von dem Mann hier abgegeben worden."

Jürgen Krüsmann wirft einen Blick auf das Schwarz-Weiß-Foto. Es zeigt mehrere uniformierte Personen vor einem Torhaus. Dieses Tor kommt ihm bekannt vor, das hat er im Rahmen dieser Nachforschungen schon mal auf einem Bild gesehen. „Kommen Sie doch herein", ruft er dem Mann in Schwarz zu.

Paul Roth kommt herein, seine mächtige Gestalt mit dem schwarzen Hut wirkt wie ein Dämon aus dem Jenseits.

Arnold Wolf zuckt zusammen, als er ihn erkennt. Er ist blass geworden, ihm ist schlecht. Hoffentlich nimmt diese Tortur bald ein Ende.

Der Besucher stellt sich vor. „Ich heiße Paul Roth und bin ein Freund des toten Edwin Frenzel. Wir kannten uns aus dem Strafgefängnis in Celle. Heute Morgen habe ich erfahren, dass Sturmbannführer Wolf zum Verhör abgeholt worden ist und habe mir gedacht, dass Ihnen dieses Foto von Nutzen sein könnte." Er zeigt mit dem Finger darauf. „Das ist 1944 in Buchenwald aufgenommen worden. In der Mitte ist der Lagerkommandant SS-Sturmbannführer Wolf zu sehen, neben ihm stehen der Adjutant, SS-Hauptsturmführer Schmidt und Hauptscharführer Sommer. Und hinter ihnen", er zeigt mit dem Finger auf das Bild, „dort steht neben ein paar anderen mein Freund, SS-Rottenführer Edwin Frenzel, von ihm habe ich dieses Bild vor ein paar Jahren erhalten."

Jürgen Krüsmann beugt sich über das Bild und sieht dann ihren Verdächtigen an. „Ja, die Ähnlichkeit ist offensichtlich. Herr Wolf, damit haben wir Sie endgültig als Lagerkommandanten identifiziert. Unsere Kollegen in Ludwigsburg werden sich freuen."

Das sieht Arnold Wolf auch so. Jetzt gibt es keine Ausrede mehr. Er will nicht ins Gefängnis! Lieber möchte er sterben. Die zusammengesackte Gestalt reckt sich plötzlich, springt auf und stößt Paul Roth beiseite. Arnold Wolf reißt die Tür auf und läuft in den Flur.

„Festhalten!", brüllt Jürgen Krüsmann. „Lasst den Mann nicht durch!"

Werner Hansen springt auf und eilt dem Flüchtenden hinterher. Sein Stuhl kippt nach hinten und ist noch nicht ganz am Boden, da hat er den Mann erreicht. Mit der rechten Hand hat er die

Dienstwaffe aus dem Holster gerissen und richtet sie auf Arnold Wolf.

Aus Richtung der Wache kommt ihnen ein riesiger Polizist entgegen, der greift nach dem Flüchtenden, dreht ihm mühelos den Arm auf den Rücken und fragt wie beiläufig: „Wo soll der jetzt hin?"

Kommissar Hansen steckt seine Waffe wieder ein und geht zurück in den Verhörraum. Er grinst seinen Chef an. „Eben ist er Bernhard in die Arme gelaufen, der hat ihn sich vorgenommen. Was machen wir jetzt mit ihm?"

Jürgen Krüsmann steht auf und geht in den Flur. „Wir schließen ihn bis morgen ein. Bis dahin habe ich einen Haftbefehl erhalten und der Bursche kommt dahin, wo er hingehört." Er sieht Arnold Wolf an. „Wir werden ein Protokoll anfertigen, das von Ihnen noch unterschrieben werden muss. Nachher bekommen Sie Gelegenheit zu telefonieren." Er sieht zu dem mächtigen Wachtmeister Bernhard Krogmann hoch. „Sperren Sie ihn ein, jetzt geht alles seinen Gang."

Wie ein Häufchen Elend hängt Arnold Wolf in den Armen des Polizisten, der ihn mühelos abführt.

Werner Hansen kommt in den Verhörraum zurück, stellt den Stuhl auf und nimmt wieder Platz. Er schiebt die Papiere vor sich zusammen und blickt mit strahlenden Augen seinen Chef an.

Der wirkt erschöpft, das Verhör war anstrengend gewesen. „Das hätten wir, der wird wahrscheinlich in einer Zelle an Altersschwäche sterben." Er lächelt seinen jungen Kollegen an. „Vielen Dank, Werner, für die großartige Zusammenarbeit mit dir." Er steht auf und nimmt ebenfalls seine Unterlagen auf. „Jetzt folgt der langweiligste Teil, das Anfertigen des Protokolls und des Abschlussberichtes für den Staatsanwalt."

Am späten Nachmittag fährt Werner Hansen wieder nach Otterndorf. Der erste Besuch führt ihn zur Baumschule, dort will er Ilse Schneider von der freudigen Nachricht über die Festnahme von

Arnold Wolf berichten. Er trifft sie mit zwei Kollegen auf der Plantage und winkt sie zu sich.

Sie sieht heute etwas besser aus, sie hat sich ein buntes Kopftuch umgebunden und trägt eine graue Schürze über der Hose.

„Fräulein Schneider, der Fall Arnold Wolf ist für uns so gut wie abgeschlossen. Er sitzt bei uns in Gewahrsam und wird morgen Vormittag dem Haftrichter vorgeführt."

„Das freut mich, auch für Sie und Ihre Kollegen. Sagen Sie, hat man die Leiche meines Pflegevaters schon gefunden? Ich möchte ihn an einem friedlichen Ort beerdigen lassen."

„Nein, bisher noch nicht. Die Suche ist allerdings noch nicht abgeschlossen, aber so schnell geben wir nicht auf." Er lächelt Ilse Schneider aufmunternd an.

„Dann werde ich weiter hoffen. Vielen Dank für Ihre Mühe."

„Keine Ursache. Wenn Sie mögen, können Sie mich und meine Freundin gerne besuchen."

„Das werde ich! Auf Wiedersehen." Nachdenklich sieht sie dem jungen Kommissar hinterher.

Werner Hansen fährt nun in Richtung Krankenhaus. Er freut sich sehr auf den Besuch bei Gabi. Heute hat er ihr eine Menge zu erzählen.

Er trifft sie in ihrem Bett an, sie hat sich aufgerichtet und liest in einer Zeitschrift. Der dicke Verband ist entfernt und durch ein Pflaster ersetzt worden. Sie erhält zuerst ein Küsschen. „Hallo, mein Liebling. Wie geht es dir?"

„Danke. Der Verband ist heute entfernt worden." Sie beugt sich etwas vor. „Von meinen Haaren ist eine handtellergroße Stelle abrasiert worden, damit die Wunde genäht werden konnte. Die Ärzte sagen, dass ich eine Gehirnerschütterung gehabt habe und mich jetzt noch vier Wochen lang schonen muss."

Werner drückt sanft ihre zarte Hand. „Tu das, ich werde dann die Gelegenheit nutzen, dich zu verwöhnen. Ich habe viel bei dir wieder gut zu machen."

Arnold Wolf sitzt in der Zelle auf der harten Pritsche. Seine Laune hat den absoluten Tiefpunkt erreicht, alles scheint sich gegen ihn verschworen zu haben. Er hat verdrängt, dass seine jetzige Lage das Ergebnis lange zurückliegender Verbrechen ist und die Schuld dafür ausschließlich bei ihm zu suchen ist.

Wie lange wird er eingesperrt werden? Zwanzig Jahre, oder vielleicht nur zehn? Auf jeden Fall sehr viel mehr, als er glaubt, ertragen zu können. Er ahnt vage, dass die zu erwartende Strafe mit den von ihm ermordeten Menschen zu tun hat. Die ziehen nun undeutlich vor seinem inneren Auge vorbei, es sind gesichtslose, bedeutungslose Gestalten, nicht wert zu leben. Er war damals nicht der Einzige, der es so gesehen hat. Von daher hat es ihm jedes Mal Genugtuung bereitet, die Welt von diesen Kreaturen gesäubert zu haben. Er hatte es als Geschenk empfunden, Kommandant des Konzentrationslagers Buchenwald gewesen sein zu dürfen. Er glaubte an einer großen Sache für sein Vaterland mitzuarbeiten: eine reine deutsche Rasse. Außerdem hatte er eine nahezu unbegrenzte Machtbefugnis, praktisch außerhalb jeder Kontrolle. Er konnte seine unterdrückten Neigungen ausleben, ohne jemals befürchten zu müssen, dafür zur Rechenschaft gezogen zu werden – bis Kriegsende. Plötzlich war alles vorbei. Der Krieg war verloren, die Siegermächte hatten volle Kontrolle und haben alle Errungenschaften des Dritten Reiches zerstört. Von einem Tag auf den anderen war alles, was er für sein Vaterland getan hatte, alles, woran er geglaubt hatte, nicht nur falsch, sondern zum Verbrechen mutiert. Er musste sich verstecken, ein Glücksfall war der Abmeldeschein in Nabburg, in den sein wirklicher Name Arnold Wolf mit Bleistift eingetragen war, das war die Grundlage zu seiner neuen Identität als Karl Neumann. Unter diesem Namen hatte er ein neues Leben begonnen, ein unauffälliges, erfolgreiches Leben. Doch dann kam zwanzig Jahre später ein Jude daher und wollte alles zerstören. Er musste so handeln, wie er gehandelt hatte. Das letzte Quäntchen Verstand sagt ihm, dass sein Richter das möglicherweise anders beurteilen wird.

Und dann der Tod dieser jungen Frau, die sich völlig unerwartet als seine Tochter herausgestellt hatte! Sie war sein Mädchen! Warum hatte sie sich nicht früher bei ihm gemeldet? Sie hätten ein wunderbares Vater-Tochter Verhältnis haben können. Er schlägt die Hände vor sein Gesicht, Tränen brennen hinter seinen Lidern, eine Regung, die er bisher nicht gekannt hatte. Verdammt! Wieso ist das Leben so ungerecht? Mit Schaudern sieht er seiner Verhandlung und der ihm jetzt endlos erscheinenden Gefangenschaft entgegen. Warum sollte er das geschehen lassen? Weiterleben hat jetzt keinen Wert mehr.

Ein Gedanke nimmt langsam Gestalt an…

Werner Hansen sitzt an seinem Schreibtisch und sichtet seine Unterlagen. Sobald sein Chef zurück ist, wird er mit ihm den Umfang und Inhalt des Berichtes festlegen. Jetzt ist der Kollege beim Haftrichter und will mit ihm ihren Gefangenen besuchen.

Die Tür springt auf und Jürgen sieht herein. „Ruf Dr. Messmer an, er soll möglichst sofort kommen. Ich bin unten in der Zelle", ruft er atemlos, dann humpelt er so schnell fort, wie es sein beschädigtes Bein zulässt.

Werner ruft in der Rechtsmedizin an. „Doktor? Können Sie bitte schnell zu unserem Zellentrakt kommen, es scheint etwas mit unserem Häftling passiert zu sein."

Der Pathologe legt ohne Antwort auf. Werner läuft in den Keller hinunter, dort sind fünf Zellen für ihre gelegentlichen Gefangenen eingerichtet. Vor einer der Türen scharen sich mehrere Polizisten, dann hat Werner es zum Eingang in die Zelle geschafft. In seinem jungen Polizistenleben hat er noch nicht viel Schreckliches erlebt, was er jetzt sieht, ist so ein furchtbares Ereignis, das er bis an sein Lebensende nicht vergessen wird.

Arnold Wolf ist tot.

Er hängt mit dem Hals in einer Schlinge, die er sich aus seinem Bettlaken gedreht und am Fenster seiner Zelle befestigt hat. Sein Gesicht ist dunkelblau verfärbt, die Augen sind weit aufgerissen. Werner ahnt in ihrem starren Blick die Schrecken eines langsamen Sterbens.

Der Pathologe kommt herein, wie immer trägt er seine braune Tasche mit sich. „Guten Tag, meine Herren. Machen Sie bitte einen Moment Platz." Er stellt den Stuhl auf, der vor dem Hängenden am Boden liegt, stellt sich darauf und sieht dem Toten aus kurzer Entfernung in das Gesicht. Er leuchtet mit seiner kleinen Lampe in beide Augen und tritt auf den Boden zurück. Mit blassem Gesicht dreht er sich zu den Zuschauern vor der Zelle. „Der Tod mag vor etwa drei Stunden eingetreten sein. Es sieht so aus, als wenn es ein langer Todeskampf gewesen ist, denn der Tod trat nicht durch Bruch des Dens Axis, des Zapfens am Dreher, auf. Nein, der Mann ist langsam erstickt, weil ihm die Fallhöhe fehlte." Er wirft noch einen kurzen Blick zurück. „Bringen Sie den Mann bitte in die Pathologie." Sein Blick fällt auf Hauptkommissar Krüsmann. „Den Bericht erhältst du wie immer in den nächsten Tagen." Er wirft einen kurzen Blick in die Runde der erschrockenen Zuschauer. „Auf Wiedersehen, meine Herren!" Niemand antwortet, dann ist der Doktor verschwunden. Werner hat ihn schon lange nicht mehr so knapp angebunden erlebt.

Später sitzt er wieder mit Jürgen gemeinsam in ihrem Büro. „Vielleicht hätten wir Arnold Wolf nicht vermitteln sollen, dass seine Tochter tot ist, dann hätte er sich vielleicht nicht selbst getötet." Jürgen sieht ihn ernst an. „Komm, komm. Er hat den Menschen, die er getötet hat, auch keine Chance gelassen. Warum sollten wir ihm gegenüber ehrlicher sein, als er zu jenen?"

Werner hat eben bei der Baumschule in Otterndorf angerufen und Ilse Schneider von dem Tod ihres Vaters und Lagerkommandanten berichtet.

„Dessen Tod bewirkt gottlob keine Trauer in mir. Der Tod eines Menschen ist immer schlimm, aber bei diesem Mann hat sich das Schicksal ausnahmsweise richtig entschieden."

„Ich bin ganz Ihrer Meinung, obwohl ich mir als Kommissar eher eine richtige Gerichtsverhandlung gewünscht hätte, bei der alles auf den Tisch kommt, was er in seinem Leben verbrochen hat. So hat er irgendwie der Gerechtigkeit ins Handwerk gepfuscht."

Am Abend steht wieder der Besuch bei seiner Verlobten an. Mit Freude im Herzen und bester Laune fährt er ins Krankenhaus Otterndorf. Im Warteraum hinter dem Eingang erhebt sich eine rothaarige junge Frau und läuft ihm mit ausgebreiteten Armen entgegen.

„Gabi! Du darfst schon aufstehen?" Werner legt seine Arme um sie und zieht sie vorsichtig an sich.

„Sie strahlt ihn an. „Ja, ich kann morgen wieder nach Hause, ich bin aber noch für drei Wochen krankgeschrieben. Du weißt ja, wegen der Gehirnerschütterung. Ist das nicht schön?"

Er hält sie an der Hand, sie gehen im Garten des Krankenhauses spazieren. Werner erzählt seiner Verlobten von dem Selbstmord des Naziverbrechers.

„Das ist ja schrecklich, der arme Mann!"

„Es ehrt dich, dass du so denkst. Vergiss nicht, dass er Dutzende ohne einen Funken Mitleid getötet hat und für den Tod vieler anderer Menschen verantwortlich war. Nicht zuletzt wärst auch du beinahe durch seine Hand ums Leben gekommen."

Gabi seufzt. „Du hast recht. Trotzdem, ich stelle mir gerade vor, wie verzweifelt er gewesen sein muss."

Werner freut sich über die mitfühlende Seele seiner Freundin. Er zieht sie sachte an sich und küsst sie auf ihre weichen und etwas feuchten Lippen. „Sag mal, ist es nicht an der Zeit, dass wir heiraten sollten?"

Gabi strahlt über ihr hübsches Gesicht. „Du hast es aber eilig, wir kennen uns doch erst ein halbes Jahr."

„Was ist jetzt? Möchtest du, dass wir heiraten, oder nicht?"

Gabi legt ihre Arme um ihn und legt ihren Kopf an seine Schulter. Selig empfindet er ihren warmen Körper, ein Glücksgefühl durchströmt ihn.

Nachwort

Hat Ihnen dieser Roman gefallen? Vielleicht interessieren Sie sich für die anderen Romane des Autors?
Dieses ist der zweite Niederelbe-Krimi von Peter Eckmann. Der erste Krimi ist der erste Fall des Kommissaren-Gespannes Krüsmann und Hansen. Er spielt in Hemmoor und Oberndorf, mit einem Abstecher in die schmutzige Seite von Hamburg.

- Der Kreidestrich
  ist ein Krimi, der vor fünfzig Jahren handelt, die Zementfabrik spielt eine wichtige Rolle. Dieser Roman ist der erste Fall der Kommissare Krüsmann und Hansen, deren Tätigkeit hier fortgesetzt wird.

Unter dem Pseudonym »Allan Greyfox« sind von Peter Eckmann bisher folgende Bücher erschienen:

- Töchter des Stahls – Amerika von 1922 – 1947

  Ein historischer Roman

  Der Werdegang eines jungen Mannes wird beschrieben, sowie die Entwicklung eines schönen und reichen Mädchens. Die schwierigen Zeiten mit ihren Verbrechern und der Not der damaligen Zeit wird mit ihnen lebendig. Es ist die Vorgeschichte der Protagonisten der Detektivromane.

- Der Tod im Paradies
  Ein scheinbar einfacher Fall entwickelt sich zu einem ausgewachsenen Verbrechen. Privatdetektiv Mike Callaghan lernt bei seinem ersten größeren Fall Freunde, Verbrecher und ein hübsches Mädchen kennen.

Der Roman schließt nahtlos an den historischen Roman an. Das junge Mädchen und der erfahrene Detektiv entdecken ihre Freude aneinander und an der Detektivarbeit.

- Schwarze Weihnachten in Manhattan
Ein Weihnachtsmann stellt sich als sehr gefährlich heraus, unser Held muss Weihnachten und den Jahreswechsel 1947/48 im Gefängnis verbringen. Nur seine schöne Partnerin und seine Freunde können ihn jetzt noch vor der Todeszelle bewahren.

- Mit dem Fahrstuhl kam der Tod
Der bisher letzte Fall der Detektei Callaghan. Ein defekter Fahrstuhl wird einem jungen Mädchen zum Verhängnis. Sie haben es mit einem harten Gegner zu tun, es sind Veteranen des Zweiten Weltkrieges, skrupellose Verbrecher und erfahrene Kämpfer.

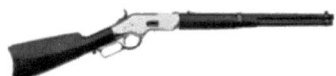

Interessieren Sie sich für die Abenteuer von Mike Callaghans Großvater, dem Gunfighter?
Dann könnten die folgenden vier Wildwest-Romane für Sie interessant sein:

- Vom Herumtreiber zum Gunfighter

- Der Reiter aus Laramie

- Das Tal der Siedler

- Die Minenstadt

Sie beschreiben den Weg eines Jungen zum gefürchteten Revolvermann. Er kehrt seinem bisherigen Leben als

Kämpfer den Rücken und entwickelt sich zum Wohltäter eines Tales.

Beachten Sie auch bitte meine Internet-Seite:

www.allan-greyfox.de

Dort finden Sie Hintergrund-Informationen zu meinen Büchern.

Die Schwebefähre, technische Daten und Geschichte

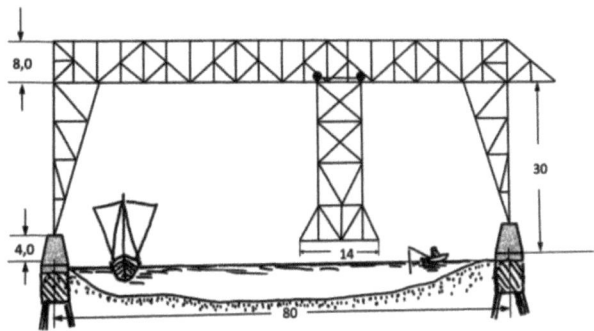

- Die Schwebefähre über die Oste bei Osten wurde am 1. Oktober 1909 eingeweiht.
- 1966 wurde eine Gondel mit einer vergrößerten Größe und Tragfähigkeit eingesetzt.

	alt	neu	
Breite	3,5	4,30	m
Länge	14	16	m
Tragfähigkeit	12	14	t

- Von 1969 bis 1974 wurde eine Brücke für die Bundesstraße 495 über die Oste gebaut, sie ersetzt seitdem die Schwebefähre.
- Am 31. Mai 1974 wurde die Schwebefähre stillgelegt.
- Seit dem 23. Juni 1975 ist sie technisches Baudenkmal und Eigentum des Kreises Land Hadeln.
- In den Jahren 1975/76 wurde das Gerüst der Schwebefähre gründlich überholt; Kosten rund 235000 DM.

- Am 17. Oktober 1975 wurde in Osten die „Förderge-
sellschaft zur Erhaltung der Schwebefähre Osten e. V."
gegründet. Vom Eigentümer, dem Landkreis, wurde
dann die Genehmigung zur Wiederinbetriebnahme der
"Schwebebahn" für Zwecke des Fremdenverkehrs er-
teilt.

Technische Daten:

Stützweite des Überbaues	80 m
Konstruktions-Unterkante:	30 m über NN
Höhe des Fach-Gerüstes:	8 m
Portal-Weite:	25 m
Abstand der Tragwände:	10 m
Laufrad-Durchmesser:	140 cm.
Die Pfeiler sind von einer Spundwand aus Kiefer mit 5 bzw. 4 m Rammtiefe umgeben	
Leistung der Motoren	2 * 18 KW Drehstrom ab 1920

Internet Links:
- http://www.schwebefaehre-osten.de
- Wikipedia: https://de.wikipedia.org/wiki/Schwe-
befähre_Osten-Hemmoor
-

Für weitergehende Informationen sei auf das Buch von Gisela Tie-
demann und Jochen Bölsche verwiesen: „Über die Oste: Ge-
schichten aus 100 Jahren Schwebefähre Osten"